Les Dames du Graal

DU MÊME AUTEUR

CHEZ LE MÊME ÉDITEUR

LE CYCLE DU GRAAL

Première époque :

La Naissance du Roi Arthur

Deuxième époque :

Les Chevaliers de la Table Ronde

Troisième époque :

Lancelot du Lac

Quatrième époque :

La Fée Morgane

Cinquième époque :

Gauvain et les chemins d'Avalon

Sixième époque :

Perceval le Gallois

Septième époque :

Galaad et le Roi Pêcheur

Huitième époque :

La Mort du Roi Arthur

La Petite Encyclopédie du Graal

LA GRANDE ÉPOPÉE DES CELTES

Première époque :

Les Conquérants de l'Ile Verte

Deuxième époque :

Les Compagnons de la Branche Rouge

Troisième époque :

Le Héros aux Cent Combats

Quatrième époque :

Les Triomphes du Roi Errant

Cinquième époque :

Les Seigneurs de la Brume

JEAN MARKALE

Les Dames du Graal

Pygmalion
Gérard Watelet
Paris

Sur simple demande aux
Éditions Pygmalion/Gérard Watelet, 70, avenue de Breteuil, 75007 Paris,
vous recevrez gratuitement notre catalogue
qui vous tiendra au courant de nos dernières publications.

ISBN 2-85704-604.9

La treizième revient, c'est encor la première...

Gérard de Nerval

INTRODUCTION

La Femme innombrable

Lorsque, selon le récit de Chrétien de Troyes, auteur champenois de la seconde moitié du XIIe siècle, le jeune héros Perceval le Gallois se trouve spectateur involontaire du mystérieux *Cortège du Graal,* il ne s'étonne en rien de ce qui se présente à ses yeux, à savoir, un tailloir d'argent porté par un jeune homme, une « lance qui saigne » également portée par un jeune homme, et enfin un *graal* d'où émane une étrange lumière plus intense que celle du soleil et des étoiles, et qui, lui, est entre les mains d'une jeune femme à la merveilleuse beauté.

On apprendra plus tard que Perceval a eu tort de ne pas s'étonner et de ne pas poser de questions sur ce qu'il voyait. Et l'on apprendra encore plus tard, grâce aux continuateurs de Chrétien de Troyes, que ce *graal* (nom commun signifiant simplement « récipient », de l'occitan ancien *gradal,* provenant du latin *cratalem*) contenait le sang du Christ, recueilli, lors de la descente de croix, par Joseph d'Arimathie, celui qui était disciple *secret* de Jésus et qui avait obtenu des autorités romaines la permission, tout à fait exceptionnelle, d'enterrer un criminel coupable de subversion et crucifié pour ce motif. Alors, c'est à nous de nous poser certaines questions, non seulement à propos de ce sang du Christ, mais aussi du fait que cette « chose la plus sainte au monde » soit portée par une femme, alors qu'à l'époque de la rédaction de ces récits, seuls les prêtres, des hommes, avaient le droit de toucher le calice dans lequel s'opérait la transsubstantation, c'est-à-dire, selon les normes théologiques, la métamorphose, opérée au cours de la célébration eucharistique, du vin en sang divin versé pour le salut des êtres humains. La « Porteuse de Graal » serait-elle donc la prêtresse d'une religion des temps lointains occultée ou refoulée, mais qui se manifeste cependant à travers des schémas stéréotypés que le Christianisme médiéval n'a jamais pu extirper de la mémoire collective des populations de l'Europe occidentale ?

Ces questions sur la « Porteuse de Graal » en appellent bien d'autres, tout aussi intrigantes, et qui touchent des domaines interdits, pour ne pas dire « diaboliques », puisqu'elles concernent le rôle de la *Femme* dans les multiples aventures et errances des chevaliers partis à la recherche du Graal. En effet, tous les *quêteurs* de Graal, à un moment ou à un autre de leurs pérégrinations, se trouvent en présence de personnages féminins dont l'ambiguïté n'est plus à démontrer tant elle est évidente à travers les descriptions qu'en font les divers auteurs. Au Moyen Age, toute trace d'un culte de type *féminin* est classée comme diabolique, à l'image de ce qui est consigné dans la Bible hébraïque à propos de la lutte perpétuelle entre l'orthodoxie mosaïque, tout entière vouée à la glorification du Dieu-Père, et la déviance d'origine chananéenne, ce que les rédacteurs appellent la *prostitution,* qui fait remonter à la surface les troubles représentations de la Déesse des Commencements, telle qu'elles apparaissent dans les plus anciennes traditions du Moyen-Orient.

Le cas de Perceval, selon toute vraisemblance le plus ancien héros du Graal [1], met en lumière cette incessante présence de la Femme au cœur de l'action menée par les hommes. Chaque étape de ses errances est en effet marquée par un personnage féminin qui se révèle incontournable. C'est

1. Il faut rappeler que le nom de *Perceval* se trouve uniquement dans les récits français de Chrétien de Troyes et de ses continuateurs. Dans les textes anglais plus tardifs, le nom a évolué en *Percivelle.* Dans le texte allemand de Wolfram von Eschenbach, c'est *Parzival.* Mais, dans le texte gallois correspondant, le nom est *Peredur.* A noter également la forme *Perlesvaux* dans un étrange roman français inspiré par les moines de Glastonbury, et même *Perceforêt* dans des adaptations romanesques de la fin du Moyen Age.

d'abord sa mère, *la Veuve Dame*[1], qu'il quitte pour courir les aventures, coupant ainsi le cordon ombilical qui le relie encore à ses origines. C'est ensuite la *Demoiselle au Pavillon* à qui il dérobe un baiser, un anneau et un pâté, symboles éclatants de son éveil à la sexualité. Ce sera ensuite la jeune femme que Chrétien de Troyes appelle *Blanchefleur* et Wolfram von Eschenbach *Condwiramur*, celle qui conduira le héros à sa maturité sexuelle. Puis se succéderont la *Porteuse de Graal*, révélatrice de mystères qu'il est encore incapable de comprendre, *Sigune*, sa propre cousine qui, après l'avoir maudit, lui enseignera le sens de sa mission, beaucoup plus tard sa sœur, double épuré du héros, et bien d'autres « pucelles », en particulier l'intrigante et « hideuse » *Demoiselle à la Mule*, cette fameuse *Cundrie la Sorcière* du récit allemand, qui se présenteront devant lui chaque fois qu'il devra franchir un degré dans cette exploration initiatique de l'univers que constitue la *Quête du Graal*[2].

---

1. On remarquera que Perceval, dont on ignore le nom au début du récit de Chrétien, est dit « le Fils de la Veuve Dame », ce qui n'est pas sans rappeler une formulation maçonnique bien connue. Est-ce voulu ? La Franc-Maçonnerie n'existait pas au XIIe siècle, mais on ne peut que s'interroger sur le silence de Perceval devant le « cortège du Graal », car c'est le comportement normal de tout « apprenti » maçon qui ne doit pas poser de questions.

2. Voir le récit complet dans J. Markale, *Le Cycle du Graal* (Paris, éd. Pygmalion), sixième volume intitulé *Perceval le Gallois.*

Mais l'exemple de Perceval n'est pas unique, et tous les héros engagés dans cette Quête, c'est-à-dire en fait tous les chevaliers de la Table Ronde, réunis autour du roi Arthur, connaissent, à des degrés divers, des expériences analogues, que ce soit dans les récits concernant la Quête proprement dite, ou dans les récits annexes qui en sont inséparables. On peut citer Yvain, le fils du roi Uryen, dont la rencontre avec Laudine, *la Dame de la Fontaine*, et avec sa suivante Luned, une fée douée de mystérieux pouvoirs, est essentielle. On peut citer Tristan, dont personne ne parlerait sans la reine Yseult et la triste et mélancolique Yseult aux Blanches Mains. On peut citer Gauvain, le neveu d'Arthur, qui ne peut se retenir, au milieu de chacune de ses aventures, de déclarer sa flamme à une quelconque « dame » ou « pucelle [1] » rencontrée. Et, parmi tous ces héros, celui qui se taille la meilleure part est bel et bien Lancelot du Lac qui, bien que fidèle à la reine Guenièvre – du moins dans la version classique dite « cistercienne [2] » –, est entièrement, de sa naissance à sa mort, *conditionné* par des personnages féminins, de la plus

1. Une « dame » est une femme en puissance d'époux. Une « pucelle », dans les récits médiévaux, n'est en rien synonyme de « vierge » : c'est tout simplement une femme qui n'est pas sous la dépendance d'un homme.

2. Dans la version primitive, collectée dans le récit allemand *Lanzelet*, de Ulrich von Zatzikhoven, le héros contracte trois « mariages temporaires », et il n'est pas question de la reine Guenièvre. Voir *Le Cycle du Graal*, troisième volume, *Lancelot du Lac*.

humble « pucelle » aux plus grandes « dames » de ce monde.

Car, à travers ces personnages de nature féminine, évanescents et souvent aperçus derrière des écrans de brume qui en déforment les visages, surgissent de façon inopinée des *caractères,* au sens que la langue anglaise donne au mot *characters,* c'est-à-dire des figures emblématiques dignes des dramaturgies grecques, portant des masques, des *personnes*[1], sans lesquelles aucune action ne serait possible. Et ces *personnes* ont des noms – d'ailleurs multiples et interchangeables – qui témoignent parfois de leur importance et de leur signification (au Moyen Age, on aurait dit *sénéfiance*) au regard de l'intrigue qui sous-tend l'ensemble des récits sur le Graal et les exploits des chevaliers arthuriens dans une mythique forêt de Brocéliande où les chemins, d'abord larges et somptueux, se perdent très vite dans le fouillis des ronciers pour n'aboutir nulle part.

Ces noms sont célèbres, même s'ils ne sont pas toujours compris dans leur dimension réelle. A tout seigneur, ou plutôt « à toute dame », tout honneur : voici la reine Guenièvre, épouse du roi Arthur. Serait-ce lui manquer de respect en la qualifiant de « putain royale » ? Et c'est pourtant ce qu'elle est,

1. Rappelons que « personne » provient du latin *persona,* qui ne signifie pas autre chose que « masque de théâtre », ce masque que les acteurs portaient sur leur visage pour affirmer leur identité et leur « personnalité » devant le public, au cours des représentations dramatiques données en Grèce et dans la Rome archaïque.

sans qu'il soit question d'une quelconque connotation morale. Autour d'elle gravitent d'autres femmes qui ne sont pas moins essentielles : une certaine Viviane (ou *Niniane*, ou *Nimue*, ou encore *Gwendydd*), aimée par Merlin et qui deviendra l'énigmatique *Dame du Lac*, mère adoptive et protectrice de Lancelot, et détentrice réelle de l'épée de Souveraineté du roi Arthur. Voici encore Morgane – ou *Morgue*[1] –, qu'on qualifie souvent de *double noir* de Viviane, que l'on accuse de tous les maux, et qui, en bonne élève de Merlin, est cependant la « grande reine », puisque telle est la forme de son nom en gaélique d'Irlande, *Morrigane*[2], appellation justifiée par le fait qu'elle règne sur l'île d'Avalon, l'île des Pommiers, l'île bienheureuse où le roi Arthur, dans sa dormition, attend le moment propice pour re-naître et réunifier un royaume disloqué par l'orgueil et la folie des hommes. Mais, derrière Morgane, d'autres personnages se profilent : Yseult la Blonde, nouveau nom de la gaélique *Grainné*, et qui est l'image la plus parfaite de la déesse-soleil des anciens temps ; Laudine, la

Avalon

1. L'ancien français a conservé une déclinaison simplifiée, le « cas sujet » (le nominatif latin), et le « cas régime » (l'accusatif latin). Morgue est la forme nominative, et Morgane la forme complément, et c'est cette dernière qui a prévalu.

2. En gaélique, la déclinaison s'est conservée jusqu'à nos jours. La forme *Morrigane* (littéralement « grande reine ») est un génitif, tandis que la forme souvent employée de *Morrigu* est un nominatif. La question se pose de savoir si *Morgane* provient de *Morrigane*, ou s'il s'agit d'une francisation du gallois – et breton – *mor-gwenn*, littéralement « née de la mer ».

« Dame de la Fontaine », divinité des eaux primordiales, gardienne des tempêtes qui perturbent le monde ; Brunissen, la princesse aux oiseaux, décrite dans un roman occitan où le Graal n'a pas encore de nom et conforme à la Rhiannon galloise représentée sur l'un des plus précieux témoignages archéologiques celtiques, le Chaudron de Gundestrup ; Sigune, la cousine de Perceval, détentrice des secrets du Graal et qui n'est peut-être que l'un des aspects de cette mystérieuse et envoûtante Kundry tant magnifiée par Wagner dans son opéra, *Parsifal,* la messagère du Graal, c'est-à-dire en fait la messagère des Dieux, pour ne pas dire l'initiatrice absolue dont le langage n'est pas accessible à tout un chacun. La liste des personnages féminins de cette sorte est infinie car, en dernière analyse, ce ne sont que des *characters*, des « masques » sous lesquels se cache une unique divinité, la Femme divine, celle qu'on appellera communément la *Déesse des Commencements.*

Mais avant toute exploration en profondeur de ces personnages emblématiques, il convient de les situer dans leur contexte exact, et celui-ci est loin d'être simple. En effet, les récits concernant le Graal ont, dans leur plus grande majorité, été écrits – ou réécrits – aux XIIe et XIIIe siècles par des auteurs que, faute de mieux, on appela *courtois*, qui utilisent le langage de leur époque et qui sont évidemment tributaires d'une idéologie et de structures sociales spécifiques. Ce qui est décrit dans les Romans de la Table Ronde, c'est avant tout la vie aristocratique dans les cours des rois Capétiens, des rois Plantagenêt et des grands seigneurs d'Occitanie. Cette époque est celle de la glorification de la chevalerie, celle du triomphe de l'art roman et de la naissance de l'architecture ogivale, celle des discussions théologiques à propos de la présence réelle dans l'Eucharistie, celle du développement considérable du culte de la Vierge Marie, celle de l'épanouissement de la *fine amor*, plus connue sous l'appellation d'Amour courtois [1], celle des poètes de cour, trouvères et troubadours, toujours prêts à chanter la beauté et les mérites de la Femme, image somptueuse de la perfection. C'est dans ce cadre bien précis qu'apparaissent les Femmes du Graal.

Cependant, s'en tenir à cette constatation serait se contenter d'observer la masse émergée de l'iceberg en ignorant délibérément ce qu'il y a en dessous. Car, contrairement à ce qu'on avait pu croire dans certains milieux universitaires du début du siècle, aucun des auteurs de romans de la Table Ronde n'a inventé les histoires qu'il raconte. Les épopées classées sous l'appellation générique de *Cycle du Graal* sont des réécritures de textes plus anciens ou des mises par écrit de contes de la tradition populaire véhiculés par voie orale à travers de nombreuses générations. Et, à la lumière des recherches en matière de sources, on ne peut que constater que les plus anciennes couches de ces

1. Voir J. Markale, *L'Amour courtois, ou le couple infernal*, Paris, éd. Imago, 1987.

récits appartiennent au fonds celtique traditionnel. Ce fonds est d'ailleurs double : d'abord, il contient des schémas mythologiques qui n'avaient jamais été complètement oubliés et qui rôdaient dans l'inconscient collectif derrière une façade d'apparence chrétienne ; ensuite, il rend compte d'événements historiques qui se sont déroulés vers l'an 500 en Grande-Bretagne, lors des invasions saxonnes, autour de celui qui deviendra bientôt – dans l'imaginaire – le roi Arthur. *Il y a donc un décalage de sept siècles entre les récits épiques et les événements eux-mêmes*[1]. Il faut donc prendre en compte ce décalage, et si l'on veut connaître réellement les personnages féminins du cycle, il est nécessaire de gratter le vernis qui les entoure dans l'espoir de retrouver leur essence, et cela dans un contexte qui n'est plus « courtois », qui n'est plus « féodal », mais celui des temps de la fin de l'empire romain et du début de l'époque mérovingienne, ces temps que les Anglo-Saxons appellent les « Ages Sombres ». Cette recherche ne s'entreprend d'ailleurs pas sur du néant : il suffit simplement de comparer les récits français des XIIe et XIIIe siècles aux textes en langue gaélique ou en langue galloise, beaucoup plus anciens, et collectés par des moines, en Irlande et en Grande-Bretagne, dans des manuscrits qui sont à présent à peu près tous étudiés, publiés et traduits. On

1. De même qu'il y a un décalage de quatre siècles entre le Charlemagne historique et celui qui apparaît dans les *Chansons de Geste*.

s'apercevra alors que les Femmes du Graal ne sont peut-être pas toujours ce que l'on croyait.

Mais il y a encore autre chose. Si le mot « graal » n'apparaît qu'au XIIe siècle, sous la plume de Chrétien de Troyes, il désigne un objet sacré – ou symbolique – dont l'existence est attestée depuis la plus haute antiquité dans de nombreuses traditions, et particulièrement dans la tradition dite *gnostique*. Toute l'histoire du Graal sort en effet d'évangiles qualifiés d'*apocryphes*, et qui sont tous d'origine plus ou moins gnostique. Cette constatation essentielle est aussi à prendre en compte pour toute analyse en profondeur.

Certes, ce ne sont pas les « sept voiles » d'Isis qu'il est nécessaire, comme a dû le faire Lucius, le héros de *l'Ane d'Or* d'Apulée, de soulever avant d'atteindre au visage réel de la Déesse. Ce ne sont que trois strates à travers lesquelles ce visage s'est, au cours des siècles, lentement chargé d'éléments hétérogènes qu'il convient de décrypter dans la mesure du possible. Remonter à la source suppose nettoyer ce qui encombre le chemin que l'on parcourt à l'envers afin de parvenir à l'essence même du mythe, dans sa pureté originelle. Mais qui peut se vanter de réussir un tel labeur ? Et surtout, qu'est-ce qu'on entend par « essence même du mythe » ?

La question mérite d'être posée, sinon résolue – et elle ne le sera pas. La nature du mythe est ainsi faite qu'elle échappe à toute classification dogmatique qui serait unique. Le mythe est *muet* par définition : il n'est qu'un potentiel abstrait qui, pour être compris et interprété, a besoin d'être habillé de couleurs concrètes dans le cadre d'une *histoire.* C'est un peu comme si l'on disait : Dieu n'existe pas, *il est.* Ce sont les créatures qui *existent*, au sens strict du terme, « qui sont sorties de... ». Le mythe n'existe pas, *il est.* Mais on peut le faire exister. C'est d'ailleurs pour cela que le mythe du Graal a pu servir à toutes les idéologies : lancé vers l'an 1300 par les clercs chrétiens pour illustrer le dogme de la *transsubstantiation* qui était l'objet d'âpres discussions, il a servi par la suite de nombreuses idéologies, y compris les plus louches et les plus suspectes, notamment lorsqu'il est devenu l'un des points de mire de la folie paranoïaque des théoriciens pseudo-scientifiques du Troisième Reich[1].

1. Les Nazis ont réellement cherché à s'emparer du Graal, tout en ne sachant pas exactement ce que c'était, comme en témoignent la mission du mystérieux Otto Rahn, officier SS, à Montségur (voir à ce sujet J. Markale, *Montségur et l'énigme du Graal*, Paris, éd. Pygmalion, 1986), ou encore la visite d'Himmler à Montserrat, en Catalogne. Le même Himmler avait commencé à aménager un « château du Graal » à l'usage des SS dont il faisait les successeurs des fameux « Templiers », gardiens du Graal dans la version allemande de Wolfram von Eschenbach (voir J. Markale, *Le Graal*, Paris, éd. Albin Michel, 1992, qui est une étude sur les différentes versions littéraires de la légende). Et il faut bien se souvenir qu'Hitler lui-même projetait de faire représenter le *Parsifal* de Wagner le jour de la victoire finale du Reich. Ce sont des réalités qu'il ne faut jamais sous-estimer lorsqu'on étudie un sujet aussi délicat et aussi *ambigu* que celui du Graal. De nombreux commentateurs se sont fait ainsi piéger, presque inconsciemment, et nombreux sont les ouvrages apparemment « sérieux » qui laissent transparaître des connotations quelque peu fâcheuses, y compris les

Ces aberrations n'infirment en rien la valeur du mythe, mais elles permettent de mieux mesurer la distance qui nous sépare du mythe lui-même et de la relativité de toute interprétation à son sujet qui serait péremptoire et définitive.

Le Graal, en lui-même, est indéfinissable. Coupe creusée dans une émeraude tombée du front de Lucifer lors de la chute de celui-ci dans les abîmes, selon la tradition gnostique, calice rempli du sang de Jésus-Christ pour les tenants de l'orthoxie chrétienne des XIIe et XIIIe siècles, écuelle ayant servi au Christ lors de la Cène, selon les auteurs d'inspiration cistercienne, pierre tombée du ciel selon la tradition allemande répercutée par Wolfram von Eschenbach, plateau sur lequel une tête d'homme coupée baigne dans le sang selon la tradition galloise, le Graal n'est qu'une image concrète d'une réalité supérieure. Mais, tout autour de ce Graal, il faut bien le reconnaître, rôdent d'étranges et surprenants personnages féminins qui ne peuvent pas laisser indifférent le plus modeste chercheur.

---

livres du philosophe italien Julius Evola, par ailleurs passionnants, sans parler de certains « cercles philosophiques » ou « ésotériques » qui prétendent détenir la Vérité une et indivisible en se masquant derrière l'image symbolique – et la plupart du temps très fumeuse – du Graal. Je crois bon de faire cette mise au point, ayant été moi-même, hélas, l'objet de certaines « récupérations » indésirables par des tenants d'idéologies néonazies qui sont – je persiste et je signe – à l'opposé fondamental, absolu, de mes propres conceptions spirituelles, philosophiques et politiques.

On peut en effet constater que ces personnages féminins n'interviennent pas seulement dans les récits *pour faire joli*, et parce qu'il est de toute nécessité d'intercaler des histoires d'amour à un schéma dramatique qui privilégie l'aventure et l'action héroïque. Non, les *Femmes du Graal* ne constituent pas le *repos du guerrier*, mais représentent au contraire les éléments moteurs de son action. Non, dans tous les textes médiévaux relatifs au « saint » Graal et aux étonnants chevaliers de la Table Ronde, les femmes, même si parfois elles n'apparaissent que de façon épisodique, ne sont pas des accessoires destinés à agrémenter le récit, à y mettre une pointe d'amour, autrement dit un excitant sexuel – toujours de bon ton –, qui ferait passer le reste. On est, au contraire, en présence d'êtres qui ont leur rôle, et ce rôle, lorsqu'on se livre à une lecture au second degré, est assurément primordial. Pourtant, tout semble avoir été mis en œuvre pour en diminuer l'importance et la résonance symboliques.

Au XIIe siècle, époque où elles surgissent d'un lointain passé, ces femmes au regard de feu qui guident, tentent et égarent souvent les héros de la Quête, sont suspectes : elles sentent le soufre, comme en témoigne l'un des rédacteurs anonyme du *Merlin*, attribué à Robert de Boron, à propos de Viviane et de ses méthodes pour apprendre la magie de l'Enchanteur et s'en servir pour elle-même : « *car femme est plus rusée que le diable* ». Cette période a beau être celle de la reconnaissance de la Femme en tant que personne à part entière, et aussi de la Perfection incarnée par la Vierge Marie, on continue néanmoins à penser qu'il y a quelque *diablerie* dans la femme, objet d'attirance et de méfiance, pour ne pas dire de rejet.

Cela explique assez bien cette « mise sous le boisseau » de la Femme dans des récits écrits nécessairement par des clercs, seuls détenteurs du savoir en cette époque, ou par des poètes, autrement dit des hommes ou des femmes cultivés s'exprimant dans le cadre d'une société entièrement dominée par l'Eglise. Ce n'est même pas de la « censure » – même si on sait que le poids moral de l'Eglise est prépondérant –, ce serait plutôt une « mise en conformité » opérée par les « rénovateurs » d'une tradition ancienne à l'usage de cette société chrétienne qui ne tolérait guère la moindre tentative de marginalité. Pourtant, les « scripteurs » des récits du Graal n'étaient pas naïfs : ils connaissaient parfaitement le contenu des légendes qu'ils avaient pour mission de confier à l'écriture et savaient fort bien que ce contenu était souvent en contradiction flagrante avec les normes contemporaines. Et c'est par allusions discrètes, par petits détails insignifiants en apparence qu'ils ont fait passer le message.

Oh ! un message bien discret. Mais il existe. Il suffit de lire entre les lignes pour le découvrir. Car les auteurs utilisent des symboles qui appartiennent à la tradition universelle et masquent bien souvent ce qu'ils veulent transmettre sous des allégories alléchantes et tout à fait innocentes si on les prend telles qu'elles apparaissent. A cet égard, la belle « histoire d'amour » de Lancelot et de la reine Guenièvre n'est en première analyse qu'un doublet de l'histoire de Tristan et Yseult, et en tout cas un authentique « drame romantique » comportant les ingrédients nécessaires à faire rêver les dames qui s'ennuient dans leurs châteaux mal chauffés et les beaux chevaliers sur lesquels ne se porte pas le regard de ces dames. Or, replacée dans son cadre mythologique, l'histoire de Lancelot et de Guenièvre se réfère à une donnée fondamentale qui concerne la Souveraineté et les moyens dont dispose la Souveraineté pour être concrétisée dans les faits. Cette émouvante histoire *à faire pleurer dans les chaumières* est en réalité un enseignement fort sérieux et grave sur la meilleure façon de gouverner dans une société de type communautaire.

Car la société qui transparaît sous le vernis courtois et féodal des récits du Graal est vraiment de type communautaire (et non pas de type *communiste*), à savoir que la propriété est collective, mais que chaque participant engage une action responsable au sein de cette communauté. Et cette communauté, dans les mythes et les légendes, est incarnée par la Femme, à la fois mère, épouse, amante, fille et *vierge* au sens strict du terme, c'est-à-dire *disponible, ne dépendant d'aucun homme*, donc entièrement *libre*. Ainsi se définit le rôle de la reine, dispensant la souveraineté qu'elle incarne à tous ceux qu'elle juge capables d'assumer la mise en œuvre de la souveraineté. Et c'est ainsi qu'on en vient à classer la Femme des romans arthuriens – et de ses modèles de la tradition celtique –, qu'elle soit reine, simple « pucelle » ou modeste « pucelle », comme une « putain royale », détentrice d'une fonction sacrée qui n'a en réalité rien d'immoral et surtout rien de réducteur. Bien au contraire : en dépit de tous ses aspects « luxurieux », « diaboliques », « destructeurs », la Femme des récits du Graal mène le jeu, et c'est un jeu essentiel qui débouche sur ce que les Orientaux appellent l'*illumination* et que les Occidentaux ont plutôt tendance à appeler la « sagesse ».

Voilà pour le volet politique de cette affaire. Il est presque inséparable du volet sociologique, lequel démontre clairement que si la Femme mène le jeu, c'est parce qu'elle est le moteur obligé de toute action héroïque ou mystique. Les « pucelles » des romans de la Table Ronde sont les phares grâce auxquels les chevaliers, lancés à la recherche d'un Graal introuvable, peuvent se repérer dans l'inextricable forêt dans laquelle ils sont englués et découvrir – s'ils le méritent – le chemin qui mène vers le Château des Merveilles, appellation du Château du Graal dans la version galloise de la légende. Que feraient les chevaliers errants s'il n'y avait pas une Femme à chaque carrefour, pour les tenter, les retenir ou les guider ? Un récit anonyme anglo-normand de la fin du XIIe siècle, intitulé bizarrement le *Lai du Lécheur*, est précis sur ce point : lors d'une fête, des « dames » se réunissent et font un concours pour savoir ce qui motive l'action des chevaliers.

Différentes réponses sont données, mais la victoire est accordée à celle qui a eu le courage – et l'audace – de dire crûment qu'un chevalier n'accomplira jamais aucun exploit s'il n'a pas en face de lui le *con* de la Femme[1]. Comme on le dit communément à propos de tel ou tel événement : « cherchez la femme... ».

Mais le volet mythologique, pour ne pas dire religieux, est de loin le plus important. A travers ces étranges et souvent sulfureuses femmes que rencontrent les chevaliers dans leur quête frénétique, se dessinent les traits de la Déesse des Commencements, de cette divinité mystérieuse à laquelle on a donné d'innombrables appellations, d'innombrables fonctions, mais qui est toujours l'Unique, « celle qui donne la vie » et du ventre de laquelle ont surgi les êtres et les choses qui se sont éparpillés dans l'univers.

Car il faut toujours en revenir à la notion d'unité dans la multiplicité. L'être humain, étant imparfait, est incapable de concevoir le Parfait : il ne fait que l'approcher, l'appréhender en quelque sorte, en le représentant sous une forme relative. Et cette forme dépend des circonstances dans lesquelles est pensée la divinité. « Nous savons que l'ensemble des comportements perceptibles de Dieu par les

1. On pourra lire ce récit dans J. Markale, *Le Cycle du Graal*, deuxième volume intitulé *Les Chevaliers de la Table Ronde,* au chapitre « le Pèlerinage de Merlin ». Pour le rôle historique et sociologique de la Femme chez les Celtes, voir la première partie de mon ouvrage, *La Femme celte*, Paris, éd. Payot, 1972-1989.

hommes prennent des aspects différents... Et de même que nous voyons le soleil sous différents angles, de différentes façons, dans les différents points du globe, dans les différentes saisons, à différents moments : ainsi Dieu est perçu par les hommes sous une infinité d'apects, comme un diamant qui brille de tous ses feux. Le génie de la tradition juive, c'est d'être capable de *nommer* chacun de ses aspects par un nom exprimant toujours la même réalité [1]. » Mais, à bien y réfléchir, il n'y a pas que dans la tradition juive que cela se passe ainsi et, en poussant l'analyse de ce phénomène en profondeur, on s'apercevra bien vite que le polythéisme n'a jamais existé : les *panthéons* ne sont que des formes concrètes, représentatives de qualités ou de fonctions prêtées à une unique divinité. C'est le cas chez les Celtes d'avant le Christianisme. Et c'est plus que jamais le cas lorsqu'on examine les multiples personnages féminins qui entourent le Château du Graal, parfois en le dissimulant sous une épaisse brume, parfois en en indiquant la porte secrète et unique qui permet d'y pénétrer.

Dans la mystérieuse forêt de Brocéliande, bien souvent les chemins deviennent des sentiers à peine praticables qui s'éparpillent dans toutes les directions. Lequel choisir ? D'ailleurs, ces sentiers se perdent dans des fourrés inextricables... Mais,

---

1. Joseph Sitruk, grand rabbin de France, entretien avec Annie Janneret, *Partager l'essentiel*, Saint-Jean-de Braye, éd. Dangles, 1999, p. 275.

derrière les fourrés, apparaît soudain la silhouette irréelle d'une femme qui tend ses mains chargées de lumière. Alors, c'est à chacun d'accepter ou de refuser l'offrande que présente ainsi la Femme innombrable.

Auzon-Poul Fetan,
1999

CHAPITRE I

La Dame du Lac

S'il est un personnage féminin essentiel, bien que fort discret, qui survole constamment la grande épopée du Graal et des chevaliers du roi Arthur sans participer directement aux actions qui s'y déroulent, c'est bien la mystérieuse « Dame du Lac », toujours présente dans l'ombre, toujours attentive à ce qui se passe, maîtresse des magies et des enchantements les plus efficaces, et qui apparaît aux moments les plus dramatiques, chaque fois que l'exige Dieu – ou le Destin – qui régit cette société idéale et parfaitement utopique de la Table Ronde. Comme l'écrit, au XVe siècle, le compilateur anglais Thomas Malory dans son *Morte Darthur* : « Toujours elle se montra fort bonne envers le roi Arthur et tous ses chevaliers, par le moyen de sa sorcellerie et de ses enchantements[1]. » En fait, en

1. Thomas Malory, *Le Roman du roi Arthur et de ses*

faisant le compte de ses interventions dans l'histoire fictive du Graal et du roi Arthur, on comprend que cette « Dame du Lac » joue le rôle d'une conscience profonde qui se réveille chaque fois que les circonstances l'exigent.

Elle apparaît d'abord, au cours du récit, dans la mouvance de Merlin l'Enchanteur, à propos de l'épée de souveraineté d'Arthur, la fameuse Excalibur. En effet, il semble que, dans le schéma légendaire primitif, Excalibur ne soit pas l'épée magique arrachée par le jeune Arthur au rocher dans lequel elle était plantée. Si l'on en croit Thomas Malory, qui déforme souvent les aventures arthuriennes en fonction du goût du temps mais qui puise ses sources dans la tradition insulaire orale et les manuscrits en langue française, l'épée d'Arthur (celle arrachée au perron) se brise au cours d'un combat où le roi a le dessous et ne doit son salut qu'à l'intervention de Merlin. Par la suite, Arthur se plaint de ne plus avoir d'épée. « C'est sans importance, repartit Merlin. Non loin d'ici se trouve une épée qui sera vôtre si mes efforts aboutissent[1]. » Merlin emmène le roi sur les rives d'un lac, « lequel était large et d'une eau pure. Et au milieu du lac, Arthur aperçut un bras vêtu de soie blanche qui tenait dans sa main une belle épée »... Là-dessus, ils virent une demoiselle

chevaliers de la Table Ronde, traduit de l'anglais par Pierre Goubert, 2 vol., Nantes, l'Atalante, 1994, II, p. 968. A noter que cette traduction française monumentale est la première qui soit intégrale.

1. Malory, trad. Goubert, I, p. 72.

qui marchait sur le lac[1]. Le roi, fort étonné, demande à Merlin qui est cette femme : « C'est la Dame du Lac, répondit Merlin. Et, dedans ce lac, il y a un rocher, et dedans ce rocher un palais, le plus beau qui se puisse voir et richement décoré[1]. »

Ce palais sous les eaux nous est d'ailleurs décrit dans la version primitive de *Lancelot*, la version allemande due à Ulrich von Zatzikhoven, écrite vers 1200, de l'aveu de l'auteur d'après un récit français perdu, qui est vraisemblablement la transcription d'une légende orale bretonne armoricaine. « Le lac où elle avait semblé se jeter... n'était en fait qu'un enchantement : à l'endroit où l'eau paraissait justement la plus profonde, il y avait de belles et riches maisons, à côté desquelles courait une rivière très poissonneuse ; mais l'apparence d'un lac recouvrait tout cela[2]. » C'est en cet endroit que la Dame du Lac ravit – d'ailleurs avec une sorte de cruauté – à sa mère le jeune enfant qui sera plus tard Lancelot du Lac : « La jeune femme en blanc se remit en marche. Ses pieds ne semblaient même pas frôler le sol tant elle paraissait légère et irréelle. Parvenue sur la berge descendant vers les eaux tranquilles du lac, elle continua d'avancer : les eaux semblèrent s'écarter pour la laisser passer et se refermèrent ensuite sur elle[3]. »

1. Malory, trad. Goubert, vol. I, p. 72.
2. Ulrich von Zatzikhoven, *Lanzelet*, transcrit dans J. Markale, *Le Cycle du Graal*, vol. III, p. 49.
3. Version classique – dite cistercienne – attribuée (faussement) à Gautier Map, transcrite dans J. Markale, *Le Cycle du Graal*, vol. III, pp. 41-42.

Sous la surface du lac s'étend un pays féerique : « Toute l'année, cette terre merveilleuse était fleurie comme au milieu du mois de mai... et tout autour s'étalaient des vergers dont les arbres portaient toujours des fruits mûrs et savoureux... Et surtout, il y avait une colline de cristal, arrondie comme une balle, sur laquelle avait été construite une splendide forteresse... Cette muraille était faite en diamant très dur... La forteresse était ornée avec grand art... Personne n'y subissait les effets de la colère, de l'envie ou de la souffrance. Les pierres dont avait été construit le palais avaient une telle vertu, à ce que l'on raconte, que quiconque y passait la durée d'une journée ne ressentait jamais la tristesse, mais ne connaissait que la joie. C'est là que résidait la Dame du Lac, au milieu d'une multitude de femmes, toutes aussi belles les unes que les autres... [1] »

Cette description est tout à fait conforme avec celles, fort nombreuses, qui sont disséminées dans les manuscrits irlandais du Moyen Age, en particulier les descriptions de l'île d'Emain Ablach, « où les fruits sont mûrs toute l'année et où l'on ignore la tristesse et le chagrin », et où règne une femme merveilleusement belle, entourée de jeunes filles toutes aussi belles [2]. Mais, ici, ce n'est pas

1. *Lanzelet*, dans *Le Cycle du Graal*, vol. III, pp. 49-50.

2. Lire en particulier le récit de la *Navigation de Bran*, sous le titre de « la Terre des Fées » dans J. Markale, *La Grande Epopée des Celtes*, Paris, Pygmalion, 1997-1999, vol. I, pp. 275-298.

une île, c'est *un pays sous les eaux*, un pays qui se dissimule sous la surface et qui, dans certains récits irlandais, est accessible aux humains lorsque les invitent les habitants de l'*Autre Monde*, qu'ils soient hommes ou femmes. Et ces pays sous les eaux, bien que semblables à ceux de la surface de la terre, comme le sont d'ailleurs, toujours selon la tradition irlandaise, les domaines féeriques du *sidh*, autrement dit ceux des peuples de la déesse Dana qui vivent sous les tertres mégalithiques, sont encore plus beaux, encore plus extraordinaires, encore plus magiques, échappant à l'emprise du temps et de dimensions illimitées [1].

La Dame du Lac, comme son nom le souligne, est donc une « fée des eaux », une « ondine », pourrait-on dire s'il s'agissait d'un univers germanique, une sorte de divinité protectrice des eaux douces, mais en aucun cas elle ne peut être assimilée à une « sirène » qui, contrairement à ce que l'on répète, vit sur les rochers des îles et des rivages et non pas sous les eaux [2]. De plus, en tant

1. Lire le chapitre « Démons et Merveilles » dans *La Grande Epopée des Celtes*, vol. I, pp. 235-239, et le chapitre « Le Pays sous la Vague » *ibid.*, vol. IV, pp. 111-139.

2. L'erreur, ou plutôt la confusion, remonte loin dans le temps, mais elle a été accentuée par des contes du genre de *la petite sirène* d'Andersen, universellement connue, qui est peut-être très beau d'un point de vue littéraire, mais qui témoigne de la part de l'auteur d'une méconnaissance totale des mythologies. De même, certains commentateurs font de Mélusine une sirène, ce qui est une stupidité : Mélusine n'a pas de queue de poisson, mais une queue de serpent, ce qui l'apparente à la

que maîtresse d'un domaine situé dans les profondeurs d'un lac, elle joue un rôle maternel assez évident puisque, symboliquement, elle est une véritable « matrice » en parturition, au milieu des eaux primordiales.

C'est ce rôle, essentiel mais paradoxal, qu'elle tient dans le *Lanzelet* d'Ulrich von Zatzikhoven et le *Lancelot* attribué à Gautier Map lorsqu'elle ravit à la veuve du roi Ban de Bénoïc son jeune enfant, et cela malgré les pleurs et les supplications de la pauvre femme, afin de l'élever dans sa forteresse sous les eaux et en faire celui qui deviendra plus tard Lancelot du Lac, le meilleur chevalier du monde. Les méthodes qu'emploie la Dame du Lac sont, semble-t-il, en contradiction flagrante avec la morale habituelle et avec les lois de toutes les sociétés : après tout, le rapt d'enfant est puni de peines très sévères. D'où l'ambiguïté fondamentale de la Dame du Lac qu'on présente généralement comme « bienfaisante ». Alors, est-elle bonne ou mauvaise ? De toute évidence, il y a un refus de répondre à une question qui n'a pas de

« vouivre » de la tradition jurassienne, et d'une façon générale à la « déesse-serpent », détentrice de sagesse et de secrets *telluriques*. Dans la tradition mythologique des Grecs, les « sirènes » sont des divinités terriennes, tandis que les nymphes fréquentent les eaux douces et les « néréides » les eaux salées. Les sculpteurs des chapiteaux romans ne s'y sont pas trompés lorsqu'ils représentent de soi-disant sirènes avec deux queues, en réalité deux jambes, largement écartées, ce qui en fait la version continentale d'une étrange *Sheela-na-Gig*, représentations obscènes de femmes au sexe béant qui figurent sur de nombreuses églises en Irlande et en Grande-Bretagne.

sens. Cela fait penser à cet épisode du *Zadig* de Voltaire où le pieux ermite, en réalité l'ange Jesrad, paraît agir de façon démentielle, accomplissant les crimes les plus odieux [1], attitude qui se révèle ensuite parfaitement bénéfique. Dieu – ou le Destin – sait très bien ce qu'il fait. La Dame du Lac également : sans son intervention, il n'y aurait pas eu de Lancelot du Lac alors que le personnage est de toute première importance sur le plan mythologique comme sur le plan du déroulement du récit [2].

Le rôle maternel de la Dame du Lac est d'ailleurs plus complexe. Tout au long du Cycle, elle apparaît comme la protectrice attitrée de Lancelot, soit en intervenant elle-même, soit en dépêchant sur place l'une de ses « pucelles » du nom de Saraïde, d'après le récit attribué à Gautier Map. Elle protège également comme une mère complice les amours de Lancelot et de la reine Guenièvre, et elle sauve très souvent de périls mortels le roi Arthur et certains de ses chevaliers. On pourrait prétendre que son attitude est « globalement bénéfique », et on pourrait en dire autant de Merlin pour qui la morale n'est qu'un mot vide de sens et dont l'action n'est que la transmission

1. Par exemple, il incendie la maison d'un homme qui a chaleureusement reçu Zadig et lui-même, « pour le remercier de son accueil ». Mais, sous les ruines de sa maison, l'homme découvre un fabuleux trésor.

2. Sur le rôle et la signification du personnage, voir J. Markale, *Lancelot et la Chevalerie arthurienne*, Paris, éd. Imago, 1985.

de ce qui est « écrit » ailleurs, dans la pensée divine ou dans ce qu'on appelle parfois le « Grand Livre des Destinées », livre que peu d'humains sont capables de lire, et surtout de comprendre. Zadig lui-même, dans le conte de Voltaire, ne peut déchiffrer un seul caractère du livre qu'ouvre l'ange Jesrad devant lui. Dans tous les récits du Cycle du Graal, en dehors de Merlin, prophète et magicien, qu'on dit être fils d'un diable, et qui est ainsi doté de pouvoirs surnaturels, ce sont des femmes qui peuvent lire ce qui est écrit dans le grand livre des Destinées. Et, en vertu de cette connaissance des mystères du monde, ce sont elles qui indiquent aux hommes le chemin qui doit les mener là où ils doivent aller. En ce sens, la Dame du Lac est la mère initiatrice, celle qui donne une seconde naissance à tous les fils des hommes qui s'agitent autour de la Table Ronde.

Il semble cependant que, dans la légende primitive, cette Dame du Lac ait eu elle-même un fils. C'est ce qui est raconté dans la version allemande du *Lanzelet*, œuvre qui contient parfois de surprenants archaïsmes et qui est le seul texte à signaler cette maternité physique. Lorsque le jeune Lancelot, élevé dans la forteresse sous le lac, est devenu adulte et demande à sa mère adoptive quel est son nom et quelles sont ses origines, la Dame du Lac lui répond qu'il ne les apprendra que lorsqu'il aura rempli une certaine mission. Elle lui explique alors qu'elle a un fils du nom de Mabuz et que ce fils est retenu par un enchanteur maléfique dans une forteresse où, par sortilège, tout héros devient lâche et peureux. Et la Dame du Lac confie au jeune Lancelot la mission de délivrer Mabuz. C'est au terme de nombreuses aventures, de pénibles épreuves, que le jeune homme réussira cette mission et qu'il apprendra son nom et ses origines[1].

Cette histoire mérite d'être examinée de près. En effet, le nom de Mabuz, de l'avis de la plupart des commentateurs, est le même que celui d'un certain Mabon, fils de Modron, dont il est question dans le plus ancien texte littéraire arthurien (remontant au moins jusqu'au IXe siècle), le récit gallois connu sous le titre de *Kulhwch et Olwen.* On y apprend que, pour obtenir la jeune fille qu'il doit épouser, le héros Kulhwch doit, parmi d'autres obligations, délivrer « Mabon fils de Modron, qui a été enlevé à sa mère la troisième nuit de sa naissance. Or, personne ne sait ou ne peut savoir où se trouve Mabon[2] ». C'est tout ce qu'on apprend sur Mabon et sur sa mère, mais Kulhwch, avec l'aide des guerriers d'Arthur, découvre la prison où se trouve le jeune homme, et le fait évader.

Or, le nom de Mabon est la forme galloise du gaulois *Maponos*, signifiant « fils », ou plutôt « filial », épithète accolée au nom d'Apollon dans les inscriptions gallo-romaines. Quant au nom de Modron, c'est la forme galloise du gaulois

1. *Le Cycle du Graal*, vol. III, pp.78 et suivantes, chapitre intitulé « Les aventures sans pareilles ».

2. *Le Cycle du Graal*, vol. II, pp. 204 et suivantes, chapitre intitulé « La chevauchée du prince Kilourh ».

Matrona, déesse-mère connue également par les inscriptions gallo-romaines, lequel a donné le nom de la rivière Marne. Donc, si l'on traduit littéralement « Mabon fils de Modron » (*Mabon ap Modron* dans le texte gallois), cela donne *Filial fils de Maternelle.* Si l'on comprend bien, Mabon – qui est une sorte de dieu guérisseur (et non pas un dieu solaire) protecteur des sources – est le fils d'une déesse-mère liée aux eaux douces. Et, de plus, d'après le récit de *Kulhwch et Olwen*, c'est en suivant le cours de la rivière Severn « sur le dos d'un saumon » (*sic*) que l'un des guerriers d'Arthur découvre la prison de Mabon sous la forteresse de Kaer Lloyw (Gloucester), prison à laquelle on ne peut accéder que par cette voie aquatique.

En termes de psychanalyse, l'emprisonnement du Fils équivaut à une situation intra-utérine. Le Fils n'est pas encore né, c'est-à-dire qu'il n'a pas encore pris conscience de son existence. Dans le récit gallois, Kulhwch et les guerriers d'Arthur sont donc des révélateurs, ou plutôt des *accoucheurs.* Dans le *Lanzelet*, c'est Lancelot qui tient le rôle, et ce faisant, il acquiert, avec son nom, le sens de sa propre vie : en permettant la naissance du Fils, il accède lui-même à une nouvelle naissance, parvenant à un état de maturité dans lequel il va pouvoir accomplir ses exploits. Mais, encore une fois, c'est la Dame du Lac qui tient les fils mystérieux du destin : elle est la *dea ex machina* sans qui rien ne se ferait, non seulement sur le plan individuel, mais encore sur le plan collectif, puisque l'épreuve débouche sur une évolution de la société concernée. Et si l'on a coutume de dire que *Dieu a besoin des hommes*, en l'occurrence, dans cette histoire, c'est la déesse qui a besoin des hommes.

Car il s'agit en fait d'une fable mythologique universelle, traitée ici (dans *Lanzelet* comme dans *Kulwch*) selon les normes spécifiques de la tradition celtique et exprimée dans un langage médiéval apparemment chrétien. On peut en effet reconnaître le mythe grec de Déméter et de sa fille Korê (Perséphone) prisonnière du monde souterrain, ou encore celui, plus largement oriental, de Cybèle et Attys (ou Vénus et Adonis) : le monde demeure en état de dormition tant que le Fils ou la Fille n'a pas pris conscience de son existence, car la déesse n'est rien si elle n'assume pas son rôle de mère. Il n'est peut-être pas inutile de signaler qu'on retrouve les traces de ce schéma à propos de la Vierge Marie et de Jésus, du moins dans la façon dont le récit évangélique est agencé.

La Dame du Lac imprègne littéralement l'ensemble du cycle arthurien, apparaissant discrètement mais sûrement chaque fois qu'il s'agit d'avertir ou de provoquer, de détourner une action ou de résoudre une situation délicate. Elle met sous haute surveillance Lancelot du Lac. Elle protège Arthur, non seulement en lui remettant l'épée de souveraineté, mais en le sauvant des pires dangers, en particulier, selon Malory, lorsqu'elle intervient juste à temps pour lui éviter de revêtir un manteau empoisonné envoyé par sa sœur

Morgane, qui l'aurait brûlé, ou encore lorsqu'elle envoie Tristan lui porter secours dans un combat fatal[1].

Et pour couronner le tout, au moment où Arthur est blessé mortellement, après la tragique bataille de Camlann qui consacre la disparition définitive de cette société idéale que forment les compagnons de la Table Ronde, c'est la Dame du Lac qui récupère Excalibur, épée de souveraineté, et qui l'engloutit dans un lac. On comprend donc que cette épée avait été confiée seulement à Arthur, et qu'elle ne devait pas tomber entre les mains d'un homme indigne. Excalibur est l'emblème du pouvoir, mais ce pouvoir, c'est en réalité la Dame du Lac qui en dispose à son gré : si elle-même n'en est pas propriétaire, elle en est la dispensatrice toute-puissante, et rien ne peut s'opposer à ses choix. La leçon qu'on peut tirer de tout cela, c'est que le personnage de la Dame du Lac représente effectivement la Déesse des Commencements, qui est également la Déesse des Fins Dernières, l'aspect féminin et maternel de l'Alpha et l'Oméga tant de fois utilisé dans la symbolique chrétienne[2].

1. Malory, trad. Goubert, I, p. 173 et pp. 469-470.

2. Il faut noter que seule la version – tardive – de Thomas Malory signale la présence de la Dame du Lac dans la nef qui emmène Arthur vers l'île d'Avalon, en compagnie de la fée Morgane et autres « dames » (trad. Goubert, II, p. 1115). Dans la version française attribuée à Gautier Map, le rôle de la Dame du Lac finit au moment où la mystérieuse main surgit du lac, saisit l'épée, la brandit trois fois et disparaît sous les eaux.

Mais cette Dame du Lac paraît bien abstraite cependant, une sorte d'entité qui se rapprocherait du *numen* indifférencié, neutre, non personnalisé, des Latins. A-t-elle un nom ?

Oui, et elle en a même plusieurs, ce qui n'est pas sans poser de nombreux problèmes quant à son identification dans la trame narrative du Cycle du Graal.

Dans la compilation anglaise du XVe siècle de Thomas Malory, à chaque fois qu'apparaît cette Dame du Lac, l'auteur prend soin de préciser qu'elle se nomme *Nimue.* Mais il y a une contradiction, ou plutôt une sorte d'interpolation dans le texte de Malory : en effet, ce n'est pas la Dame du Lac elle-même que rencontre Merlin, et dont il tombe éperdument amoureux, mais *l'une des Dames du Lac*[1]. Le terme moyen-anglais utilisé dans cet épisode est *damosel,* alors que dans d'autres, c'est *Lady of the Lake.* Et, dans tous les épisodes qui la concernent, c'est toujours la *Lady,* et elle est toujours nommée *Nimue.*

Mais Malory, il faut le rappeler, n'est qu'un compilateur. Il ne fait que transcrire et simplifier des données qu'il a puisées à différentes sources, insulaires et continentales, en moyen-anglais, en gallois, en français (de différents dialectes) et en allemand, voire en occitan. Et selon ces sources, aussi bien dans les récits que dans les manuscrits, le nom de la Dame du Lac est répété sous des formes parfois très diverses. Toutes, cependant,

1. Malory, trad. Goubert, I, p. 145.

semblent avoir une racine commune mais difficile à déterminer avec exactitude.

En effet, dans le récit que l'on connaît sous l'appellation de *Huth-Merlin*, d'après le nom du propriétaire du manuscrit, et qui a été attribué à Robert de Boron, il s'agit de *Niviène*. Mais dans le grand ensemble en prose dit cistercien, attribué faussement à Gautier Map, le nom varie selon les livres (ce qui indique d'ailleurs qu'il y a eu plusieurs auteurs). Ainsi, dans *l'histoire de Merlin*, la Dame du Lac est, dans le manuscrit lui-même, *Uiuiane*, tandis qu'elle est *Nymenche* dans le *Livre de Lancelot*, et *Niniane* dans le *Livre d'Artus*. Il arrive même que dans un même manuscrit la graphie ne soit pas fixée : un de ces manuscrits, conservé à la Grande Bibliothèque de France, fait en effet apparaître *Uiuiane* et *Uiniane* à quelques folios près. Et un autre de ces manuscrits contient trois formes, *Uinaine*, *Uiane et Uiuiane*. C'est dire qu'au Moyen Age, personne n'est vraiment fixé sur le nom de la Dame du Lac, d'autant plus qu'il n'apparaît jamais dans les textes gallois qui sont antérieurs, tel *Kulhwch et Olwen*, ni enfin dans les deux œuvres écrites en latin au début du XIIe siècle par le clerc gallois Geoffroy de Monmouth, la *Vita Merlini* et l'*Historia Regum Britanniae*, ni dans l'adaptation de cette dernière en français par le Normand Robert Wace (*le Roman de Brut*) – le véritable introducteur de la légende arthurienne sur le continent –, dans les trois récits arthuriens de Chrétien de Troyes (*Erec et Enide*, *le Chevalier au Lion* et *Perceval*) qui est pourtant le premier en date à avoir parlé du Graal et raconté certaines aventures de Lancelot du Lac. Il faudra attendre le XVIe siècle, mais surtout le XIXe siècle pour que le nom de la Dame du Lac soit unanimement stabilisé sous la forme de *Viviane*.

Depuis lors, le nom de Viviane s'est largement répandu, non seulement dans la littérature mais dans la vie courante, puisque c'est un prénom de baptême considéré comme le féminin de *Vivien*. Viviane est aussi le nom qu'on donne communément à la jeune fille dont le vieil enchanteur Merlin tombe éperdument amoureux, celle qui, après avoir appris de lui tous ses secrets de magie, l'enferme dans une tour d'air invisible. D'après la version dite de Gautier Map, et qui est dans la tradition de Robert de Boron, c'est pour se réserver jalousement Merlin que Viviane agit ainsi, et c'est par amour que Merlin se laisse enfermer. Cependant, une autre tradition, reprise par Thomas Malory, est beaucoup moins glorieuse : c'est pour se débarrasser de Merlin que la Dame du Lac l'enferme, et non pas dans une tour d'air invisible, mais sous un rocher. Voici ce qu'écrit Malory : « Et toujours Merlin importunait la demoiselle (*damosel*), afin d'avoir son pucelage. Elle était fort lasse de ses avances... mais elle en avait peur parce qu'il était le fils d'un démon et ne pouvait s'en défaire de nulle façon. Un jour, il advint que Merlin lui montra où, dans un rocher, se trouvait une grande merveille. Elle avait été faite par sortilège et recouverte d'une grosse pierre. Par ses subtils artifices, la demoiselle obtint que Merlin s'engageât sous la pierre pour lui conter ensuite quelle merveille était là. Mais elle fit en sorte qu'il ne ressortît jamais plus, malgré tous ses pouvoirs. Et c'est ainsi qu'elle partit en l'abandonnant[1]. »

Cela semble donc indéniable : quelles que soient les raisons exactes de la disparition, ou de son *enserrement*, comme disent les textes, de l'enchanteur-prophète, Viviane, sous ses différents noms, est la Dame du Lac, héritière des connaissances magiques de Merlin. Ainsi s'expliqueraient aisément ses pouvoirs et l'appellation qu'on lui donne, *la Fée Viviane*. Mais tout se complique lorsqu'on examine la légende primitive de Merlin telle qu'elle apparaît dans les textes gallois antérieurs aux romans de la Table Ronde. En effet, aussi bien dans les récits latins de Geoffroy de Monmouth (vers 1135) que dans les poèmes en langue galloise (collectés au début du XIIe siècle) attribués au barde Myrddin (= Merlin), il n'est jamais question d'une Dame du Lac, et encore moins d'une jeune fille dont Merlin serait tombé amoureux. Par contre, y joue un rôle considérable un personnage inconnu des romans arthuriens, *la sœur de Merlin*, laquelle, très liée avec son frère, hérite de tous ses dons et se met elle-même à prophétiser. Et cette sœur est nommée *Ganieda* dans le texte latin de Geoffroy de Monmouth, et *Gwendydd* dans les poèmes gallois.

1. Malory, trad. Goubert, I, p. 146.

Ces deux noms méritent d'être étudiés. Même s'il est évident, le rapport étymologique entre *Ganieda* et *Gwendydd* demeure fort obscur. La forme *Gwendydd* ne pose aucun problème : elle est composée de deux termes gallois bien repérables, *gwynn* (à prononcer « gouenn »), qui signifie « blanc », et *dydd* (à prononcer « diz »), qui signifie « jour ». Gwendydd est donc *Blanche Journée*.

On peut certes retrouver l'adjectif *gwynn* dans *Ganieda* sous la forme contractée de *gan*, mais la fin du nom *-ieda* semble n'avoir rien de commun avec *dydd*. Pour éliminer cette difficulté, on pourrait supposer que *Ganieda* et *Gwendydd* sont empruntés tous deux à une forme commune archaïque, en langue dite brittonique (gallois et breton anciens), qui serait en quelque sorte l'équivalent de « Blanchette » ou bien encore, puisque *Gwynn* (comme le gaélique *finn*, provenant tous deux du gaulois *vindu*) signifie également « blond » et « beau », « Blondinette » ou simplement « Belle ». Une telle hypothèse est parfaitement logique et ne fait que confirmer l'aspect « féerique » du personnage.

Mais quels sont les rapports entre *Ganieda* et *Gwendydd* et les autres noms englobés plus tard dans celui de Viviane ? *Nimue* et *Nymenche*, formes très voisines, sont plus faciles à expliquer. Ils supposent une racine nettement galloise, ou tout au moins brittonique : ils contiennent en effet le terme *nem* (apparenté au latin *nemus*, « bois sacré », « sanctuaire ») qui signifie « ciel » au sens religieux, puis « sacré » et « saint ». On retrouve ce terme dans le gallois *nef* (à prononcer « nève »), ce qui justifierait la variante *Nivième*, le breton-armoricain *nenv* (à prononcer « nan ») et le gaélique *niamh* (à prononcer « nive »), tous trois signifiant également « ciel ». On ne peut que constater la permanence du sacré dans la signification de ces deux noms, ce qui donne une dimension surnaturelle, ou simplement surhumaine, à cette fameuse Dame du Lac.

Précisément, en 1907, la médiéviste Lucy Allen-Paton eut l'audace d'établir un parallèle entre Nymenche et une héroïne de l'épopée irlandaise du nom de *Niamh*, laquelle semble en effet jouer un rôle analogue à celui de Viviane. Dans le récit de *la Mort de Cûchulainn*, celle-ci est en effet chargée par le roi Conchobar (Conor) de retenir prisonnier le héros pour éviter qu'il ne se lance dans une bataille qui lui serait fatale. Or Niamh est une fée, un personnage de l'Autre Monde[1]. Si l'on admet cette hypothèse, Nymenche (donc Nimue) serait donc la « Céleste », la « Fée » par excellence, ce qui est conforme dans les grandes lignes à ce personnage très aérien de Viviane, encore qu'il soit également lié aux sources, aux lacs et aux rivières.

La forme *Niniane* a été l'objet de nombreux commentaires et a provoqué différentes hypothèses. On s'est demandé si *Niniane* n'a pas précédé *Viviane*, le nom, contenant trop de nasalisation, ayant évolué lentement jusqu'à être

1. *La Grande Epopée des Celtes*, vol. III, chapitre intitulé « La Marche des Arbres ».

confondu avec celui de Viviane, pris comme féminin de Vivien. Rien ne s'oppose à cette supposition, mais rien ne la prouve. Il est cependant impossible de l'admettre sans d'abord rechercher d'autres éléments qui auraient pu conduire à l'élaboration de la forme *Niniane.*

A première vue, et en admettant son étymologie à partir de *nem*, la forme *Niniane* supposerait un modèle breton-armoricain fortement nasalisé. L'idée est intéressante dans la mesure où le personnage réside en « Petite-Bretagne », c'est-à-dire en Bretagne armoricaine. C'est en effet dans la forêt de Paimpont, qui passe de plus en plus pour la Brocéliande légendaire, que Merlin rencontre Viviane. C'est toujours dans la péninsule armoricaine que, plus tard, devenue Dame du Lac, Viviane enlève le jeune Lancelot pour l'élever dans son palais sous les eaux du lac. Or, à peu de distance de cette forêt de Brocéliande, coule une rivière qu'on appelle le *Ninian.* Cette rivière prend sa source dans les Côtes-d'Armor, passe dans le Morbihan, longe la forêt de Lanouée non loin d'une forteresse de l'époque des rois bretons [1] où il est possible de voir la résidence de Ban de Bénoïc, le père de Lancelot, puis traverse le territoire d'Helléan (dont le nom est l'une des

1. Il s'agit des vestiges d'un camp celtique des VIe-IXe siècles de notre ère appelé le « Camp des Rouets » ou le « Camp des Rois », sur le territoire de Mohon. Voir à ce sujet J. Markale, *Guide spirituel de la forêt de Brocéliande*, Monaco, éd. du Rocher, 1996, pp. 25-29.

composantes de *Bréchéliant*, forme primitive de Brocéliande) et se jette enfin dans l'Oust au sud de Ploërmel. Or, *Ninian* est le nom d'un saint évangélisateur des Bretons du nord et des Pictes du sud, en Ecosse, au VIe siècle. Ce nom est évidemment celtique et provient sans aucun doute de la même racine *nem.* Donner à un saint le nom (en fait, un surnom) de « sacré » ou de « céleste » est une chose qui semble tout à fait normale. Et comme *Niniane* peut être considéré comme le féminin de *Ninian*, on en vient à confirmer la signification de son nom : la Dame du Lac est vraiment « Céleste ».

Mais la discussion n'en est pas finie pour autant. Certains érudits ont proposé de voir dans les noms de *Niniane* et de *Viviane* l'aboutissement, à la suite de diverses altérations, du nom gallois *Rhiannon* qui est celui d'une héroïne de la première et de la troisième branche du *Mabinogi* gallois, un recueil de contes mythologiques mis par écrit aux XIe et XIIe siècles sur des schémas épiques remontant au XIe et même dans certains cas au IXe siècle, et conservés dans au moins deux précieux manuscrits, le *Livre Rouge de Hergest* et le *Livre Blanc de Rydderch*, datant tous deux du XIVe siècle. Le nom de *Rhiannon* n'est guère difficile à interpréter : c'est la « Haute Reine » (équivalent de *Morgane*, elle-même vraisemblablement équivalent du gaélique *Morrigane*, « grande reine »), signification généralement admise par tous. Mais *Niniane-Viviane* est-il réellement le résultat d'une évolution de Rhiannon ?

Le professeur gallois John Rhys, au début du XXe siècle, en était persuadé, et le médiéviste américain Roger Sherman Loomis, au milieu du siècle, suivait fidèlement cette opinion bien qu'elle fût âprement combattue, pour des raisons de phonétique, par le linguiste Eric Hamp. Querelle de spécialistes ! s'écriera-t-on. Mais c'est de la discussion que jaillit parfois la lumière. Les lois de la phonétique ne s'appliquent pas toujours aux noms propres, peu s'en faut, car bien souvent, l'étymologie populaire, qui ne repose que sur des homophonies ou *des traditions locales*, est absolument sourde devant les démonstrations scientifiques les plus convaincantes.

Le passage de *Rhiannon* à *Niniane* ne peut s'expliquer que par la forme bretonne-armoricaine *Rivanone*. Or, c'est précisément le nom que porte la mère du célèbre saint Hervé, le barde aveugle du VIe siècle qui est devenu le patron des « sonneurs » en Bretagne. Et sa légende hagiographique nous apprend que la mère a abandonné son fils parce qu'il était aveugle, mais qu'elle s'est réconciliée avec lui à la fin de sa vie, prenant ainsi place au rang des innombrables « saints » et « saintes » de la péninsule armoricaine. Etrange histoire, en vérité : cette séparation d'avec le fils – en l'occurrence tout à fait volontaire puisque c'est un lâche abandon – rappelle l'aventure de la Rhiannon galloise à qui l'on enlève, la nuit de sa naissance, son fils Pryderi, qu'elle retrouvera d'ailleurs bien des années plus tard. Il y a une analogie certaine entre ces deux aventures et celle de la Dame du Lac qui, selon Ulrich von Zatzikhoven, envoie le jeune Lancelot délivrer son fils Mabuz, ou encore celle, seulement signalée dans *Kulhwch et Olwen*, de Modron à qui on a dérobé son fils Mabon le troisième jour de sa naissance. Cette séparation de la Mère et du Fils, quelles qu'en soient les causes et les circonstances, paraît bien être du domaine du symbole, rejoignant ainsi le mythe de Cybèle, de Déméter et de bien d'autres déesses-mères des multiples traditions répandues dans le monde. Alors, pourquoi ne pas admettre, en tant qu'hypothèse, sinon une identification de Niniane-Viviane avec Rhiannon, du moins une grande analogie entre elles ? Et ce serait moins ridicule que de prendre à la lettre ce que l'auteur du *Merlin* proprement dit (dans la version cistercienne) dit à propos de Niniane-Viviane : « Elle eut nom en baptême Viviane, et c'est un nom qui en chaldéen (*sic*) sonne autant en français que si on disait *nient ne ferai* (Rien n'en ferai)[1]. » En somme, le nom de Niniane proviendrait d'un sobriquet moralisateur amputé de son verbe, *rien nen*, ce qui se rapproche le plus phonétiquement de *Rhiannon.* Mais tout cela n'est que fantaisie, et l'on ne voit pas ce que viendrait faire la langue chaldéenne dans cette histoire typiquement celtique.

1. *Histoire de Merlin*, édition Sommer (1907). A signaler que dans une édition du récit du *Merlin* proprement dit, imprimée en 1528 à Paris, on peut trouver cette phrase : « Nymanne est ung nom de Caldee qui est à dire en françois *rien nen feroye* », ce qui nous ramène à Nymenche et à Nimue.

Il n'en est pas moins vrai que *Niniane* semble le féminin de *Ninian.* Et l'existence de « saint » Ninian comme évangélisateur de la basse Ecosse est attestée, même si sa vie légendaire et sa « sainteté » ne peuvent être prises au sérieux. Ce « saint » personnage a vécu dans le pays du Merlin historique, roi d'une petite tribu des Bretons du nord, mais cinquante ans avant celui dont on fera un « enchanteur-prophète ». En effet, le barde Myrddin, c'est-à-dire Merlin, se situe vers les années 570-600 dans la forêt de Kelyddon (*Caledonia*), au sud de la Clyde, tandis que Ninian a assuré sa prédication vers les années 500-520, c'est-à-dire exactement à l'époque de l'Arthur historique, qui n'était pas roi mais simple chef de guerre, protecteur des Bretons contre les envahisseurs anglo-saxons. Et il est plus que vraisemblable que Ninian a passé la Manche et qu'il a continué sa mission en Armorique, comme en témoigne le nom de la rivière *Ninian.*

On sait que dans la plupart des récits hagiographiques, les « saints » évangélisateurs et guérisseurs qui arrivent dans un pays « païen » accomplissent un geste rituel, toujours le même, celui de frapper le sol avec leur crosse – s'ils sont évêques ou abbés – ou avec leur simple bâton de pèlerin, et qu'une source se met à jaillir immédiatement. Le symbole, en relation directe avec le baptême chrétien, est parfaitement clair : il abreuve les misérables populations qui meurent de soif par la parole évangélique et il offre cette source-parole à ceux qui se convertissent. Or, dans les pays celtes,

Christianisme et « Paganisme » font très bon ménage. Il y a donc quelque chose de troublant dans ces rapprochements de noms et de fonctions : Niniane-Viviane, la Dame du Lac, est incontestablement liée à un antique culte des eaux sacrées, rivières, lacs et sources. C'est toujours près d'une fontaine qu'elle rencontre Merlin, notamment à la célèbre Fontaine de Barenton, la « Fontaine qui fait pleuvoir ». Le premier tour de magie que lui enseigne Merlin, d'après le soi-disant Gautier Map, c'est de faire surgir une rivière là où la terre est sèche et déserte. Quand elle a *enserré* Merlin, devenue Dame du Lac, elle réside sous les eaux, dans le palais de cristal où elle élève Lancelot, son fils adoptif, pour en faire le meilleur chevalier du monde. C'est également des profondeurs d'un lac qu'elle fait surgir l'épée Excalibur pour la remettre à Arthur, et c'est elle qui reprend l'épée lorsque les aventures sont terminées. Enfin, dans les récits continentaux, on nous dit que le père de Viviane, un certain Dyonas, était le filleul de Diane. D'ailleurs, c'est au bord du Lac de Diane que se promènent fréquemment Viviane et Merlin. Et ce patronage de Diane, surprenant sans doute parce qu'héritage latin égaré dans un mythe celtique, est pourtant parfaitement justifié.

Il est vrai que sous le nom romain de Diane se cache le mystérieux visage de la grande déesse des temps primitifs. Diane est l'Artémis grecque, mais cette Artémis, comme le prouve l'*Orestie* d'Eschyle, est d'origine scythique, recouvant une divinité solaire ambiguë, détentrice de tous les pouvoirs, dispensatrice à la fois du bien et du mal, salvatrice et cruelle. Ce n'est pas un hasard si, dès le Moyen Age, les sorcières se référaient à cette Diane, maîtresse des animaux sauvages, rôdant sans cesse dans la nuit *sous la lune*, et poursuivant de son courroux tous ceux qui pourraient lui manquer de respect. Diane, telle qu'elle est représentée, avec un croissant de lune pour emblème, n'est pourtant pas la Lune : avant l'inversion des polarités (marquée mythiquement par la victoire d'Apollon, le mâle, sur le serpent Python, la femelle), elle était *soleil.* Et, en fait, elle l'est toujours, mais renvoyée dans l'inconscient, dans la nuit, avec une lune (on devrait dire *un* lune !) pour compagnon, symbole du fils-amant sans lequel elle ne peut participer à l'évolution de l'univers.

On a émis l'opinion que le nom de Niniane (et de Viviane) était apparenté à celui de Diane. Effectivement, le nom *Diana* est composé de deux termes, *di-* et *Ana*, ce qui signifie « déesse Ana ». Or, *Ana* est le nom le plus courant de la Grande Déesse, qu'il soit utilisé seul ou en composition, non seulement dans la tradition indo-européenne, mais aussi dans celle des Sémites du Moyen Orient : à Rome, c'est Anna Parenna (Anna la Pourvoyeuse), en Inde, Anna Pourna (même sens), en Grèce, Danaé (d'où le célèbre *timeo Danaos...* de Virgile, et le nom du Danube), en Mésopotamie, Anahita, chez les Phéniciens, Tanit ou Tanaït, en Irlande, Dana (mère symbolique des *Tuatha Dé Danann)*, cela pour en arriver à l'étrange « sainte »

Anne de la tradition chrétienne et dont l'image est si répandue chez les Bretons. Pourquoi les noms de Niniane et de Viviane ne contiendraient-ils pas ce même terme, *Ana*, précédé d'un déterminatif qui n'était plus compris au moment de la mise par écrit de la légende ?

Ce qui est gênant, c'est le rapport qui peut exister entre les deux noms de Niniane et de Viviane et celui de la « sœur » de Merlin, *Ganieda* dans le texte latin de Geoffroy, *Gwendydd* dans les manuscrits gallois. Si la forme *Viviane* provenait d'un mot celtique, ce ne pourrait être que d'un terme « vieux-celtique » où le « V » initial (en réalité un « U ») n'aurait pas évolué en « GU », comme c'est le cas pour tous les mots d'origine brittonique [1]. Or, ce « GU » initial apparaît dans *Gwendydd* et, sous une transcription latine, dans *Ganieda*.

Il ne faut pas cependant oublier que le nom de Viviane a été compris par les copistes du Moyen Age comme le féminin de Vivien, nom très connu et qui, en plus, est celui d'un héros des Chansons de Geste : il est en effet le neveu favori de Guillaume d'Orange, personnage considérable en qui on reconnaît Guilhelm de Gérone, fondateur de l'abbaye de Saint-Guilhelm-du-Désert, et qui joue un rôle important dans les récits légendaires concernant les luttes entre Chrétiens et Sarrasins dans le midi de la France.

---

1. Par exemple, le mot gaulois *vidu*, « arbre », « bois », a donné le breton-armoricain *koad* ou *koed*, et le gallois *coit* et *coed* par l'intermédiaire de la forme *guoit*.

Mais en occitan, c'est-à-dire dans la langue du pays où s'est développée la légende de Guillaume d'Orange, la forme du nom de Vivien est *Vezian*, ce qui suppose un modèle celtique identique à celui qui a donné en gallois le nom de *Gwyddyon*, fils de Dôn, héros de la quatrième branche du *Mabinogi*, habile magicien qui fait évidemment penser à Merlin. Et *Gwyddyon* signifie « savant » ou « voyant ». Or, dans toutes les langues celtiques, les mots qui désignent la connaissance et le savoir proviennent de la même racine (*vidu*) que les mots désignant l'arbre et le végétal d'une façon générale. A ce compte, on pourrait prétendre que *Viviane* est la « Savante », ou la « Voyante », ce qui ne serait nullement contradictoire avec cette autre signification : la Femme des Bois. Dans les deux cas, on retrouve incontestablement les visages traditionnels qui sont attribués à la Dame du Lac, la fée qui hante les forêts, les fontaines et les eaux douces.

De plus, étant donné que Merlin est entouré de personnages dont le nom comporte très souvent l'adjectif *gwynn-gwenn*, « blanc [1] », il n'est pas déraisonnable de supposer que le nom de Viviane pourrait provenir d'un ancien celtique *vindu*, « blanc », « blond », « beau », qui aurait ensuite été confondu avec *vidu* et rattaché au nom de Vezian-Vivien. Cette solution aurait le mérite de faire

1. En particulier le nom de l'épouse de Merlin dans le texte de Geoffroy de Monmouth, *Guendoloena (Gwendolyn* en gallois actuel), celui de *Ganieda* et de *Gwendydd*, et celui du roi *Gwenddoleu* dont il est question dans les poèmes gallois attribués à Myrddin, c'est-à-dire Merlin.

coïncider le personnage de la sœur de Merlin, Ganieda ou Gwendydd, avec la fée Viviane.

C'est dans cette direction que l'érudit Arthur Brown s'est engagé en 1945, lorsqu'il a proposé de voir dans le nom de Viviane l'aboutissement français du gaélique *Bé-Finn*, personnage féerique de la tradition irlandaise[1]. *Bé-Finn* signifie « Belle Femme » ou « Femme Blanche », ce qui nous ramène à d'innombrables légendes sur la *Dame Blanche* qui parcourt les forêts ou apparaît à l'entrée d'une grotte, au-dessus d'un cours d'eau. C'est le surnom porté par l'héroïne Etaine, dans un célèbre récit irlandais[2]. Mais c'est aussi le nom de la mère du héros Fraech dans un autre récit[3]. L'hypothèse selon laquelle *Bé-Finn* aurait donné *Bé-Fionn*, puis *Bé-Vionn*, puis encore *Vevionn* avant d'en arriver à *Viviane*, n'a rien d'invraisemblable, le seul problème qui subsiste étant de savoir comment le transfert s'est fait du gaélique au français.

Mais quelle qu'ait été cette transmission, il semble bien qu'il y ait des points communs entre Viviane et cette *Bé-Finn* irlandaise. Dans les récits mythologiques, *Bé-Finn* apparaît comme le doublet de sa propre sœur, *Boann, ou Boinn*, autrement dit le fleuve Boyne personnifié, qui est présentée comme une véritable « Reine des Fées ». Et

1. *Speculum*, XX, pp. 426 et suivantes.

2. *La Grande Epopée des Celtes*, vol. I, chapitre intitulé « Etaine et le roi des Ombres ».

3. *Ibid.*, chapitre intitulé « Pour l'amour de Finnabair ».

non seulement le nom de *Boinn* est très répandu dans la toponymie irlandaise, mais on le remarque en France, dans le Massif Central, à la limite exacte des territoires autrefois occupés par les Arvernes et ceux occupés par les Vellaves, dans la commune de Saint-Jean-d'Aubrigoux (Haute-Loire). A cet endroit se trouve en effet un établissement druidique gaulois, plus ou moins clandestin sous l'empire romain, détruit ensuite par des envahisseurs germaniques et qui n'a jamais été reconstruit. Et cet établissement, qui semble avoir été important, est situé près d'une source qu'on appelle actuellement la « Fonboine ». Or, il est certain que ce nom ne signifie pas « bonne source », comme on pourrait le croire à première vue, mais tout simplement « source de Boinn ». Il faut donc supposer que cette Boinn recouvre bel et bien un personnage mythologique appartenant à la tradition celtique commune.

Et cette *Bé-Finn-Boinn* est étroitement liée à d'antiques cultes des sources, des étangs et des rivières. C'est une sorte de déesse-mère des eaux douces, eaux fécondatrices s'il en fût. Le nom de *Boinn* s'explique facilement : c'est un ancien celtique *Bo-Vinda* dont le sens est « vache blanche ». On sait l'importance des bovins chez les Celtes, en particulier les Irlandais qui étaient avant tout un peuple de pasteurs pour qui la richesse se mesurait en troupeaux de vaches, et il ne faut pas s'étonner de ce « patronage » animal donné à une déesse de la troisième fonction, dispensatrice de nourriture et symbole de la prospérité. Quant à la confusion entre *Bo-* et *Bé-*, elle s'explique également très facilement et ne provoque aucune contradiction. Ce qui ressort de tout cela, c'est le concept d'une femme divine *blanche*, *blonde* et *belle*, qui est la *pourvoyeuse* par excellence. Et, à la suite de multiples mutations, d'un récit à l'autre, d'une langue à une autre, on en serait venu à « visualiser » en quelque sorte cette entité divine qu'est Boinn sous le nom et l'aspect de cette Viviane, errant dans les bois, rencontrant Merlin auprès d'une source, recevant de l'enchanteur des connaissances qui en font une « fée », se faisant construire un merveilleux palais de cristal sous les eaux et devenant ainsi la Dame du Lac. L'hypothèse est loin d'être absurde, et elle est même la seule à pouvoir résoudre le problème de la concordance entre Ganiéda-Gwendydd d'une part, et Niniane-Viviane d'autre part.

On peut même aller plus loin. La mythologie celtique n'est pas avare de doublets, et surtout de *triplets* : les dieux et les déesses (ou soi-disant tels) plus ou moins héroïsés sont le plus souvent représentés sous forme de *triades*, c'est-à-dire sous trois aspects, trois noms et même trois fonctions : or Boinn est aussi Etaine et Brigit, cette dernière étant fille (ou sœur) de Dagda, l'un des chefs les plus considérables du peuple féerique qu'on appelle les *Tuatha Dé Danann*, « les gens de la déesse Dana ». Et cette Brigit, devenue par la suite, à l'époque chrétienne, la fameuse « sainte » Brigitte de Kildare, considérée comme fondatrice d'un monastère où se maintenaient le culte du feu et celui de l'eau, n'est autre que la Minerve gauloise signalée par Jules César, dans son *De bello gallico*, comme la patronne des arts, des techniques et de la poésie, c'est-à-dire de la connaissance, de la « sagesse », divinité de première importance selon le proconsul romain.

Enfin, pour en terminer avec le personnage particulier de Boinn, il faut se souvenir qu'elle a des rapports incestueux avec son père (ou son frère) Dagda et qu'elle est la mère d'Oengus, le *Mac Oc*, qui deviendra le maître du tertre de *Brug-na-Boyne*, autrement dit Newgrange, l'un des cairns mégalithiques les plus prestigieux d'Irlande dont la tradition fait le palais féerique le plus merveilleux qui soit. Et il y a, dans les écrits sur l'enfance d'Oengus, sur son éducation plus ou moins clandestine, bien des analogies avec l'histoire de Pryderi, fils de Rhiannon, de Mabon, fils de Modron, et de Mabuz, fils de la Dame du Lac [1]. Alors se pose la question de savoir qui est donc cette Viviane par rapport à Merlin : est-elle une jeune fille que rencontre par hasard le vieil enchanteur qui en tombera amoureux, ou bien la propre sœur de Merlin avec lequel elle contractera une union incestueuse ?

Si l'on prend à la lettre les récits concernant Merlin, les textes insulaires, sauf un seul, la *Vita Merlini*, où le personnage est marié, aussi bien que les textes continentaux, sauf un seul, *la*

1. *La Grande Epopée des Celtes*, vol. I, chapitre intitulé « Les tribulations du jeune Angus ».

seconde continuation de Perceval, il n'y a aucune allusion à de quelconques aventures sexuelles entre une femme et l'enchanteur. Il n'est question que de l'amour fou et désespéré que l'enchanteur porte à la Demoiselle du Lac. On peut seulement supposer, dans la version dite de Gautier Map, qu'une fois « enserré » par Viviane dans une tour d'air invisible, cet amour s'est enfin concrétisé. Mais, le problème qui se pose est que, dans la version la plus ancienne de la légende, la *Vita Merlini* de Geoffroy de Monmouth, l'objet de son amour fou paraît bien être non pas son épouse Guendoloena, mais sa sœur Ganieda. Et il en est de même dans les poèmes gallois attribués à Myrddin.

Il faut avouer que, quoi qu'il en soit, Merlin entretient des rapports privilégiés avec sa sœur. Lorsque, devenu fou au cours de la bataille d'Arthuret (Arderydd), il s'est réfugié dans la forêt où il vaticine à tout va, il ne supporte que la présence de Ganieda-Gwendydd. Peu lui importe son épouse Guendoloena qu'il autorise bien volontiers à se remarier, mais il semble qu'il soit assez jaloux des fréquentations de sa sœur. Un épisode de cette *Vita Merlini* est assez révélateur et il peut être interprété de deux façons qui ne sont pas contradictoires. Revenu à la cour du mari de sa sœur, le roi Rodarcus (Rydderch), il éclate de rire en voyant une feuille dans les cheveux de Ganieda. Sommé par son beau-frère de lui expliquer les raisons de son rire, il fait comprendre au roi que Ganieda est allée « regarder la feuille à l'envers » en galante compagnie. De deux choses l'une : ou bien Merlin est furieux parce que Ganieda a un amant et veut se venger d'elle en la dénonçant à son mari, ou bien il est lui-même l'amant de Ganieda et veut ainsi provoquer la rupture entre elle et le roi Rodarcus.

A la mort de Rodarcus, toujours selon la *Vita Merlini*, la situation est encore plus trouble. Ganieda se trouve en compagnie de Merlin, dans la forêt, quand meurt le roi, mais c'est Merlin qui, par divination, apprend cette mort, et il ordonne à sa sœur d'aller prononcer l'éloge funèbre du défunt. Ganieda obéit. Elle accomplit ce devoir avec dignité, puis elle revient vers Merlin et décide de vivre avec lui dans une étrange maison, en plein cœur de la forêt, où les fenêtres sont disposées de façon à observer toutes les positions des astres dans le ciel. Voilà donc créé un couple frère-sœur, mais dans lequel la femme occupe une place prépondérante. En effet, Ganieda se met à vaticiner à son tour, et mieux encore que Merlin. Elle a certes été initiée à la prophétie par son frère, mais elle a tellement bien reçu le message qu'elle est capable de surpasser le maître. Désormais, Merlin va se taire : il n'occupe plus que le second rang tandis que Ganieda est en passe de devenir la Dame du Lac, maîtresse absolue du domaine forestier qu'elle a d'ailleurs fait construire et dans lequel on peut l'imaginer gardant littéralement prisonnier son frère en dehors de l'espace et du temps, en une véritable « tour d'air invisible » que certains textes appellent l'*esplumoir Merlin* [1]. Il s'agit bel et bien de l'enserrement de Merlin par la Demoiselle du Lac.

Bien entendu, dans le texte de la *Vita Merlini*, Geoffroy de Monmouth ne fait aucune allusion à des rapports incestueux entre Merlin et Ganieda, mais la description demeure on ne peut plus équivoque. Et si l'on admet que Ganieda n'est autre que l'aspect primitif de Viviane, le doute n'est plus possible. Ce sont les versions françaises, courtoises et raffinées, entièrement intégrées dans un contexte chrétien, rédigées par des Cisterciens ou des clercs affidés aux Cisterciens, qui ont opéré la substitution de la sœur par l'amante rencontrée auprès d'une fontaine, jeune fille en apparence innocente, mais rusée et perverse. Car dans les poèmes gallois attribués à Myrddin, les choses sont beaucoup plus précises. Cela semble se référer à une tradition archaïque que Geoffroy n'a pas cru bon d'utiliser pleinement, sans doute parce que l'étalage d'un inceste fraternel, tout symbolique qu'il fût, risquait non seulement de choquer son public, mais d'attirer sur son auteur – ou son transcripteur – les foudres des censeurs ecclésiastiques conscients de l'immoralité d'une telle situation.

En effet, Merlin (*Myrddin* en gallois), seul dans sa forêt, au moment de ses crises de folie, au pied

1. Le mot *esplumoir* demeure toujours très mystérieux, mais il semble qu'il faille y voir une allusion à la possibilité qu'a Merlin de se déplacer dans les airs comme un oiseau. D'ailleurs, le nom de Merlin, parfaitement français, n'est qu'une épithète qui ne signifie pas autre chose que « petit merle ».

de son pommier, se plaint souvent d'être délaissé. Il n'apparaît pas comme un reclus volontaire, comme un ermite ayant choisi de vivre à l'écart du monde et de son agitation, mais vraiment comme un prisonnier. Il déplore que sa sœur ne vienne pas le voir. Cela ressemble à ce que dit Merlin dans la version dite de Gautier Map, lorsqu'il se réveille dans une forteresse magique, après son *enserrement*, quand il dit à Viviane : « Que ferai-je donc si tu ne viens pas me voir ? »

« Gwendydd ne m'aime plus et ne vient plus me voir », s'écrie-t-il encore dans le poème intitulé *les Pommiers*. Et cette plainte revient sans cesse comme un *leitmotiv*. S'adressant au pommier sous les branches duquel il s'est réfugié, il évoque le passé : « Avant d'être privé de ma raison, je venais souvent près de toi avec une fille charmante et gaie. » Ou encore : « Je n'ai ni joie, ni visite de mon aimée. A la bataille d'Arderyd, je portais un collier d'or, mais maintenant, je suis méprisé par celle qui est blanche comme un cygne [1]. » Et dans un autre poème, assez étrange, qui est un dialogue supposé entre Merlin et sa sœur [2], Gwendydd s'adresse au devin-enchanteur avec des accents si touchants et si ardents que le doute n'est plus possible : leur relation fraternelle est incestueuse.

Le thème de l'inceste fraternel n'a rien qui puisse surprendre ou choquer. Il s'agit d'un thème

1. J. Markale, *Les grands Bardes gallois*, Paris, éd. Picollec, 1981, pp. 127-128.
2. *Ibid.*, pp. 131-132.

développé dans tous les récits mythologiques et qui se présente comme l'image du hiérogame parfait, de ce qu'on appelle la *Dyade*, avec tout ce que cela comporte de prolongements ésotériques, mystiques et théologiques. C'est le mythe de Castor et Pollux avant que la censure morale ait masculinisé l'un des Dioscures sans s'apercevoir qu'ainsi se développait un autre thème, celui de l'homosexualité. C'est le mythe des enfants de Léto (Latone), Apollon et Artémis, qui se partagent la lumière du monde et qui passent leur temps à se chercher pour s'accoupler dans les rares moments d'éclipse, moments privilégiés mais redoutables, où s'opère la conjonction de toutes les forces vitales qui animent le monde. C'est le mythe de Zeus et de Héra, ou de Jupiter et de Junon : le fait qu'ils soient frère et sœur, enfants de Khronos et de Gaia, n'empêche nullement leur mariage sacré, lequel est le symbole de l'équilibre entre le Ciel et la Terre. Il faut aussi se souvenir que dans l'ancienne Egypte, les Pharaons épousaient obligatoirement leurs sœurs, et que cette pratique était également répandue dans la Perse antique, en Arménie et chez les Incas. Chez les Japonais et les Eskimos qui semblent avoir eu, à l'origine, une culture identique, le mythe du Soleil-Femme et de la Lune-Homme représente le couple primordial, celui du frère et de la sœur qui sont en même temps amants ou époux.

Si on l'analyse en profondeur, le mythe de Psyché, en dehors de l'interprétation psychologique qui y voit l'union de l'âme et du corps, comprend le même schéma. Un récit traditionnel des Indiens Cherokees, bâti sur une structure identique, peut aider à le dégager : le Soleil est Psyché, et l'Amour, la Lune, est son frère. L'interdiction faite à Psyché de regarder son frère en pleine lumière symbolise la course-poursuite perpétuelle à laquelle se livrent le Soleil et la Lune. Mais Psyché, qui veut absolument savoir le visage de son amant, lui barbouille le visage de suie et comprend par la suite qu'il s'agit de son frère la Lune. D'où culpabilisation et interdit majeur répercuté sur l'ensemble du peuple.

Car l'inceste est interdit au commun des mortels : il ne peut être pratiqué que par des êtres d'exception, des personnages assez puissants pour supporter le poids de la transgression, en fait le choc magique que provoque une telle union. Il s'agit avant tout d'un hiérogame, d'une union symbolique entre deux êtres qui sont nés de la même matrice, reconstituant ainsi l'unité perdue de l'être. Le mythe de l'Androgyne primitif est toujours présent : à partir du moment où l'espèce a été sexuée (dans la *Genèse*, c'est le motif de la côte d'Adam), c'est-à-dire *coupée*, en mâle et femelle, chacune des composantes ne rêve que de rejoindre sa moitié complémentaire. Et quelle réunion peut être plus complète, plus significative, que celle du frère et de la sœur ? Dans le cas de la Dame du Lac, celle-ci n'accède à sa dimension réelle que parce que Viviane a eu cette relation avec Merlin : avant l'initiation par Merlin, elle n'est qu'une petite fille impuissante parce que n'ayant pas fusionné avec son complémentaire, mais après l'initiation, ayant en quelque sorte *absorbé* Merlin – en l'enfermant dans la tour d'air, c'est-à-dire *en elle* –, elle réalise l'unité profonde de l'être, elle est devenue la Dame du Lac, sorte de déesse des commencements et des fins, détentrice de l'épée de souveraineté qu'elle confie à celui qui est le plus capable de s'en servir.

Le contexte de cette histoire est essentiellement métaphysique. Mais il n'en demeure pas moins du domaine de l'affectivité humaine, car les auteurs de récits arthuriens n'ont jamais perdu de vue que le mythe doit s'incarner dans les actions concrètes. La « maturation » de la Dame du Lac représente aussi l'apparition dans la vie affective de l'homme de cette image idéalisée de la Femme, de cet être-frère, ou de cette âme-sœur, comme on le veut, et qui n'est que le double projeté en négatif de celui qui rêve. Au fond, Viviane est le double de Merlin, mais un double qui n'a pas encore dépassé le degré du *potentiel.* D'où son aspect parfaitement ambigu. C'est un double éthéré, aérien, mais qui *se cache sous les eaux.* Elle est à la fois angélique et démoniaque. C'est la fameuse « sylphide » de Chateaubriand, celle qui hante les forêts et se penche sur les fontaines pour y regarder son image, celle que l'auteur d'*Atala* appelait fort justement sa « démone ».

Effectivement, la Dame du Lac est cette « démone », au sens étymologique. Ce ne peut être qu'un personnage divin, une fée, une prophétesse, une « Béatrice » conduisant le poète sur les « saintes lisières », pour reprendre l'expression de

Gérard de Nerval. Car, comme Chateaubriand dont les rapports avec sa sœur Lucile évoquent un inceste latent, Nerval aussi a revécu le thème de Merlin et de Viviane. L'image de Sylvie, puis, se superposant dans son imagination fiévreuse, l'image d'Adrienne entrevue un soir de fête dans une prairie au clair de lune, face à un vieux château de style Louis XIII, vont provoquer en lui cette recherche passionnée de la Femme, de la Sœur éternelle, mais qui est aussi l'amante, l'épouse et la mère. L'inceste émerge de ces eaux troubles qui caractérisent l'état de veille. A travers la Dame du Lac, c'est Isis, c'est Vénus, c'est Marie, c'est la mère, c'est la fille, c'est la sœur, c'est tout cela, plus quelque chose d'autre que l'auteur des *Chimères* ne découvrira jamais. A moins que cela n'eût été la dernière image emportée par le poète quand il se pendit – ou fut pendu ? – à un réverbère dans une ruelle sordide d'un Paris englué dans la boue et la souffrance.

Oui, *la treizième revient, c'est encor la première...* Les multiples visages de la déesse déconcertent ceux qui ne savent pas la reconnaître dans sa complexité. Dans la version archaïque du récit du Graal, *Peredur ab Evrawc*, le héros rencontre souvent une femme qui le guide dans sa quête. Elle se présente sous différents noms, différents visages, et elle peut même jouer différents rôles, tous complémentaires. C'est pourtant un être unique, celle qui est nommée dans le texte gallois *l'Impératrice*, qui est souveraine incontestée des régions où l'aube et le crépuscule se confondent en une « ténébreuse et profonde unité ». On ne peut qu'y reconnaître la Dame du Lac des nombreuses versions en prose de l'épopée du Graal.

Alors, Nymenche, Nimue, Niniane, Viviane, Ganieda, Gwendydd, peu importe, elle est *Celle qui est*, et parfois même *Celle qui doit être obéie*[1]. Car elle connaît les secrets du monde et ne les partage qu'avec des êtres privilégiés. Une seule version de la légende, celle de Thomas Malory, signale qu'elle fut mariée à un certain Pelléas, chevalier de la Table Ronde, mais à vrai dire, on ne la voit pas sous la dépendance d'un homme. Elle est *vierge*, c'est-à-dire indépendante, disponible, ouverte à tous. Ses amours avec Merlin dépassent de loin le cadre de l'histoire sentimentale et n'ont rien de commun avec une quelconque notion morale. La Dame du Lac est la Déesse des Commencements. Mais elle est aussi celle des Permanences, et son règne ne peut avoir de fin.

1. Allusion au titre français que l'on donne à l'étrange roman de Ridder Haggard, dont le titre original anglais est *She*, et dont l'héroïne a bien des traits analogues avec la Dame du Lac.

CHAPITRE II

La Reine Guenièvre

« C'était certainement la plus belle fille qui fût alors en Bretagne la Bleue ; sous sa couronne d'or et de pierreries, son visage semblait frais et doucement coloré de blanc et de vermeil. Quant à son corps, il n'était ni trop gras ni trop maigre, avec des épaules droites et polies, des bras longs et potelés, des mains blanches et fines. C'était une joie de pouvoir la regarder. Mais si elle était la beauté, elle était également la bonté, la largesse, la courtoisie, l'intelligence, la valeur et la douceur : cela se remarquait au premier coup d'œil[1]. » Ainsi est présentée, dans le roman en prose du XIIIe siècle, celle qui deviendra la reine Guenièvre et dont on contera plus tard les tumultueuses amours

1. D'après la version attribuée à Gautier Map, *Le Cycle du Graal*, vol. II, chapitre intitulé « La conquête du Royaume ».

avec Lancelot du Lac. La description est classique, mais elle est conforme aux canons de la beauté féminine tels qu'ils étaient définis à l'époque courtoise.

Mais c'est Chrétien de Troyes qui, vers 1170, d'abord dans son *Erec et Enide*, puis dans son *Chevalier de la Charrette*, prononce le premier le nom de la reine Guenièvre. Il n'a pourtant rien inventé, car ce nom apparaît sous une forme latine *Guennuara* dans l'*Historia Regum Britanniae* de Geoffroy de Monmouth, vers 1135, ainsi que sous sa forme galloise *Gwenhwyfar* (*Guenuivar* dans le manuscrit) dans le récit de *Kulhwch et Olwen* dont la rédaction primitive remonte au XIe siècle. Sommé d'accorder, selon la coutume, un don, sans savoir de quoi il s'agit (ce qu'on appelle le « don contraignant »), au jeune Kulhwch, le roi Arthur y met quelques restrictions : « Tu auras ce don, à l'exception de mon épée Kaledfwch, de mon bouclier Prytwen, de mon épouse Gwenhwyfar... » La signification du nom ne pose aucun problème : « blanc aspect » ou « blanc fantôme », ce qui ramène une fois de plus au thème des « Dames Blanches », et la forme *Guenièvre* n'est qu'une transcription française de l'original sinon gallois, du moins brittonique, qui a donné *Guinever* en moyen-anglais et *Jennifer* (diminutif *Jenny*) en anglais actuel. Et si l'on remonte plus loin dans le temps, on s'aperçoit que *Gwenhwyfar* est l'exacte transcription galloise du gaélique *Finnabair*, de même signification, qui est le nom de la fille de la reine Maeve dans les récits épiques irlandais qui sont bien antérieurs [1].

Cependant, il n'est pas certain que Guenièvre-Gwenhwyfar soit le nom ancien de l'épouse d'Arthur. En effet, sur les sculptures de l'archivolte de la cathédrale de Modène, en Italie, qui datent des environs de l'an 1100 et racontent l'enlèvement, puis la délivrance de la reine, celle-ci est nommée *Winlogee*, à rapprocher du breton-armoricain *Winlogen.* D'ailleurs, dans le récit français dit *Roman d'Yder* (XIIIe siècle), elle s'appelle *Guenloïe*, et dans dans le texte latin de *la naissance de Gauvain* (XIVe siècle), elle porte le nom de *Gwendolen*, autrement dit le nom gallois *Gwendolyn*, qui est, dans la *Vita Merlini*, celui de l'épouse de Merlin.

Dans chacun des cas, le nom de la reine, quelles que soient ses variantes, est construit sur le même radical, l'adjectif brittonique *gwen* (ou son équivalent gaélique *finn*). Cet adjectif a un quadruple sens : blanc, blond, beau, racé (c'est-à-dire d'origine noble ou divine). Guenièvre est donc à la fois une « Dame Blanche », c'est-à-dire une fée, elle a une chevelure blonde, elle est la personnification de la beauté, et elle appartient à une lignée noble ou divine. Mais, ce qui est très intéressant à observer, c'est que l'adjectif *gwen* provient d'un ancien mot celtique *vindu* qui a donné non seulement l'adjectif gaélique *finn* mais également le substantif également gaélique *fhine* désignant une famille élargie,

1. *La Grande Epopée des Celtes*, vol. I, chapitre intitulé « Pour l'amour de Finnabair ».

noyau de la tribu, donc une collectivité composée de parents et de clients. Ainsi peut-on prétendre que Guenièvre, sur un plan autant sociologique que mythologique, représente la Souveraineté sur une collectivité dont elle peut disposer à sa guise en la confiant (partiellement ou en totalité) à l'un ou à l'autre de ses membres. Ce peut être son époux légitime le roi, mais aussi tout autre personnage qu'elle jugera indispensable à la prospérité ou à la défense du groupe social dont elle est l'émanation.

Il s'agit d'un mythe, bien sûr, et toute structure mythique n'étant que pure abstraction, il est nécessaire, pour la transmettre et la rendre intelligible, de recourir à des images concrètes, de préférence celles qui sont les plus connues au moment même de la transmission écrite ou orale. Et le visage de la reine Guenièvre, tel qu'il est décrit dans les romans arthuriens, s'éclaire d'un jour nouveau si on lui trouve sinon un modèle, du moins un visage contemporain en lequel elle aurait pu s'incarner. Dans son *Perceval*, vers 1190, Chrétien de Troyes fait tenir à Gauvain, neveu d'Arthur, ce discours assez surprenant à propos de Guenièvre : « Depuis la première femme qui fut formée de la côte d'Adam, il n'y eut jamais de dame si renommée. Elle le mérite bien, car de même que le maître endoctrine les jeunes enfants, ma dame la reine enseigne et instruit tous ceux qui vivent. D'elle descend tout le bien du monde, elle en est la source et origine. Nul ne peut la quitter qui s'en aille découragé. Elle sait ce que chacun veut et le moyen de plaire à chacun selon ses désirs. Nul n'observe droiture ni ne conquiert honneur qui ne l'ait appris auprès de ma dame. Nul ne sera si affligé qu'en partant d'elle, il emporte son chagrin avec lui [1]. »

Tout est dit dans ce vibrant hommage. Mais si on le replace dans l'époque où il a été écrit, on apercevra facilement quel modèle l'a inspiré. On sait en effet que les légendes arthuriennes ont été développées au XIIe siècle par des auteurs qui étaient tous plus ou moins encouragés – et entretenus – par la monarchie anglo-normande. Henry II Plantagenêt, pour des raisons politiques, afin de renforcer sa légitimité sur le royaume d'Angleterre, s'est abondamment servi du mythe d'Arthur [2]. Et l'on ne peut guère ignorer le rôle essentiel que son épouse Aliénor d'Aquitaine a joué, non seulement sur le plan politique, mais sur le plan littéraire, attirant à sa cour les conteurs et les poètes aussi bien bretons qu'occitans et français du nord, en particulier les trouvères normands qui ont été les grands diffuseurs de la légende.

Durant sa longue vie – elle est morte à 82 ans –, Aliénor a occupé une place prépondérante dans l'histoire politique de son temps. Héritière du comté de Poitiers et du duché d'Aquitaine, elle est devenue reine de France en épousant le roi Louis VII à qui elle a donné deux filles. Mais la couronne de France demeurait sans héritier mâle, ce qui incitait

1. *Perceval le Gallois*, trad. L. Foulet.

2. Voir à ce sujet J. Markale, *Le roi Arthur et la société celtique*, Paris, Payot, 1976-1989.

Louis VII à penser que son union avec Aliénor était sous le coup d'une malédiction. De plus, à partir de la deuxième Croisade, dans laquelle Aliénor accompagnait le roi, la brouille entre les deux époux ne fit qu'empirer, en particulier à cause de tout ce qui était raconté au sujet de possibles – mais en fait parfaitement imaginaires – infidélités de la reine. La séparation devenait inévitable et Louis VII réussit à faire annuler son mariage « pour cause de consanguinité » – ce qui était très pratique, à une époque où le divorce était inexistant. Mais le roi de France perdait alors tout pouvoir sur le Poitou et l'Aquitaine, ce qui fut lourd de conséquence sur les rapports conflictuels de la France et de l'Angleterre. Et Aliénor épousa – bien qu'il fût d'une consanguinité plus étroite que Louis VII ! – Henry Plantagenêt, qui n'était alors que comte d'Anjou et duc de Normandie. Or, deux ans plus tard, Henry héritait du royaume d'Angleterre, ce qui faisait de lui le plus puissant souverain d'Europe.

Aliénor donna naissance à quatre fils. Le premier, Henry, dit le Jeune, mourut prématurément. Le second fut le célèbre Richard dit Cœur de Lion, homosexuel notoire qu'on savait incapable d'avoir un héritier. Le troisième était Geoffroy que son père maria à Constance, héritière du duché de Bretagne. Geoffroy périt accidentellement au cours d'un tournoi, mais il eut un fils posthume que son grand-père fit nommer Arthur, ce qui n'était pas un hasard, car ce jeune garçon devenait en fait l'héritier présomptif de tout le royaume Plantagenêt.

Enfin, le dernier fils, Jean de Mortain, dit Jean sans Terre, seul survivant, devint roi d'Angleterre après avoir fait assassiné son neveu Arthur, perdant d'ailleurs à cause de ce crime toutes les possessions continentales que son père avait accumulées. Pendant leur longue union traversée de fortes turbulences, Aliénor et Henry II n'eurent qu'une seule politique : assurer le triomphe du royaume Plantagenêt au détriment du royaume capétien. Et cela explique la référence au roi Arthur dont Aliénor et Henry se servaient comme emblème, l'opposant ainsi à l'emblème des Capétiens. En somme, de même que les Chansons de Geste étaient une œuvre de propagande en faveur de la monarchie française, les romans arthuriens et tout le cycle du Graal furent un habile instrument « médiatique » destiné à populariser la monarchie anglo-normande.

A travers les multiples tribulations des uns et des autres, au cours du XIIe siècle, la figure d'Aliénor d'Aquitaine apparaît comme celle d'une reine vers laquelle convergent tous les regards. Incomprise, puis franchement haïe – à cause de sa « trahison » – par les Français du nord, mal acceptée, puis rejetée par les Anglo-Saxons, elle devint l'objet de ragots incessants et des pires calomnies, aussi bien dans les îles Britanniques que sur le continent. Mais plus elle était dépréciée et salie, plus son image de marque, son *aura*, devenait lumineuse. Et la légende s'empara d'elle, en en faisant une souveraine toute-puissante. Dans ces conditions, comment ne pas reconnaître Aliénor d'Aquitaine dans le portrait que Chrétien de Troyes dresse d'elle par le biais de l'éloge dithyrambique de Gauvain ?

De plus, quel qu'ait été son rôle politique, Aliénor a été réellement la reine incontestée des troubadours, la grande protectrice des artistes et des poètes de tous bords. Et ceux-ci n'ont eu de cesse de chanter les louanges de leur bienfaitrice. On sait d'ailleurs que Chrétien de Troyes a écrit son *Chevalier de la Charrette* sur l'instigation de la comtesse Marie de Champagne, fille d'Aliénor, qui tenait elle-même une cour raffinée et intellectuelle à Troyes. On sait également que Chrétien fréquentait la cour de Poitiers et qu'il connaissait fort bien la souveraine. Il était donc normal que, vers les années 1170, quand il composait son *Chevalier de la Charrette*, il prît sa puissante protectrice comme modèle d'un personnage féminin aussi important que celui de Guenièvre. Dans ce récit, où Lancelot et Guenièvre apparaissent pour la première fois en tant que héros actifs, toute l'intrigue est bâtie sur le thème de la souveraineté incarnée par la reine : c'est la seule qui ait raison, la seule qui soit d'une beauté supérieure, la seule qui puisse commander, la seule qui puisse récompenser ceux qui le méritent. Et c'est vraiment vers elle que convergent les regards de tous les chevaliers engagés dans l'action.

Ce ne sont pas seulement ses contemporains qui ont décrit la reine Aliénor sous les traits présumés de Guenièvre. Après la mort d'Aliénor, les auteurs de romans arthuriens n'ont fait que perpétuer l'image quelque peu stéréotypée laissée par

Chrétien de Troyes. Ainsi, dans le dernier volet de la légende, le récit en prose de *la Mort le roi Artu*, attribué à Gautier Map et écrit vers 1250, on y décèle Aliénor au faîte de sa gloire : Guenièvre est en effet âgée de cinquante ans, mais elle a conservé tout l'éclat de sa beauté, comme l'était Aliénor, aux dires des chroniqueurs, même de ses détracteurs. Et Lancelot du Lac en est de plus en plus amoureux, oubliant son repentir au cours de la Quête du Graal, reniant tous ses autres serments, écartant ses scrupules, bafouant ses devoirs et ses engagements antérieurs. Et tout se passe comme si Guenièvre était un personnage divin ne vieillissant jamais et assurant l'immortalité à ceux qui la vénèrent, l'aiment – et lui obéissent de façon inconditionnelle.

Il est utile de reprendre les grandes lignes de la destinée de Guenièvre, telle qu'elle est racontée dans la version dite de Gautier Map. Elle est fille d'un certain Leodagan (Leodegrance dans le texte de Malory), roi de Carmélide. On a situé ce pays un peu partout en Grande-Bretagne, mais il semble bien, d'après le contexte, que ce soit en Bretagne armoricaine qu'il faille le placer. En effet, c'est au cours d'une expédition destinée à défendre les royaumes de Ban de Bénoïc et de Bohort de Gaunes – nécessairement en Armorique – qu'Arthur rencontre pour la première fois la jeune Guenièvre. Il en tombe amoureux et, au cours d'une conversation avec Merlin, déclare son intention de l'épouser. Merlin lui répond que c'est un bon choix, mais en même temps, il l'avertit que la beauté de Guenièvre sera fatale à son royaume.

Arthur épouse donc Guenièvre et, à cette occasion, comme si c'était une dot, il récupère le compagnonnage de la Table Ronde qui, l'apprend-on, était en exil auprès de Léodagan à cause des troubles qui avaient suivi la mort d'Uther Pendragon. Il ne faut pas oublier en effet que la Table Ronde avait été instituée par Merlin et le roi Uther, bien avant la naissance d'Arthur, et que celui-ci avait pour mission de la perpétuer. Donc Arthur, devenu roi incontesté, transfère la Table Ronde en son royaume insulaire. C'est dire à quel point le personnage de Guenièvre peut incarner la collectivité représentée par cette Table Ronde.

Guenièvre, épouse du roi Arthur, est unanimement respectée et honorée à la cour. Mais arrive Lancelot du Lac, escorté par la Dame du Lac, qui vient demander au roi d'armer chevalier le jeune homme – qui connaît son nom mais doit encore rester anonyme. C'est alors que tout bascule. Lancelot est mis en présence de la reine : « Frappé par sa beauté à son arrivée, elle lui semble incomparablement plus éclatante à présent, et il lui paraît plus grand et plus fort ; la reine prie Dieu de faire de lui un homme valeureux pour la plénitude de beauté dont il l'a favorisé. Elle jette sur lui de doux regards, et lui de même, toutes les fois qu'il peut discrètement tourner les yeux vers elle, émerveillé d'une si mystérieuse beauté ; celle de la Dame du Lac ou de tant d'autres femmes s'efface devant celle-ci[1]. » Et ce n'est pas tout : comme Lancelot

1. *Lancelot*, trad. A. Micha, Paris, 10/18, I, pp. 108-109.

reste immobile et sans voix, « la reine voit que le chevalier n'ose pas aller de l'avant, elle le prend par le menton et lui donne un très long baiser[1] ».

La Dame du Lac n'est pas sans s'apercevoir du trouble des deux personnages. Sans doute l'a-t-elle provoqué par sa magie. Elle prend à part Guenièvre et lui dit ceci : « Gardez-le, retenez-le près de vous, aimez-le par-dessus tout, lui qui vous aime par-dessus tout, déposez tout orgueil envers lui, car il ne désire, il n'estime rien que vous. Si le péché en ce monde ne peut être accepté sans folie, cette folie se justifie, puisqu'elle y trouve raison et honneur. Si vous jugez folie vos amours, cette folie est à honorer avant tout, car vous aimez le maître et la fleur de ce monde[2]. » On ne peut être plus direct. La Dame du Lac, dévoilant ainsi son plan qui est de faire de Lancelot le meilleur chevalier du monde, mais sachant qu'il n'y réussira que par l'amour de la reine, justifie ainsi d'avance l'adultère qu'ils commettront. Et, plus tard, lorsqu'Arthur aura constaté la bravoure et la vaillance du jeune homme, il demandera à Guenièvre *de tout faire* afin de le retenir à la cour et de l'intégrer aux compagnons de la Table Ronde. C'est dire que, par avance également, le roi tolère l'adultère et accepte d'être lui-même cocu, *par raison d'Etat* en quelque sorte.

Désormais, la vie de Guenièvre va se dérouler autour de Lancelot. Entre deux expéditions, celui-

1. *Ibid.*, I, p. 109.
2. *Ibid.*, I, p. 110.

ci revient auprès de Guenièvre. Il s'ensuit des aventures compliquées, car leurs amours doivent demeurer secrètes. Mais Guenièvre occupe toujours la place d'honneur à la cour, présidant même les réunions où les chevaliers viennent raconter leurs exploits ou leurs échecs. Et surtout, c'est à elle que les chevaliers vainqueurs envoient leurs adversaires se constituer prisonniers. Plus que jamais, même si le roi est présent comme pivot de cette société de la Table Ronde, c'est la reine Guenièvre qui en est l'âme.

C'est encore plus vrai lorsqu'éclate une crise, et cette crise est généralement provoquée par un perturbateur qui vient insulter la reine devant toute la cour. Ainsi, lors de l'irruption du jeune Perceval auprès des compagnons de la Table Ronde, il les voit tous affligés parce qu'un chevalier vient de dérober la coupe que tenait Guenièvre et de défier le roi de la lui reprendre. Geste significatif : la coupe, symbole éminemment féminin, représente la prospérité du royaume. Et c'est la reine qui la détient.

Plus grave encore est l'enlèvement de Guenièvre par Méléagant. Il s'agit ici d'un épisode assez ancien de la légende, car il est déjà représenté vers 1100 sur l'archivolte de la cathédrale de Modène, donc bien avant que Chrétien de Troyes ne le raconte dans son *Chevalier de la Charrette*. L'aventure ainsi décrite demeure assez mystérieuse. Méléagant, fils du roi de Gorre, que Chrétien lui-même, dans son récit antérieur *Erec et Enide*, appelle Maheloas, « un haut baron, seigneur de l'Ile de Voire », est un personnage mythologique correspondant à une divinité *noire*, une sorte de dieu de l'Autre Monde. Son nom est celtique, *Maelwas* en gallois, ce qui signifie « habile serviteur ». Mais serviteur de qui ? On ne peut que penser à l'Ankou des légendes bretonnes, qui est le dernier mort de l'année écoulée, chargé de ramasser dans sa charrette les âmes des défunts pendant toute l'année suivante. Quant au royaume de Gorre, ou de Voire, c'est évidemment *l'Urbs Vitrea* des chroniques latines du Pays de Galles, autrement dit *Kaer Wydr*, la « Cité de Verre », symbole fréquent de l'Autre Monde. Le rapt de Guenièvre et son emprisonnement dans la cité de Gorre sont une catastrophe pour le royaume d'Arthur privé de son âme, condamné ainsi à l'endormissement. Le thème est évidemment mythologique, mais curieusement, les adaptateurs en prose de la légende, au XIIIe siècle, en ont fait une illustration de la captivité d'Aliénor d'Aquitaine, par la volonté de son mari, le roi Henry II. Sa délivrance est obtenue par Richard Cœur de Lion, le roi chevalier, le fils favori de la reine, qui a peut-être servi de modèle à Lancelot du Lac.

Car Guenièvre est délivrée. Dans la légende primitive, telle qu'on la découvre à Modène, ce sont trois chevaliers qui se lancent dans l'aventure. Leurs noms sont gravés dans la pierre : *Galvagnus*, c'est-à-dire Gauvain, *Galvariun*, inconnu des textes littéraires, et *Che*, c'est-à-dire Kaï (ou Keu), le sénéchal, frère de lait d'Arthur. Dans le récit de Chrétien, on retrouve Gauvain et Kaï, mais Lancelot du Lac est substitué au mystérieux Galvariun.

Kaï est fait prisonnier à son tour. Lancelot accomplit toutes sortes de prouesses et pénètre dans la cité de Gorre, mais finalement, c'est Gauvain qui ramène la reine à la cour d'Arthur. La conclusion de cet épisode est heureuse : le royaume a retrouvé son âme, et Lancelot – mis en avant par Chrétien – parachève l'œuvre en éliminant le maléfique Méléagant en combat singulier.

Il y a aussi des crises entre Guenièvre et Lancelot. La reine est d'une atroce jalousie envers son amant. Bien souvent, des situations équivoques où se trouve plongé le meilleur chevalier du monde font croire à Guenièvre qu'elle est trahie. En fait, elle ne l'est que deux fois, à cause de la fille du Roi Pêcheur, la « Porteuse de Graal ». Encore faut-il se souvenir que cet « écart » de Lancelot, a été provoqué par magie : on avait donné à la fille du Roi Pêcheur l'aspect de Guenièvre, cela parce qu'il fallait que de cette union naquît Galaad, le « découvreur » du Graal.

Le départ des chevaliers d'Arthur pour la Quête du Graal est un moment crucial pour Guenièvre qui voit ainsi disparaître les compagnons de la Table Ronde et son Lancelot auquel elle tient plus que jamais. Mais, en « dame courtoise », elle ne peut que souhaiter de hauts faits pour son héros, car il ne peut y avoir amour sans admiration. Et, lors du retour de la Quête, sa passion pour Lancelot redouble, de telle sorte que les amants en oublient toute prudence.

C'est alors que survient l'épisode, popularisé au XIXe siècle par les Préraphaélites anglais, de la

« Demoiselle d'Escalot ». Lancelot blessé a été soigné par une jeune fille qui en est tombée follement amoureuse. Mais Lancelot, obsédé par l'image de Guenièvre, a fait comprendre à la demoiselle que son cœur n'était pas libre. Cependant, les circonstances sont telles qu'à la cour d'Arthur, tout un chacun est persuadé que Lancelot a découvert le grand amour de sa vie. Cela permet d'ailleurs à Guenièvre d'être lavée de tout soupçon face aux jaloux qui dénonçaient sa liaison adultère avec Lancelot. Mais, en contrepartie, Guenièvre traverse une douloureuse période de jalousie. Ce n'est que lorsque Arthur et ses chevaliers découvrent dans une barque le corps de la Demoiselle d'Escalot, avec un parchemin expliquant qu'elle est morte d'amour à la suite du refus de Lancelot, qu'elle comprend que son amant est resté d'une absolue fidélité.

Cela fait le jeu des adversaires et des jaloux de Lancelot. Les amants sont dénoncés, surpris en flagrant délit. Arthur, qui fermait les yeux sur cette liaison tant qu'elle demeurait secrète, ne peut que réagir et condamner à mort la reine adultère. Lancelot et son clan délivrent alors Guenièvre et s'enfuient avec elle en Armorique. Il s'ensuit une guerre fratricide ponctuée par un duel à mort entre Lancelot et Gauvain, devenu son pire ennemi. Ainsi se disloque le compagnonnage de la Table Ronde. Car si, par suite d'une médiation, Guenièvre est réintégrée à la cour d'Arthur, le roi doit poursuivre Lancelot pour laver non seulement son honneur mais l'honneur du royaume. Il s'embarque donc pour l'Armorique, confiant la garde de la reine et la régence du royaume à son neveu Mordret, qui est aussi son fils incestueux.

Fâcheuse initiative ! Ivre de pouvoir, Mordret fait courir le bruit qu'Arthur est mort et affiche sa volonté d'épouser Guenièvre et de se faire couronner roi. C'est d'ailleurs reconnaître que la souveraineté est réellement incarnée par la reine. Mais celle-ci s'enfuit. On sait comment finit l'histoire : Arthur et ses fidèles combattent Mordret et la coalition de Gaëls, de Pictes et de Saxons qu'il a formée. La plupart des compagnons de la Table Ronde périssent au cours de cette bataille. Arthur et Mordret s'entre-tuent, mais on prétend que le roi blessé a été recueilli par sa sœur la fée Morgane et emmené par elle dans l'île d'Avalon, où il est en « dormition », attendant le moment propice pour revenir réunifier le royaume disloqué de Bretagne.

Et Guenièvre termine sa vie dans un monastère, parallèlement à Lancelot qui se fait ermite. C'est du moins ce que raconte la version « cistercienne » de la légende, attribuée à Gautier Map, et reprise ensuite au XVe siècle par Thomas Malory dans sa vaste compilation dite *le Morte Darthur*, version popularisée ensuite par de nombreuses œuvres littéraires, picturales et cinématographiques.

Si l'on ne tient compte que de la version classique en prose de la légende, celle qui est attribuée à Gautier Map et celle du *Chevalier de la Charrette*, il n'est guère possible d'imaginer la reine Guenièvre sans faire intervenir Lancelot du Lac. A travers les multiples aventures qui sont concentrées autour du mystérieux « saint » Graal, le couple Guenièvre-Lancelot apparaît comme une sorte de pivot, un schéma qui conditionne tout le récit. Si Lancelot, qui est étranger (« Il est de Gaule, il en a le parler ») et n'appartient pas au compagnonnage de la Table Ronde, n'avait pas été subjugué par Guenièvre, il ne serait peut-être pas resté à la cour d'Arthur. Et cette société « arthurienne » n'aurait pas brillé de tout son éclat sans la participation de Lancelot, le « meilleur chevalier du monde ». En tout cas, la fin de l'histoire est significative : la rupture entre Lancelot et Arthur provoque directement la dislocation de cette société idéale, puis sa complète disparition. On est bien obligé d'admettre que le couple Guenièvre-Lancelot est nécessaire et qu'il ne suffit pas de voir dans le récit de leurs amours une merveilleuse histoire sentimentale.

Lancelot est inexistant dans les versions primitives du cycle arthurien. C'est Chrétien de Troyes qui l'a introduit dans la légende et en a fait l'amant de la reine. Ce dernier ne l'a pas inventé, il l'a seulement emprunté à une autre tradition pour l'intégrer au cycle, sans aucun doute pour répondre au souhait de sa commanditaire, la comtesse de Champagne, fille d'Aliénor. Comme le dit Jean Frappier : « On devine aisément les transformations essentielles qu'il a dû apporter au thème primitif, en particulier à l'instigation de la comtesse Marie. Au détriment du roi Arthur, il a fait de Lancelot le libérateur de la reine, illustrant de la sorte la doctrine de l'amour courtois, de la *fin'amor* chantée par les troubadours. Le chevalier-amant l'emporte en prouesse et en valeur sur tous les autres chevaliers, parce qu'il est guidé par Amour, infaillible divinité, vertu ennoblissante, et qui obéit avec soumission et joie aux volontés, voire aux caprices de la dame à la fois adorée et désirée. C'est dans cette conception que réside le “sen”, ou l'esprit du roman. Elle aboutit à une religion de l'amour, avec ses devoirs, ses épreuves, ses élans mystiques, ses grâces, ses extases, ses récompenses hors des règles de la loi sociale et de la morale ordinaire, au-dessus même de l'honneur chevaleresque, comme le prouve à merveille le symbole de la charrette d'infamie [1]. »

Si l'on explore les textes antérieurs à Chrétien et les récits plus tardifs qui sont incontestablement puisés à des sources plus archaïques, on s'aperçoit que le personnage de Guenièvre y était décrit bien différemment, et que son rôle était beaucoup plus ambigu qu'il n'y paraît. Et l'on en vient même à se demander si la reine, du moins dans le schéma primitif, n'est pas complice de son enlèvement par Méléagant.

En effet, les figurations de l'archivolte de Modène sont peut-être à double sens, et il est possible que cette aventure relatée par l'image cache plus qu'une simple querelle autour de la possession de la reine, autrement dit la Souveraineté. Guenièvre se donnerait-elle au plus valeureux, au

1. Jean Frappier, Introduction à la traduction du *Chevalier de la Charrette*, Paris, 1967, p. 12.

plus courageux, c'est-à-dire à celui qui est le plus apte à assumer la royauté ?

C'est l'impression qu'on a également à la lecture de certains épisodes du roman de *Durmart*, œuvre du XIIIe siècle qui raconte cette même aventure. La reine y est enlevée par un chevalier géant du nom de Carados, qui est peut-être Karadawg Veichvras (Caradoc au grand bras), héros d'un autre récit arthurien. Ce géant emmène donc Guenièvre à la Tour Douloureuse, où il la remet à un certain Mardoc qui l'aimait depuis longtemps. En somme, Carados est une sorte d'homme de main pour un personnage un peu mystérieux, appartenant sans aucun doute à l'Autre Monde, puisqu'il ne peut quitter sa forteresse. Mardoc est aussi le nom que porte le ravisseur de la reine sur les sculptures de Modène. Dans le récit de *Durmart*, Arthur, Yder et Kaï se lancent à la poursuite du ravisseur et parviennent sous la Tour Douloureuse. Cette tour est défendue par un géant nommé Burmalt. Sa description fait penser à celle des « rustres », des « hommes des bois » qui abondent aussi bien dans les récits épiques irlandais que dans la littérature arthurienne. C'est une sorte d'Hercule aux cheveux hirsutes, qui semble, lui aussi, appartenir à l'Autre Monde. On serait même tenté d'y voir le fameux *Dagda*, l'un des chefs des *Tuatha Dé Danann* de la mythologie irlandaise.

Or, la situation d'Arthur et de ses compagnons est nettement défavorable, car ils n'arrivent pas à forcer l'entrée de la forteresse. C'est alors qu'intervient une femme, probablement une fée, que

Carados a autrefois enlevée pour la livrer à Mardoc. Celle-ci vient trouver Gauvain et lui remet une épée magique, seule arme qui puisse tuer le géant. Gauvain n'hésite pas : il se précipite et tue le géant. Arthur et ses compagnons pénètrent dans la Tour Douloureuse, s'emparent de toutes les richesses qui s'y trouvent, mais Mardoc est épargné parce qu'il consent à rendre la reine au roi.

Arthur ramène son épouse à la cour, où Guenièvre adopte une attitude quelque peu suspecte : d'une part, elle semble regretter d'être séparée de son geôlier, affichant ainsi une sorte de respect amoureux envers celui-ci, et d'autre part, elle manifeste une admiration presque exaltée, pour ne pas dire amoureuse, à propos de Gauvain qui, dans ce récit comme dans *le Chevalier de la Charrette*, est son véritable libérateur. Et quand on se souvient de l'éloge non moins exalté que fait Gauvain de Guenièvre, dans le *Perceval* de Chrétien, on peut tout supposer sur une possible liaison entre la reine et le neveu du roi. Après tout, Tristan, amant d'Yseult, épouse du roi Mark, est bien le neveu de celui-ci, et comme Gauvain, son héritier présomptif, selon la coutume celtique qui privilégie toujours le neveu fils de la sœur. Il est fort possible que, dans des versions antérieures de la légende, Gauvain ait été l'amant de Guenièvre, et que les auteurs de romans *courtois* aient voulu atténuer la gravité de son « péché » en substituant un Lancelot étranger au propre neveu du roi.

A vrai dire, la reine Guenièvre, si elle apparaît d'une fidélité absolue à Lancelot dans les versions classiques, semble avoir octroyé ses faveurs à quelques autres compagnons d'Arthur. En dehors de Gauvain, ce sont les noms d'Yder (ou Edern) et de Kaï (ou Keu) qui apparaissent. Ces trois personnages accompagnent Arthur à la Tour Douloureuse dans le roman de *Durmart* ainsi que dans les inscriptions de l'archivolte de Modène. Et les soupçons grandissent à la lumière de certains épisodes dispersés à travers tout le Cycle du Graal.

Le possible « lien » entre Guenièvre et Yder prête à des commentaires qui sont autant de surprises. Yder ou Edern (du latin *aeternus*) apparaît surtout dans les récits annexes du Cycle du Graal, mais il semble bien qu'il ait fait partie des tout premiers compagnons que la tradition galloise attribue à Arthur. Il est dit « fils de Nut », et Nudd, surnommé Hael (« généreux ») dans cette même tradition galloise, correspond à Nuada au Bras d'Argent, roi des *Tuatha Dé Danann*, dans les récits mythologiques irlandais. Autrement dit, Yder-Edern est un personnage qui appartient au monde féerique par ses origines, comme l'est son frère Gwynn, fils de Nudd. Et curieusement, après la christianisation, Gwynn est devenu, au Pays de Galles, l'un des gardiens de l'Enfer, tandis que son frère, en Bretagne armoricaine, est devenu « saint » Edern, toujours honoré dans de nombreuses paroisses. Au XIIIe siècle, il n'est que chevalier de la Table Ronde, et un roman épisodique lui est consacré.

Ce *Roman d'Yder* est assez étrange. On y raconte qu'Yder, qui ne connaît pas son père, part à sa recherche et arrive à la cour de la reine

Guenloïe à qui il inspire un violent amour. On est évidemment tenté de reconnaître Guenièvre dans cette Guenloïe, dont le nom est si proche de *Winlogée* qui était celui de l'épouse d'Arthur dans le *Roman de Durmart.* Yder accomplit de nombreuses prouesses, mais au cours d'une joute contre Gauvain, il est traîtreusement blessé par Kaï. Arthur et Gauvain le croient mort et s'en désolent, mais Yder est soigné par Guenloïe et est bientôt guéri. Un jour, Arthur et Gauvain vont le visiter dans sa chambre où *se trouve déjà Guenièvre.* Or, un ours pénètre dans la pièce et s'attaque à Guenièvre. Yder, avec courage, saisit l'ours, lutte avec lui et le tue.

On a nettement l'impression que l'auteur du récit ne sait plus très bien s'il s'agit de Guenloïe ou de Guenièvre. On peut également noter l'attitude déloyale de Kaï, si contraire aux règles de la Table Ronde. Elle pourrait s'expliquer par sa jalousie envers Yder, qui serait alors son rival. Enfin, il faut s'arrêter à l'épisode de l'ours et ne pas oublier que le nom d'Arthur est bâti sur la racine *art-* de l'un des mots celtiques signifiant « ours » : le fait, pour Yder, d'étouffer l'ours et de le tuer ne serait-il pas le symbole de la volonté secrète du fils de Nut d'éliminer le roi Arthur pour avoir le champ libre auprès de la reine ?

Il y aurait donc jalousie, et de la part de Kaï et de la part d'Yder. Il va y avoir maintenant jalousie de la part d'Arthur. En effet, toujours dans le *Roman d'Yder*, Arthur et Guenièvre sont en conversation privée. Le roi demande à la reine ce qu'elle ferait s'il venait à mourir et quel serait alors le nouvel époux qu'elle choisirait. C'est évidemment une question-piège. Guenièvre refuse d'abord de répondre, mais sommée de parler par le roi, elle finit par dire que celui qui lui déplairait le moins est Yder. Arthur, en pleine crise de jalousie, n'a plus qu'une idée en tête, se débarrasser d'Yder. Au cours d'une expédition contre des géants, il l'envoie dans l'antre des monstres, avec l'espoir qu'il n'en reviendra pas. Mais Yder réussit à tuer les géants. Or, la nuit suivante, Yder a soif et Kaï, peut-être sur l'instigation d'Arthur, va lui chercher de l'eau empoisonnée. On croit Yder mort une seconde fois, mais il est sauvé par des herbes apportées par des Irlandais. Yder accuse Kaï du forfait, et celui-ci est condamné à mort. Finalement, Yder demande au roi la grâce de Kaï et épouse Guenloïe.

Tout cela est bien confus. Il semble qu'il y ait, dans une sorte de valse-hésitation, déplacement, ou plutôt dédoublement de personnage : l'auteur du *Roman d'Yder* devait avoir à sa disposition un conte qui relatait une relation amoureuse entre Guenièvre – peut-être même appelée Guenloïe ou Winlogée à l'origine – et Yder-Edern. Ne voulant pas noircir la reine, il aurait alors préféré dédoubler le personnage, ne faisant plus qu'une timide allusion à l'attrait de Guenièvre pour Yder, et donnant à Guenloïe le rôle de l'amoureuse officielle – et irréprochable – du chevalier. Mais les situations qui sont décrites dans ce récit sont riches en ambiguités. Cela prouve que le *Roman d'Yder*, rédigé au XIIIe siècle, appartient à la tradition primitive arthurienne, lorsqu'Arthur n'était qu'un simple « chef de guerre », un *dux bellorum*, comme le dit Nennius dans l'*Historia Brittonum*, un chef de clan au service des rois de Bretagne et entouré non pas de « chevaliers » mais de « cavaliers » quelque peu hors-la-loi et prêts à combattre pour le compte du plus offrant. Il y a loin entre cette trame archaïque qui perdure dans le *Roman d'Yder*, notamment par le comportement criminel de Kaï et la jalousie d'Arthur, et l'atmosphère policée et raffinée de la cour d'Arthur, présentée à la mode des cours d'Occitanie ou de Poitiers. Au demeurant, les gens du XIIIe siècle avaient soupçonné la jalousie d'Arthur envers Yder, transcription de la jalousie réellement éprouvée par Henry Plantagenêt lorsqu'il fit emprisonner plusieurs années son épouse Aliénor.

Le « lien » entre Guenièvre et Kaï est encore plus ambigu. Dans la version classique du cycle arthurien, il est le fils d'Antor, père adoptif du jeune Arthur, et Arthur en fait son sénéchal. Dans presque tous les récits français, Kaï est présenté comme un être vantard et fourbe, médisant et se plaisant à susciter des querelles entre les compagnons de la Table Ronde, devenant peu à peu franchement odieux ou ridicule. Or, à l'origine, comme en témoigne le texte gallois de *Kulhwch et Olwen*, le personnage de Kaï était bien différent : « Kaï avait cette vigueur caractéristique qu'il pouvait respirer neuf nuits et neuf jours sous l'eau. Il restait neuf nuits et neuf jours sans dormir. Un coup de l'épée de Kaï, aucun médecin ne pouvait le guérir. C'était un homme précieux que Kaï. Quand il plaisait à Kaï, il devenait aussi grand que l'arbre le plus élevé de la forêt. Autre privilège : quand la pluie tombait le plus dru, tout ce qu'il tenait à la main était sec au-dessus et au-dessous, à la distance d'une palme, si grande était sa chaleur naturelle. Elle servait même de combustible à ses compagnons pour faire du feu, quand ils étaient éprouvés par le froid » (*Kulhwch et Olwen*, trad. J. Loth.) Tel était Kaï *Hir*, Kaï le Long, dans la tradition galloise primitive.

Et tout fanfaron qu'il soit décrit dans les récits français, il n'en perd cependant pas son audace et son courage. Quand Perceval arrive pour la première fois à la cour d'Arthur, au moment où un perturbateur a insulté la reine et lui a dérobé sa coupe, c'est Kaï qui relève le défi. Quand Méléagant emmène la reine Guenièvre, le premier à poursuivre le ravisseur est Kaï. Il ne réussit pas, mais il est là, et il plonge dans l'action, surtout quand il s'agit de la reine.

Dans le récit du *Chevalier de la Charrette*, Kaï se retrouve blessé et prisonnier au royaume de Gorre, en une chambre voisine de celle de Guenièvre. La reine a permis à Lancelot de venir la rejoindre par une fenêtre protégée par des grilles de fer. Lancelot tord les grilles pour passer au travers, mais se blesse et rouvre des plaies antérieures. Le matin, il s'en va après avoir remis les barreaux de la fenêtre en état. Cependant Méléagant, qui veut s'approprier la reine, s'aperçoit que le lit de Guenièvre est rempli de sang. Or, comme Kaï – qui a eu la délicatesse de ne pas se réveiller lors des ébats nocturnes de Lancelot et de Guenièvre – est couché dans la pièce voisine et que ses blessures saignent abondamment, il n'en faut pas plus pour qu'il soit accusé d'adultère et de félonie. La reine proteste de leur innocence à tous deux, et réclame un champion pour défendre sa cause en duel judiciaire. C'est évidemment Lancelot qui combat une fois de plus Méléagant, l'accusateur, mais au nom de Kaï, pour défendre l'honneur de celui-ci et le laver de tout soupçon. Il n'a d'ailleurs aucune difficulté à jurer sur les saintes reliques – auxquelles il ne croit guère, d'après une réflexion de l'auteur – que Kaï est innocent du crime dont on l'accuse.

Il n'en reste pas moins vrai que cet épisode, essentiel dans la trame du roman de Chrétien, laisse planer certains doutes sur un possible « lien » entre Guenièvre et Kaï. Il semble que le poète champenois ait eu connaissance d'une tradition ancienne dont on a la trace dans un étrange poème gallois conservé dans un manuscrit du XVIe siècle. L'érudit Ifor Williams a montré qu'il était la transcription d'une légende orale du Devon ou du sud du Pays de Galles. Ce poème est connu habituellement sous le titre de « Dialogue entre Arthur et Gwenhwyfar », mais si l'on s'en tient à cette appellation, le texte est d'une incohérence totale. Selon le celtisant Kenneth Jackson, il faut replacer le poème dans le contexte de l'histoire racontée au début du *Chevalier de la Charrette*, au moment où Maelwas-Méléagant vient réclamer Guenièvre à Arthur et où Kaï s'offre à défendre la reine.

On peut ainsi supposer qu'Arthur vient de demander au nouvel arrivé son identité. L'insolent personnage déclare se nommer Maelwas d'Ynis Gutrin (« Ile de Verre ») et fait montre de son arrogance dans un échange verbal entre lui, Gwenhwyfar et Kaï. On y relève d'étranges allusions. La reine y laisse en effet libre cours à son admiration pour Kaï : « Le seul héros qu'on ne puisse surpasser, c'est Kaï, fils de Servin. » Et comme Maelwas se vante d'être l'homme qui surpassera Kaï, la reine lui répond : « Jeune homme, il est étrange de t'entendre. A moins que tu ne vailles plus que ton aspect, tu ne pourrais dépasser Kaï, même avec cent guerriers [1]. » Et la suite du poème indique clairement que Maelwas était amoureux de Gwenhwyfar depuis assez longtemps.

La tradition contenue dans ce poème fort archaïque se retrouve dans un épisode de la *Vita Gildae*, écrite au début du XIIe siècle par Caradoc de Llancarvan. On y apprend que le fameux saint Gildas vient s'établir à *Urbs Vitrea* (« Ville de Verre », identifiée à Glastonbury) où se trouve un étrange monastère tenu par Maelwas qui y retient prisonnière la reine Guennevar. Cette *Urbs Vitrea* est assiégée par le *tyrannus* Arthur qui réclame Guennevar, « son épouse enlevée par un roi inique ». Le moins qu'on puisse dire, c'est que la reine Guenièvre était très demandée et que ses soupirants étaient fort nombreux.

1. *Speculum*, XIII (1938), p. 38.

Et ce n'est pas sans raison. Les belles histoires d'amour qu'on raconte à propos de Guenièvre ne sont là que pour envelopper un archétype fondamental, celui de la Souveraineté incarnée par la Femme. Certes, Arthur est le roi reconnu, détenteur de l'épée Excalibur ; mais si on analyse attentivement tous les récits du cycle du Graal, on comprend que la souveraineté du roi n'est pas autre chose que la souveraineté de Guenièvre mise en œuvre par le roi. On s'en aperçoit dans le récit gallois de *Gereint et Enid* (qui correspond à l'*Erec et Enide* de Chrétien de Troyes) : la reine a été outragée par un valet d'Edern-Yder (encore lui !). Gereint poursuit Edern, comme responsable des actions de son valet, et finit par le vaincre. « Je t'accorde grâce, lui dit-il, à condition que tu ailles trouver Gwenhwyfar, femme d'Arthur. » Edern se présente devant la reine et lui fait sa confession. Arthur, qui est présent, dit alors : « D'après ce que je viens d'entendre, Gwenhwyfar fera bien d'être miséricordieuse avec toi. » On remarquera que le roi laisse à la reine l'entière responsabilité de sa décision. Mais celle-ci déclare : « Je lui accorderai merci de la façon que tu voudras, seigneur, puisque pour toi l'humiliation est égale, qu'un outrage m'atteigne, aussi bien que toi-même » (*Gereint et Enid*, trad. J. Loth). Ainsi donc l'outrage fait à la reine se répercute sur le roi. Mais l'inverse est également vrai. La Souveraineté est une et indivisible, et elle est inaliénable : Guenièvre-Gwenhwyfar la représente, mais Arthur, en tant qu'époux de la Souveraineté, en est l'exécuteur. Mais *il n'en est pas l'unique exécuteur* : la reine peut disposer de cette Souveraineté et la confier à qui elle veut. D'où l'afflux de soupirants autour de Guenièvre. Mais elle fait son choix. Si, dans les versions anciennes, elle penchait vers Yder, Gauvain ou Kaï, dans les versions récentes, elle s'attache exclusivement les services de Lancelot.

Car il s'agit bien de services : l'amant de la reine est aux ordres de celle-ci et doit lui obéir aveuglément. A cet égard, le récit du *Chevalier de la Charrette* est exemplaire. Lancelot a hésité une fraction de seconde avant de monter sur la charrette d'infamie qui lui ouvrait le chemin vers la prison de Guenièvre, et celle-ci lui reprochera avec véhémence cette hésitation comme un manquement au *service d'amour*. De même, dans le tournoi du royaume de Gorre, la reine obligera Lancelot à combattre honteusement avant de l'autoriser à être vainqueur. Enfin, ayant permis à son amant de la rejoindre dans sa chambre, elle le force à tordre les barreaux de la fenêtre et à se blesser affreusement avant de l'accueillir dans son lit. Il est vrai que la seule vue du visage de Guenièvre permet à Lancelot d'oublier ses fatigues et ses souffrances, et de donner la pleine mesure de sa valeur.

Et cela, Lancelot l'avoue. Dans un des épisodes de la *Quête*, après avoir subi une série d'humiliations, il se confesse à un ermite : « Seigneur, dit-il, je suis en état de péché mortel à cause d'une femme que j'aime depuis toujours. Je vais t'avouer qui elle est : il s'agit de la reine Guenièvre, l'épouse du roi Arthur de Bretagne... C'est grâce à elle que j'ai connu la magnificence avant de connaître les pires humiliations. C'est pour elle que j'ai accompli les grandes prouesses dont parle le monde entier. C'est elle qui m'a fait passer d'indigence à richesse et d'infortune au suprême bonheur terrestre[1]. » Cette confession en dit long sur la quête qu'accomplit Lancelot : en réalité, ce n'est pas le Graal qu'il recherche, mais Guenièvre, visage rayonnant sous lequel apparaît la féminité toute-puissante.

La période où Chrétien de Troyes écrit son *Chevalier de la Charrette*, est celle du triomphe de ce qu'on appelle couramment l'*Amour courtois*, expression à laquelle il serait préférable de substituer celle, occitane, de *fin'amor*. Illustrée par de nombreux textes et codifiée dans son *Art d'Aimer* par un certain André Le Chapelain, cette *fin'amor* propose au chevalier un serment d'allégeance parallèle à celui du vassal envers son seigneur, c'est-à-dire un engagement total pour sa *Dame* (du latin *Domina*, « maîtresse »), généralement l'épouse dudit seigneur. Cette relation privilégiée, et exclusive, est évidemment adultère, mais des règles précises viennent en limiter la portée et la gravité : tout est permis dans cette relation très particulière, y compris les attouchements, mais non pas le coït, celui-ci risquant, dans un cadre patriarcal, de fausser la lignée masculine[2]. On se

1. Version de Gautier Map, *Le Cycle du Graal*, vol. VII, chapitre intitulé « Les angoisses de Lancelot ».

2. Voir à ce sujet J. Markale, *L'Amour courtois ou le couple infernal*, Paris, Imago, 1987.

doute bien que, dans le cycle du Graal, cet interdit majeur n'est guère respecté, pas plus par Lancelot et Guenièvre que par Tristan et Yseult. Cependant, en apparence, les aventures sentimentales qui y sont racontées baignent dans l'atmosphère de la *fin'amor* tant chantée et exaltée par les troubadours occitans. Mais c'est parce qu'il s'agit de figurations archétypales surgies de la nuit des temps et qui sont exprimées dans le langage et les usages de l'époque dite courtoise.

Pourtant, le couple que forment Guenièvre et Lancelot, et qui donne sa force et son équilibre à la société arthurienne – du fait que Lancelot, obéissant aveuglément à la reine, se montre le plus fidèle serviteur de la communauté qu'elle représente –, est un couple marginal dont la survivance et la nature même ont besoin d'ombre et de silence. L'amour qui unit l'un et l'autre doit rester secret. C'est-à-dire *refoulé dans l'inconscient.* « La féodalité courtoise, une société de maîtres, a paré la Dame des attributs de la toute-puissance : à travers Elle, l'unique maîtresse, l'homme, suivant le leurre de son désir, entrevoyait un autre rivage qui ne fût pas celui de sa mort, mais où il se découvrît mortel, terre inconnue où existât une femme [1]. »

Lancelot, au cours de ses multiples et interminables aventures, n'arrête pas de vaincre la mort. De combat en combat, de rencontre en rencontre, parfois même au prix des plus grandes souffrances,

1. Charles Méla, *La Reine et le Graal*, Paris, le Seuil, 1984, p. 288.

il est l'éternel Orphée qui ramène le fantôme d'Eurydice à peine émergée des marécages de l'Autre Monde. Mais est-on certain que c'est lui qui ramène Eurydice ? Ne serait-ce pas plutôt le fantôme d'Eurydice qui ramène Lancelot-Orphée sur la terre des vivants ?

La question mérite d'être posée. Et elle contient en elle-même sa réponse. Car c'est évidemment Guenièvre qui mène le jeu. Mystérieuse et inaccessible au commun des mortels, la reine est une divinité aux multiples visages qui ne peut survivre elle-même que dans l'amour qui l'unit à celui qu'elle a choisi entre tous pour être sa *moitié*. Ainsi, le couple « infernal » de l'Amour courtois reconstitue la dyade primitive, retrouvant ainsi l'unité perdue d'avant la séparation – la coupure – des sexes.

Une constatation s'impose : Lancelot du Lac, le héros sans peur et sans reproches, le vainqueur de tant d'épreuves, n'est rien sans Guenièvre. A partir du moment où il prend conscience de sa valeur, autrement dit au moment même où il est atteint par la beauté irradiante de Guenièvre, il devient un autre homme, qui dépend totalement de la puissance féminine de celle qu'il aime. Il forme alors avec elle un couple qui prend une dimension bien différente de celle d'un couple d'amoureux, rejoignant ainsi le mythe celtique et le prolongeant dans un contexte dramatique. La reine Guenièvre n'est plus seulement la Dame d'une société féodale en pleine mutation, exigeante et capricieuse, soucieuse de faire respecter ses droits face à une caste de chevaliers imbus de leur force et de leurs pouvoirs, elle devient réellement *Celle qui doit être obéie*, la Souveraine absolue des âmes, des cœurs et des corps, et toute action entreprise par les membres de la communauté qu'elle représente n'est que l'émanation de sa volonté.

Pour comprendre ce rôle – et cette fonction – de la reine Guenièvre, il est nécessaire de revenir à ce modèle celtique qui, qu'on le veuille ou non, imprègne chaque épisode de la grande épopée du Graal et de la Table Ronde. En premier lieu, il ne faut pas oublier que le mot qui désigne le soleil, dans les langues celtiques, est du genre féminin, tandis que celui qui désigne la lune est du genre masculin. Cela bouleverse la conception méditerranéenne et jette une lumière nouvelle sur la signification profonde des mythes. Le soleil, personnalisé sous l'aspect de la femme, répand ses rayons sur le monde et lui procure ainsi lumière, chaleur, activité et vie. Le roi – ou l'amant – d'une reine n'est alors qu'un symbole lunaire : il obtient du soleil tout ce qui est nécessaire à sa vie et à son activité, et il renvoie cela à l'univers qui, pendant la nuit, serait plongé dans les ténèbres les plus épaisses. Il y a chez les Celtes, comme chez les anciens Scythes, le souvenir d'une ancienne déesse-soleil : c'est l'équivalent de la fameuse Diane scythique (Artémis) dont nous parlent les dramaturges grecs, notamment à propos des malheurs d'Oreste, d'Iphigénie et d'Electre. C'est l'Irlandaise Grainné (dont le nom provient du gaélique *grian*, « soleil ») qui entraîne le héros Diarmaid dans une hallucinante fuite amoureuse [1], prototype de l'Yseult des romans français, cette reine « blonde » qui entraîne dans son sillage un Tristan-Lune quelque peu dépassé par les événements [2].

Ces notions sont extrêmement archaïques, des réminiscences d'un état social de l'humanité antérieur au renversement de polarité symbolisé par la victoire mythique du dieu lumineux – et céleste – Apollon sur le serpent Pythôn, divinité féminine tellurique. Il en reste des traces dans presque toutes les traditions. Ainsi, chez les Etrusques, qui ont fourni à Rome l'essentiel de sa mythologie spécifique (avant la contamination grecque), il existait une déesse du même type nommée *Turan.* On y voit un lien évident avec les mots *tyran* et *tyrannie.* Mais sait-on que ces noms proviennent d'une racine indo-européenne *dor-* qui signifie « donner » (en grec, *doron* signifie « don ») ? La Déesse – solaire – apparaît donc comme étant *Celle qui donne.* Il n'est donc pas étonnant qu'elle soit *tyrannique*, mais il faudrait peut-être réviser la connotation dont on entoure généralement la « tyrannie », connotation très dépréciative pour ne pas dire négative.

Il y a eu dégénérescence de la fonction de *tyran.* Autrefois, un tyran n'était que l'époux de la Déesse Souveraine. Les Gnostiques l'appellent la *Pistis Sophia*, ce « Trône de la Sagesse » des

1. *La Grande Epopée des Celtes*, vol. IV, *Les Triomphes du Roi errant.*

2. J. Markale, *La Femme celte*, chapitre intitulé « Yseult ou la Dame du Verger ».

Litanies de la Vierge. La mission du tyran était de donner à ses sujets – ses subordonnés – ce qu'il recevait de la Souveraine, en répartissant le tout selon des règles de justice et d'égalité, faisant taire les appétits démesurés de certains, redonnant l'espoir à ceux qui n'avaient rien. Jean-Jacques Rousseau avait tout compris lorsqu'il écrivit son *Discours sur l'origine de l'inégalité* : il savait que toute possession est une usurpation et que le rôle du tyran – qu'il appelait « état » – était de répartir entre chacun des membres de la communauté ce qui pouvait être réparti. Ce n'est pas sans raison que les bardes gallois parlaient sans cesse du « Distributeur », ce personnage mystérieux, dieu ou roi, qui disposait des richesses contenues symboliquement dans la Souveraine et qu'il confiait aux uns et aux autres selon les besoins ou les mérites de chacun. Dans les textes cléricaux en latin de l'île de Bretagne, qui ne sont guère tendres envers Arthur considéré comme un véritable « truand », on qualifie les rois de tribus bretonnes insulaires, les *theyrns (*de la racine *ti-*, « maison » et non de la racine *dor-*), de *tyranni.* C'était reconnaître une opposition fondamentale entre le tyran, répartiteur des richesses du groupe social, et le magistrat impérial romain, simple fonctionnaire appliquant aveuglément un règlement, fût-il le plus imbécile. On s'en rend compte dans plusieurs textes, aussi bien français que gallois, notamment dans l'étrange récit de *Perlesvaux* : quand un roi comme Arthur perd son don de *largesse*, c'est-à-dire la possibilité de distribuer les richesses collectives, il perd non seulement toute dignité, mais également tout pouvoir [1].

Le roi de type celtique – et Arthur en est une incarnation exemplaire – n'est donc que le dépositaire des richesses et du pouvoir que détient la reine. L'épopée irlandaise ancienne, telle qu'elle a été transcrite par les moines chrétiens, au haut Moyen Age, dans de précieux manuscrits en langue gaélique, nous présente une figure emblématique de cette déesse-reine tyrannique qui détient la Souveraineté. Il s'agit de la reine Maeve (Mebdh) de Connaught, personnage étonnant, bien que son existence soit purement mythique. Son nom est d'ailleurs tout un programme puisqu'il signifie à la fois « ivresse » et « milieu ». Elle est à la fois la *médiatrice* entre le Visible et l'Invisible, entre les dieux et les hommes, entre le ciel et la terre, mais c'est elle qui, par l'*ivresse*, permet d'accéder à un état de conscience supérieure. Cela n'est pas incompatible avec sa *tyrannie.* La tradition irlandaise prétend qu'elle fut l'épouse de neuf rois. On disait également que seul celui qui l'avait épousée pouvait devenir roi. On raconte encore que tant que le roi Cormac ne dormit pas avec elle, on ne reconnut pas sa légitimité de souverain. Et, dans de nombreux récits, elle nous est présentée

1. Il en a été de même pour les Mérovingiens descendants de Clovis qui, ayant tout distribué à leurs vassaux de l'héritage ancestral, n'avaient plus rien à donner et devenaient ainsi des *rois fainéants.* Le terme, dépréciatif, ne tient pas compte de la réalité.

comme une putain *royale* : elle prodigue en effet, nous dit-on, l'amitié de ses cuisses (ou de ses hanches) à tout guerrier qu'elle juge indispensable à la conduite d'une expédition guerrière.

Cette reine mythique est présente dans toute l'épopée irlandaise et apparaît comme une femme *tyrannique* au sens actuel du terme comme au sens étymologique. Dans le récit de la *Razzia de Cualngé*[1], l'un des plus beaux et des plus anciens textes de la littérature en langue gaélique, elle a un mari en titre, un certain Ailill, mais qui fait une piètre figure dans le décor. Il n'est en fait qu'un « prince consort ». C'est Maeve qui détient toutes les clés du pouvoir. Ulcérée parce que le roi Ailill possède un taureau merveilleux de plus qu'elle, elle déclenche une guerre inexpiable contre l'Ulster dans le seul but de s'emparer d'un autre taureau merveilleux dont la possession la mettra à égalité avec son mari. Et c'est elle qui mène cette guerre.

On peut expliquer cette attitude par les lois irlandaises qui concernent le mariage. Il y a en effet trois situations conjugales possibles : lorsque le mari et la femme sont à égalité de fortune, les affaires du couple sont réglées d'un commun accord par les deux époux, tandis que si la femme possède moins de biens que son mari, c'est celui-ci qui prend toutes les initiatives, toutes les décisions, sans en référer à son épouse. En revanche, lorsque la femme possède davantage que son mari,

1. Voir *Le Héros aux Cent Combats*, vol. III de *La Grande Epopée des Celtes.*

elle dirige tout, ne laissant à l'homme aucune possibilité de s'insurger. Tout cela est le reflet d'une société archaïque dans laquelle le rôle de la femme n'était pas soumis à la volonté des mâles. Mais il ne s'agit aucunement de « matriarcat » ; il s'agit seulement d'égalité devant la coutume *et devant la fortune*, celle-ci étant, comme chez tous les peuples de l'Antiquité primitive, exprimée le plus souvent en nombre de têtes de bétail.

Avant d'engager la guerre, la reine Maeve tente d'acheter le taureau convoité. Elle envoie un messager le demander moyennant une forte compensation et, en outre, en proposant *l'amitié de ses cuisses*. La tentative d'arrangement ayant échoué, elle réunit son armée, et pour se concilier l'un des guerriers les plus redoutables de l'époque, le héros Fergus, elle n'hésite pas à coucher avec lui. Or, lorsqu'un serviteur vient dire au roi Ailill qu'il a surpris les deux amants en flagrant délit, celui-ci, pourtant saisi de jalousie, lui répond que c'était une chose nécessaire pour assurer le succès de l'expédition. Cela n'empêchera d'ailleurs pas Ailill, beaucoup plus tard, de se venger cruellement en tuant traîtreusement Fergus.

Les péripéties racontées dans les manuscrits irlandais sont une illustration de la faiblesse du roi de type celtique. Il n'est rien sans la reine. Dans le surprenant récit de *l'Ivresse des Ulates*, alors que la bataille fait rage entre les hommes d'Ulster et ceux de Connaught, du fait même de la volonté de Maeve, on voit le roi Ailill, complètement désemparé, se tenir à l'écart de ce combat qu'il désapprouve formellement. Et comme l'engagement tourne au désavantage des guerriers de Connaught, Ailill fait ce commentaire significatif : « J'ai entendu dire qu'il n'y avait pas en Irlande de guerriers qui fussent égaux (aux Ulates), mais je vois que les gens de Connaught et de Munster ne commettent aujourd'hui que trahison. Il y a longtemps qu'un proverbe dit qu'*on ne gagne pas de bataille sans la présence d'un roi.* Si c'était autour de moi qu'était livrée la bataille, elle ne durerait pas longtemps. Vous voyez que je n'ai aucun pouvoir sur eux. »

Le constat est simple : le roi ne peut rien ordonner à ses guerriers, mais une bataille ne peut être gagnée sans qu'il soit présent, même s'il ne participe pas lui-même au combat. Et ce combat n'a pas été décidé par lui. C'est la toute-puissante Maeve qui en est l'instigatrice, au risque d'infliger à son armée la pire des défaites. Dans ce schéma archaïque, on finit par reconnaître les règles du jeu d'échecs. La partie se joue avec les pions, les cavaliers, les tours et les fous tandis que le roi demeure inerte, vulnérable certes, mais protégé le mieux possible. Par contre, la reine peut se déplacer comme elle veut, elle a tous les pouvoirs, ce qui n'empêche nullement le roi d'être au centre de l'épreuve puisque, lorsque le roi est mis « échec et mat », la partie est perdue.

Il y a, dans le très beau mais discutable film de John Boorman, *Excalibur*, une séquence révélatrice de l'impact provoqué par la toute-puissance de la reine, détentrice de l'autorité, sur l'imaginaire artistique de cette fin de XXe siècle. Le royaume d'Arthur est à la dérive, et le roi lui-même est malade depuis que Guenièvre n'est plus à la cour, depuis qu'il n'a plus l'épée de souveraineté à sa disposition. Or, après la révélation du secret du Graal par Perceval – selon l'interprétation particulière qu'en donne Boorman –, le roi se décide à agir. Il retrouve alors Guenièvre réfugiée dans un monastère, qui lui remet Excalibur qu'elle avait pieusement conservée. La séquence est fort émouvante, mais le symbole est très clair : si l'épée de souveraineté a été confiée au roi par la Dame du Lac, c'est la reine qui en est la gardienne et la protectrice attitrée.

Un autre constat s'impose : le mythe celtique rejoint exactement cette *fin'amor* tant à la mode au moment où furent rédigés les récits arthuriens. Il faut écouter certains troubadours, comme Bernard de Ventadour : « Je n'ai plus eu sur moi-même aucune puissance depuis le jour où elle me permit *de me regarder dans ses yeux*, dans ce miroir qui tant me plaît. » Quel aveu ! L'amant n'a conscience de lui-même qu'en se découvrant dans les yeux de la Dame, mais comprend alors qu'il ne peut rien par lui-même. Un autre troubadour, Arnaut Daniel, dit également : « Chaque jour je deviens meilleur et je m'affirme, car je sers et révère la plus gente dame du monde. » On croirait entendre Lancelot avouer que sa grande valeur lui vient uniquement de l'amour de Guenièvre. C'est ce qu'avaient compris également les poètes baroques au XVIe siècle lorsqu'ils présentaient le poète-amant littéralement flétri le matin avant le lever du soleil et « se recréant aux rayons des yeux » de la femme aimée, celle qu'on appelait alors la « Belle Matineuse », dont la beauté éclipsait la lumière du soleil.

Telle est Guenièvre, non seulement aux yeux de Lancelot mais à ceux d'Arthur, et sans aucun doute aux yeux des nombreux amants qu'on lui suppose dans la tradition primitive. Le thème de la « Reine infidèle » est répandu dans tous les récits celtiques ou d'origine celtique. Il recouvre une réalité biologique, sociale et en quelque sorte métaphysique. Rien n'est gratuit dans ces histoires d'adultères : elles pouvaient choquer les lecteurs, mais elles étaient quand même acceptées par la censure morale qu'exerçait l'Eglise sur les clercs, preuve qu'elles correspondaient à quelque chose de plus profond, de plus essentiel, et qu'elles n'étaient en fait que des structures symboliques.

Il y a en outre, dans ces histoires de reines adultères – et cela est paradoxal –, un enseignement moral. Si, par exemple, on décrypte la célèbre scène du *Chevalier de la Charrette* où le héros doit, pour retrouver la trace de Guenièvre, monter dans la charrette d'infamie, on y décerne non seulement une analyse psychologique très fine, mais une leçon de morale digne du christianisme le plus austère. Au moment de monter dans la charrette, Lancelot est perplexe et il hésite une fraction de seconde : « C'est pour son malheur qu'il tarda, pour son malheur qu'il eut honte et s'abstint de sauter aussitôt... Raison, en désaccord avec Amour, l'exhorte à se garder de faire un pareil saut, le sermonne et lui enseigne à ne rien entreprendre où l'opprobre s'attacherait à lui. Raison n'a son séjour que sur ses lèvres : elle se risque à lui parler ainsi. Amour est dans le cœur enclos : il lui donne un ordre et un élan. Bien vite, il faut monter dans la charrette. Amour le veut : le chevalier y bondit. Que lui importe la honte, puisque tel est le commandement d'Amour » (trad. J. Frappier).

Cette dernière phrase est essentielle : pour l'amour de sa dame, *tout* doit être accompli, sans aucune restriction. L'hésitation passagère de Lancelot lui sera durement reprochée plus tard. Le voici donc sur la charrette, traîné par les villes et les villages, copieusement honni et conspué. Pendant ce temps, Gauvain, qui, lui, a franchement refusé de monter sur la charrette, suit celle-ci sur son propre cheval. « En d'autres termes, écrit à ce propos Charles Méla, et cela ne peut être compris de Gauvain, le chevalier a voulu le sort funeste de sa déchéance ; il s'est justement aventuré là où commencent les raisons de haïr sa vie, d'être en guerre avec soi-même, de commettre des actes insensés. *Car son infamie lui livre accès à l'impossible de sa jouissance.* Mais s'il a choisi cette voie, à quel prix peut-il la soutenir, sans succomber, comme il s'en fallut ici de peu, à sa tentation ? La honte apparaît profondément ambivalente parce que Lancelot en a décidé tout autant qu'il l'a subie : si elle dispose à transgresser le désir, elle n'en maintient pas moins le héros comme en retrait par rapport à lui-même. L'extase ou l'ironie. Sans la honte, Lancelot n'eût pas connu la première ni joué de la seconde. La démesure de l'amant n'a en lui d'égale que la parfaite modération du chevalier[1]. » Et pourtant, maintenant, Lancelot *se sait misérable.* Il s'agit bel et bien d'une *humiliation*, la reconnaissance de sa faiblesse en même temps que de son allégeance à une puissance supérieure, en l'occurrence Guenièvre, mais qui peut tout aussi bien être la Vertu, ou Dieu lui-même.

Désormais, face à Guenièvre, Lancelot est capable de l'*impossible.* C'est ainsi que se forment les héros, du moins dans l'imaginaire des poètes et des conteurs du XIIe siècle. Cette conception s'insère dans la droite lignée des traditions celtiques qui insistent toujours sur le *dépassement* de la condition humaine. Si vous ne vous dépassez pas, vous ne serez jamais des dieux. Tel est le message. Mais pour se dépasser, il faut se créer un but, une image, un *soleil.* Et ce soleil ne peut être que Guenièvre.

Car si la femme aimée, la Dame, la Reine, est le *Soleil*, il n'est pas étonnant que celui ou ceux qui la contemplent en soient éblouis, aveuglés même, au point de se trouver en plein état d'*extase.* C'est encore dans *le Chevalier de la Charrette* qu'on en trouvera un autre exemple significatif. Lancelot s'est fait remettre, par une « pucelle » un peigne dont Guenièvre s'est servi et qui retient quelques cheveux de la reine : « Il prend soin d'en retirer les cheveux avec ses doigts si doux qu'il n'en rompt pas un seul... L'adoration commence : à ses

1. Charles Méla, *La Reine et le Graal*, p. 270.

yeux, à sa bouche, à son front, à tout son visage, il les porte et cent et mille fois. Il les enferme dans son sein... L'or purifié cent fois et cent fois affiné au feu serait plus obscur que la nuit auprès du jour le plus brillant de cet été si l'on regardait côte à côte et l'or et les cheveux » (trad. J. Frappier). On pourrait hausser les épaules et expliquer l'attitude de Lancelot par du fétichisme. Mais comment ne pas comparer cette extase quasi mystique à celle qui saisit Galaad lorsqu'il se penche au-dessus du « saint » Graal et y découvre l'Ineffable. L'éblouissement est celui qu'on ressent devant la Beauté suprême, d'essence divine, et qui est, selon André Breton, « convulsive », mais surtout « explosante fixe ».

Dans une séquence du magnifique – et pourtant insupportable – film de Robert Bresson intitulé *Lancelot du Lac*, on nous présente les chevaliers réunis dans la cour du château d'Arthur. La Quête du Graal est terminée depuis longtemps, et les chevaliers, n'ayant plus aucun but, s'ennuient profondément. La nuit tombe, l'obscurité devient pesante. Or, tout à coup, une fenêtre s'éclaire. C'est la fenêtre de Guenièvre. Aussitôt, les regards des chevaliers se fixent dans cette unique direction, éblouis qu'ils sont par cette lumière, comme des papillons de nuit égarés.

Il n'y a pas de meilleure illustration que cette séquence du rôle et de la fonction de la reine Guenièvre.

CHAPITRE III

La Porteuse de Graal

« Tandis qu'ils causent à loisir, paraît un valet qui sort d'une chambre voisine, tenant par le milieu de la hampe une lance éclatante de blancheur... Une goutte de sang perlait à la pointe du fer de la lance et coulait jusqu'à la main du valet qui la portait. Alors viennent deux autres valets, deux fort beaux hommes, chacun en sa main un lustre d'or niellé, dans chaque lustre brûlaient dix cierges pour le moins. Puis apparaissait *un graal*, que tenait entre ses deux mains une belle et gente demoiselle, noblement parée, qui suivait les valets. Quand elle fut entrée avec *le graal*, une si grande clarté s'épandit dans la salle que les cierges pâlirent, comme les étoiles ou la lune quand le soleil se lève » (Chrétien de Troyes, *Perceval*, trad. L. Foulet).

« Un écuyer franchit d'un bond la porte, dans la main il tenait une lance sur le tranchant de laquelle on voyait sourdre du sang qui coulait le long de la hampe, jusque sur la main et dans la manche... Maintenant enfin apparut la reine. Son visage rayonnait d'un tel éclat que tous crurent que le jour se levait. Son vêtement était fait de soie d'Arabie, et sur un tissu vert émeraude elle portait la quintessence de toutes les perfections du Paradis, une chose qui était à la fois racine et branches. Cet objet s'appelait *le Graal* et il dépassait tout ce qu'on pouvait souhaiter sur terre. La noble dame, qui était seule à pouvoir porter *le Graal*, avait nom *Repanse de Schoye.* La nature du *Graal* était telle qu'il fallait que celle qui en prenait soin fût pure et exempte de toute fausseté » (Wolfram von Eschenbach, *Parzival*, trad. W. Spiewok et J.-M. Pastré).

« Il commençait à causer avec son oncle, lorsqu'il vit venir dans la salle et entrer dans la chambre deux hommes portant une lance énorme : du col de la lance coulaient jusqu'à terre trois ruisseaux de sang... Après quelques instants de silence, entrèrent deux pucelles portant entre elles un grand plat sur lequel était une tête d'homme baignant dans son sang. La compagnie jeta de tels cris qu'il était fatigant de rester dans la même salle qu'eux » (*Peredur ab Evrawc*, trad. J. Loth).

Trois récits, trois auteurs, l'un français, le second allemand, le dernier gallois, mais à travers des nuances de détails, un unique schéma. Le récit gallois est d'une grande sobriété et, bien que contenu dans un manuscrit du XIVe siècle, il semble remonter à un modèle très ancien. Le récit de Chrétien de Troyes est, par la date de sa composition (1190), le premier à signaler l'existence d'*un graal.* Le récit de Wolfram von Eschenbach (1220 environ), qui est une adaptation de celui de Chrétien, est chargé d'éléments divers et se perd dans un luxe de détails, mais il donne le nom de celle qui porte *le Graal.*

Ce sont trois textes de base, trois textes qui vont provoquer par la suite d'innombrables continuations. Et surtout, alors qu'on ne sait pas trop ce qu'est *le Graal* (Chrétien dit un *graal*, nom commun, et le conteur gallois ne le nomme pas) ni ce qu'il contient, les auteurs de romans arthuriens vont abondamment broder sur ce thème et l'interpréter selon leurs propres tendances et leur propre imaginaire. Cependant, une chose est sûre : chaque fois que ce mystérieux cortège se déroule, c'est toujours une femme (deux dans la version galloise) qui porte ce mystérieux récipient qu'est *le Graal*, quelle que soit la forme ou l'aspect de celui-ci.

Il en est ainsi dans le long récit français en prose du milieu du XIIIe siècle qu'on appelle le « corpus Lancelot-Graal », ou encore « Vulgate Lancelot », attribué faussement à l'Anglo-Normand Gautier Map : « C'est alors qu'arriva la jeune fille. Elle était si belle et si désirable que Lancelot dut s'avouer qu'il n'avait jamais vu femme de si éclatante beauté, hormis la reine Guenièvre... La jeune fille s'avançait dans la salle, très doucement, comme si elle glissait sur le sol. Elle portait un vase qui ressemblait à un calice d'un éclat éblouissant. Lancelot eut le sentiment et la certitude que c'était un saint et digne objet : aussi joignit-il les mains et s'inclina-t-il à son passage, imité en cela par tous les autres convives » (trad. J. Markale). En fait, et bien qu'il soit amoureux de la reine Guenièvre et d'une fidélité absolue envers elle, Lancelot ne voit même pas le Graal, mais seulement celle qui le porte, car lorsque le roi, à la fin du repas, lui demande ce qu'il pense « du riche vase que la jeune fille portait », il répond : « Il me semble n'avoir jamais vu une demoiselle aussi belle. De dame, je ne dis pas, mais de demoiselle, sans conteste. »

Qui est donc cette « demoiselle », cette mystérieuse « porteuse de Graal » dont la beauté et le rayonnement sont à la mesure de l'objet qu'elle tient dans ses mains ? Le nom que lui donne Wolfram semblerait convenir parfaitement à sa fonction, puisque *Repanse de Schoye* signifie « qui dispense la joie », dans une optique chrétienne bien entendu. Mais dans la version en prose dite de Gautier Map, selon les manuscrits, elle est appelée Elaine (Hélène), Amide ou Héliazabel (Elisabeth), ce dernier nom constituant une référence biblique qui sera largement exploitée lorsqu'on fera de la Porteuse de Graal la mère de Galaad. De toute façon, cette « demoiselle » est bien ambiguë. A la fin du récit gallois de *Peredur*, on ne manque pas d'être surpris lorsqu'on voit, au Château des Merveilles, c'est-à-dire au Château du Graal, un jeune homme blond se précipiter vers le héros et lui dire : « Seigneur, c'est moi que tu as vu sous les traits de la jeune fille noire, à la cour d'Arthur, puis lorsque tu jetas la table de jeu, lorsque tu tuas l'homme noir, lorsque tu tuas le cerf, quand tu t'es battu avec l'homme de la pierre plate. *C'est encore moi qui me suis présenté avec la tête sanglante sur le plat...* » (trad. J. Loth). Y aurait-il eu confusion de la part du conteur gallois ou bien est-ce la résurgence de l'ancienne forme du mythe ? Le jeune homme blond déclare nettement avoir eu l'aspect de la jeune fille noire, affirmant de ce fait à la fois son androgynat et sa nature féerique.

Il est intéressant, de toute façon, de remarquer à travers toutes les hésitations et incertitudes des conteurs que *si la treizième revient, c'est encor la première.* D'après le récit gallois, la Porteuse de Graal, même si elle partage avec une autre fille le soin du plateau où une tête d'homme baigne dans son sang, image du Graal dans cette version, peut apparaître sous différentes formes et différentes identités au cours de la quête qu'entreprend le héros. Cette constatation a incité Charles Méla, dans son ouvrage *La Reine et le Graal*, à subodorer que derrière l'image de la Porteuse de Graal se profilait le visage énigmatique de Morgane. Mais sans aller si loin, du moins dans l'immédiat, on peut prétendre en toute logique que cette fille qui tient le Graal entre ses mains est un des aspects, une des incarnations, de la Femme souveraine, maîtresse des destins, cette *Pistis Sophia* de la tradition gnostique toujours présente dans l'inconscient collectif, et qui tente, à sa façon, de reprendre sa place perdue du fait de l'usurpation du dieu mâle et de refaire le monde en y projetant de nouvelles forces vitales.

Dans tous les récits du Graal, cette porteuse d'un « saint » objet, quel qu'il soit, est unanimement reconnue comme la fille du Roi Pêcheur, et ultime descendante d'une lignée sacrée, celle qui remonte à Joseph d'Arimathie et même à Salomon. Cette lignée peut être justifiée par une certaine lecture, dans les manuscrits, du mot *sangréal* décomposé en *sang* et *réal*, comprise comme un « sang royal ». Le récit gallois affirme sans ambiguïté que le Roi Pêcheur est l'oncle (en fait, l'un des oncles) du héros Peredur-Perceval, et tous les autres textes français suggèrent cette même parenté. Mais est-ce ce Peredur-Perceval qui est le héros attendu, celui qui doit guérir le Roi Pêcheur blessé et devenir à son tour gardien du Graal ? Si l'on s'en tient aux versions les plus anciennes, la réponse est affirmative. Mais le personnage de Peredur-Perceval-Parzival a fini par apparaître comme singulièrement « païen » et trop chargé d'éléments sulfureux. C'est pourquoi le récit de Gautier Map, où l'influence cistercienne se fait fortement sentir, lui a substitué un autre personnage, Galaad, le double mystique de Lancelot, le meilleur chevalier du monde, un chevalier débarrassé, comme le dit le texte, de son *échauffement de luxure.*

Mais alors, tout se complique. Avec qui Lancelot allait-il donner naissance à l'Elu ? Avec Guenièvre, son seul amour ? Cela eût été la reconnaissance officielle de la légitimité de l'adultère. Il fallait trouver autre chose. Et l'on a trouvé. Puisque la fille du Roi Pêcheur est la descendante d'une lignée sacrée et que Lancelot lui-même appartient à cette même lignée, le héros du Graal, pur et sans tache, ne pouvait naître que de l'union de ces deux êtres, l'un « échauffé » mais quand même le meilleur chevalier du monde, l'autre, la *vierge*, la pure, celle qui, selon Wolfram von Eschenbach, pour respecter la nature du Graal, « devait être exempte de toute fausseté ». C'était en quelque sorte reprendre le schéma de la procréation de Merlin, fils d'un démon incube, dont il héritait des pouvoirs magiques, et d'une pure jeune vierge par laquelle il acquérait la sagesse divine.

Tout cela en théorie, bien entendu, car les événements, tels qu'ils sont décrits, sont loin de baigner dans la quiétude et le respect de l'ordre moral.

Certes, toutes les précautions sont prises pour rendre cette situation tolérable. Conduit par une femme dont on ne connaît pas le nom, mais qui est en quelque sorte son introductrice, Lancelot arrive dans la forteresse de Corbénic dont le maître est Pellès, le Roi Pêcheur. La première chose qu'il voit, c'est une jeune fille plongée dans une eau qui semble bouillir. Et cette jeune fille le supplie de la délivrer de son terrible supplice. « Lancelot la saisit par les bras et la tira aussi facilement qu'une botte de paille. » Cela, personne avant lui n'avait pu le faire, pas même le preux Gauvain. On comprend donc qu'il est prédestiné et que sa venue à Corbénic n'est pas due au hasard. C'est alors que les habitants du lieu emmènent Lancelot vers le cimetière et lui demandent de satisfaire à une autre épreuve : soulever la dalle d'une tombe, ce qu'auparavant personne n'a réussi à faire. Or, sur la dalle, on peut lire cette inscription : « Jamais cette pierre ne sera soulevée avant que n'y mette la main le léopard dont sera issu le grand lion. Alors sera engendré le grand lion en la fille du roi de la Terre Foraine. » Evidemment, Lancelot ne comprend pas le sens de cette inscription, et ne se doute nullement qu'il va bientôt rencontrer la fille du roi de la Terre Foraine, autrement dit la Porteuse de Graal. Il soulève la dalle, en fait surgir un serpent monstrueux qui vomit des flammes, combat celui-ci et le tue. Il est alors reçu triomphalement par le Roi Pêcheur. Au cours du repas, pendant lequel les plats, présentés vides, sont remplis dès le passage du Graal, il voit pour la première fois la fille de son hôte. En apparence, rien n'est prémédité, mais on comprend vite que tout est *truqué* dans cette affaire.

En effet, après avoir appris que le héros est le fils du roi Ban de Bénoïc, Pellès a cette réflexion qui en dit long, mais que Lancelot ne comprend toujours pas : « J'ai toutes les raisons de croire que mon pays va être délivré des étranges aventures qui s'y produisent jour et nuit, et cela grâce à toi ou à quelqu'un de ta descendance. » A quoi Lancelot rétorque sèchement : « Je ne suis pas marié et je ne pense pas avoir engendré un enfant. »

A ce moment, une vieille femme vient trouver le Roi Pêcheur et l'entraîne à l'écart. « Qu'allons-nous faire de ce chevalier que Dieu nous a amené ? » demande-t-elle. Car, pour les habitants de Corbénic, il ne fait aucun doute que Lancelot est un envoyé de Dieu : il leur faut maintenant tout mettre en œuvre pour appliquer le plan divin, même si celui-ci paraît en dehors des normes morales. « Je n'en sais rien, répond le roi, sinon qu'il aura ma fille pour disposer d'elle selon son désir. » Donc, la décision est prise d'avance : Lancelot doit engendrer un enfant avec la fille du Roi Pêcheur, la Porteuse de Graal, « celle qui doit être pure et exempte de toute fausseté ». On verra d'ailleurs qu'en fait de fausseté, elle n'a de leçon à recevoir de personne : elle se prêtera avec joie et plaisir à la machination qui se prépare.

Car rien n'est possible sans machination. La vieille femme, qui se révèle quelque peu sorcière, fait allusion à la passion exclusive que Lancelot a pour la reine Guenièvre « qui lui interdit de désirer toute autre femme ». Et elle conclut : « Il faut donc manœuvrer avec habileté de façon à ce qu'il ne s'aperçoive de rien. » Et sans s'en rendre compte, Lancelot va être la victime – non consentante – de ce qu'on appellerait en termes de droit « dol et tromperie ». Mais qui veut la fin veut les moyens, même si ceux-ci sont fort suspects.

Tout se déroule comme prévu. La suivante Brisane fait croire à Lancelot que la reine Guenièvre va passer la nuit dans une forteresse voisine et qu'elle l'attend avec impatience. Elle conduit le chevalier vers son rendez-vous après avoir pris soin d'emporter une fiole contenant une « potion magique » qui persuadera Lancelot qu'il est en présence de Guenièvre. Et, pendant ce temps, Pellès envoie sa fille à la même forteresse, par un autre chemin. Effectivement, après avoir bu le breuvage, Lancelot se croit dans l'une des résidences d'Arthur et n'hésite pas à rejoindre celle qu'il croit Guenièvre. Il faut savourer le morceau de bravoure verbal qui accompagne la description de l'événement dans la version dite de Gautier Map : « Ainsi furent unis le meilleur et le plus beau des chevaliers et la plus belle des vierges appartenant au plus haut lignage de ce temps, animés tous deux par un même désir mais pour des raisons différentes : elle ne se donnait à lui non pas tant pour sa beauté, ni par luxure ni par échauffement des sens, mais pour recevoir le fruit grâce auquel tout le pays, ravagé à la suite du coup douloureux reçu par le Roi Pêcheur, devait recouvrer sa beauté première » (trad. J. Markale).

Ce « plaidoyer » ne trompe personne et il appartient à la meilleure veine de la casuistique telle qu'elle sera mise en œuvre par les Jésuites au XVIIe siècle, et tant ridiculisée par Blaise Pascal dans ses *Provinciales*. Car tout le contexte indique que la fille du Roi Pêcheur est passionnément amoureuse de Lancelot – d'ailleurs, toutes les femmes qu'il rencontre tombent amoureuses de lui et s'offrent à lui avec une rare impudence. La jeune fille n'est pas l'*Ancilla Domini* de l'Evangile de Luc, qui obéit passivement aux ordres de l'archange Gabriel. Non seulement elle est complice de toute cette machination, mais elle y prend goût. La preuve en est que, beaucoup plus tard, lorsqu'elle viendra à la cour d'Arthur en compagnie de son père, elle s'arrangera, toujours grâce à la « potion magique » de Brisane, pour passer une seconde nuit dans le même lit que Lancelot. Il serait ridicule de faire de la Porteuse de Graal, comme l'ont fait certains commentateurs mal inspirés ou sclérosés par une trop forte absorption de catéchisme, une nouvelle Vierge Marie se sacrifiant pour sauver le royaume, en parallèle avec la *theotokos* qui comprend que sa mission est de donner vie au Sauveur de l'humanité. Ou alors, il faudrait émettre l'hypothèse que l'épisode évangélique dit de la *Visitation* n'est que le résultat d'une machination encore plus énorme que celle mise en place par Brisane et le Roi Pêcheur.

Il n'en est pas de même pour Lancelot. « Lancelot, lui, la désirait d'une tout autre façon : il ne la convoitait pas pour sa beauté, mais uniquement parce qu'il la prenait pour sa dame, la reine Guenièvre. Seule cette méprise décuplait son plaisir, et il la connut comme Adam connut sa femme, ou plutôt autrement, car Adam connut sa femme légitimement, sur l'ordre de Dieu, tandis que Lancelot connut cette jeune vierge dans le péché et par une union illicite » (trad. J. Markale). Le raisonnement est tortueux, mais juste, à cette nuance près que Lancelot, lorsqu'il voit la jeune fille pour la première fois, en est si ému et bouleversé qu'il ne peut s'empêcher de la comparer à la reine Guenièvre. Mais il est exact qu'en croyant coucher avec Guenièvre, il commet un adultère, tandis que la Porteuse de Graal ne commet qu'un simple péché de chair, facilement pardonnable, surtout si c'est, comme l'enseigneront les casuistes du XVIIe siècle, pour un but noble et élevé.

En somme, comme dans l'histoire de Tristan et Yseult, où « Dieu protège les amants », ils ont bu par erreur le « vin herbé » et ne sont donc pas responsables, selon la logique des casuistes. La nuit de Lancelot et de la Porteuse de Graal fut, en langage réaliste, « une bonne partie de jambes en l'air » où chacun trouva son compte. « Mais le Seigneur, en qui habite toute pitié et qui ne juge pas seulement les pécheurs à leurs actes, considéra cette union comme nécessaire à l'accomplissement des aventures. Et il leur accorda d'engendrer et de concevoir un fruit, sachant que la virginité d'une femme serait à l'origine d'une autre fleur, porteuse de vertu et de compassion, pour le plus grand bienfait de nombreuses terres qui retrouveraient ainsi plénitude et bonheur » (trad. J. Markale). Certes, les organes sexuels sont des *parties honteuses*, mais on est bien obligé de convenir que c'est Dieu lui-même qui nous a créés ainsi, *à son image*, dit la *Genèse*, et que lesdites parties *honteuses* servent quand même à quelque chose, à savoir la pérennité de l'espèce et, dans certains cas, à la procréation de héros indispensables à l'équilibre du monde. Une remarque s'impose cependant, et la suite du récit attribué à Gautier Map le révèle : le fruit conçu par la Porteuse de Graal, le fameux Galaad, n'oubliera jamais sa mission qui est de guérir le roi blessé, mais pour cela, il passera outre à sa compassion, massacrant joyeusement tous ceux qui se dresseront en travers de sa route. Ce sont les contradictions du Christianisme, qui refuse officiellement la violence mais qui la pratique quotidiennement, au réel (les Croisades et l'Inquisition) et au figuré (la contrainte morale, l'excommunication, la terreur de l'Enfer). Comprenne qui pourra...

C'est dire l'importance de cet épisode où se dévoile la duplicité des conteurs du Moyen Age, louvoyant sans cesse entre les normes officielles de l'Eglise et le substrat païen qui imprègne toutes les légendes réunies dans le cycle du Graal. On pourrait même faire, à partir des travaux de l'érudite anglaise Jessie Weston, au début du XXe siècle, une lecture psychanalytique de haut vol. Sachant que le mot *graal* vient de l'ancien occitan *gradale*, devenu depuis *grazale*, et qui est du genre féminin, il n'est pas ridicule d'affirmer que, pendant le cortège du Graal, la fille du Roi Pêcheur présente son sexe de façon à ce que Lancelot en soit fou de désir (bien entendu, il ne s'agit pas d'amour !). Le *graal* n'est qu'un récipient, un *réceptacle*, allons plus loin, une *matrice* dont l'ouverture est une *vulve*. Cette matrice est à l'image du royaume du Roi Pêcheur, stérile parce qu'elle est vide. Chrétien de Troyes s'est bien gardé de dire ce que contenait ce récipient mystérieux. Il est probable qu'il ne le savait pas lui-même. Ce sont ses continuateurs qui y ont mis le sang du Christ. Mais, à l'époque de l'affirmation de la doctrine de la transsubstantiation et de l'essor de la théologie cistercienne, il était nécessaire de récupérer un thème aussi vieux que le monde et de le faire servir aux objectifs de l'Eglise.

La traduction littérale est donc la suivante : le Graal est vide, et il a besoin d'être rempli par du sperme – réel ou symbolique. Ainsi s'accomplira la *re-naissance*. L'union de Lancelot et de la Porteuse de Graal est un hiérogame, un mariage sacré et, dans ce cas, peu importent les manipulations, les machinations, les faussetés, les adultères : le Christ, du moins si l'on prend les Evangiles à la lettre, n'est-il pas né dans des conditions fort obscures ? Mais tout héros de lumière, tout dieu incarné, tout salvateur ont des naissances irrégulières, extraordinaires, hors du commun.

Galaad, celui qui devait mettre un terme aux aventures du Graal, ne pouvait venir au monde comme un simple mortel. On sait que, dans la légende du Latium, Romulus et Remus, fondateurs de Rome, sont nés de l'accouplement d'une vestale, donc d'une prêtresse, et du dieu Mars. La Porteuse de Graal est elle-même une sorte de vestale, chargée de veiller sur la lumière mystérieuse qui émane de la coupe sacrée. Elle est prêtresse et elle ne peut s'unir qu'à un être exceptionnel. On pourra objecter que cet être n'est pas un dieu, mais c'est en tout cas *le meilleur chevalier du monde*. Encore faudrait-il prendre conscience que le personnage de Lancelot du Lac n'est que l'aspect héroïsé, presque folklorique, du grand dieu panceltique Lug au Long Bras, le Multiple Artisan, celui qui représente toutes les fonctions divines, qui dispose d'une lance redoutable dont la chaleur est telle qu'il faut la plonger dans un chaudron rempli de sang humain pour la refroidir[1]. Le schéma mythologique est intact sous le récit romanesque qui, lui, doit s'adapter aux exigences et aux goûts de l'époque.

Donc la *conjonction* de la prêtresse et du dieu incarné s'est faite, mais sous un voile de ténèbres et par le biais d'une illusion magique. Tout cela est en quelque sorte du domaine du rêve, de l'irréel. Le matin, quand le soleil se lève, le voile se déchire et le réel reprend ses droits. L'effet du breuvage magique s'est dissipé, et Lancelot comprend qu'il a été dupé : ce n'est pas Guenièvre qui est à ses côtés mais la fille du Roi Pêcheur. Il ne cherche pas à comprendre. Furieux, parce qu'il a été infidèle – même sans le vouloir – à la femme qu'il aime, il veut tuer la jeune femme, sans doute dans l'intention – puérile – d'effacer toute trace de ce qu'il considère comme un péché contre l'amour. Et ce n'est que par sa douceur et par ses larmes que la Porteuse de Graal parvient à le calmer, puis à l'apitoyer. Lancelot repartira vers son destin, et celui de la fille de Pellès se déroulera comme prévu.

Cette histoire ne se trouve que dans un seul récit, celui inspiré par l'esprit cistercien. On se doute bien qu'il s'agissait avant tout d'éliminer le trop sulfureux Perceval et de déplorer les *échauffements* de Lancelot en créant de toutes pièces un nouveau personnage, cette fois-ci irréprochable, même en

1. Sur ce sujet, voir J. Markale, *Lancelot et la Chevalerie arthurienne*, ainsi que le premier volume de *La Grande Epopée des Celtes* consacré aux « Conquérants de l'Ile Verte ».

faisant appel à des méthodes peu conformes aux normes chrétiennes. Mais c'était aussi proclamer que c'est parfois en passant par l'Enfer qu'on atteint le Paradis. Le tout est de ne pas y rester. Cependant, cette histoire n'a pas été inventée : elle n'est qu'un habile détournement de deux autres histoires – intégrées dans le cycle du Graal – et en constitue un contrechamp étonnant. Car les auteurs de romans arthuriens, on l'a démontré depuis longtemps, n'écrivent jamais au hasard : ils se renvoient la balle les uns aux autres dans un extraordinaire jeu labyrinthique où il est parfois difficile de ne pas se perdre, ne perdant jamais de vue un plan d'ensemble surgi de la nuit des temps [1].

La première de ces histoires est celle de Tristan et Yseult. Le parallélisme y est frappant dans l'épisode du philtre soi-disant bu par erreur par les deux héros. On sait, par des détails qui ne se trouvent que dans le roman en prose du XIIIe siècle, et aussi par une analyse profonde du comportement d'Yseult, que le *vin herbé* a été bu involontairement par Tristan mais volontairement, en toute conscience, par Yseult. Elle a demandé à sa suivante Brangwen de se tromper. Pourquoi ? Parce qu'elle était amoureuse depuis toujours de Tristan, mais que celui-ci ne l'était pas : il fallait donc agir *magiquement*. Et Tristan s'unit à Yseult par l'effet

1. C'est ce plan d'ensemble que j'ai tenté de restituer en réécrivant les huit époques du *Cycle du Graal*, en utilisant toutes les versions qui sont à notre disposition et en faisant une synthèse la plus objective possible.

d'un breuvage magique qui le plonge dans un rêve. L'équivalence est certaine[1]. La différence réside dans les motivations : Yseult agit ainsi pour satisfaire sa propre passion ; la Porteuse de Graal – même si elle y prend goût – a conscience de sa mission qui est sacrée. Mais l'union de Tristan et Yseult, confinée à l'exaltation de l'amour charnel, ne donnera aucun fruit et conduira finalement les deux amants à leur perte. Au contraire, l'union de Lancelot et de la fille de Pellès débouche sur la *salvation* du royaume. Il s'agit d'un authentique détournement du thème du philtre et de sa récupération en quelque sorte mystique.

La deuxième histoire est celle de l'aventure d'Arthur et de sa demi-sœur Anna, parfois appelée Morgause – et non pas Morgane comme on le dit, hélas ! trop souvent, ce qui fausse complètement la signification des différents protagonistes du drame. L'action se passe pendant l'adolescence d'Arthur alors qu'il fait ses premières armes à la cour du roi Loth d'Orcanie. Arthur ne connaît rien de ses véritables origines, se croit le fils d'Antor qui l'a élevé et ne connaît donc pas ses demi-sœurs Anna-Morgause et Morgane, toutes deux filles d'Ygerne et du duc de Tintagel – alors que lui-même est fils d'Ygerne et d'Uther Pendragon. Or Anna-Morgause est l'épouse de Loth et déjà mère de Gauvain,

1. Il y a une autre équivalence, une substitution de personnage : au cours de la nuit de noces d'Yseult et du roi Mark, Brangwen prend la place d'Yseult – qui n'est plus vierge – et le roi ne s'aperçoit de rien.

Agravain et Gahériet, et le jeune Arthur en tombe éperdument amoureux. Il commet donc un adultère avec la femme du roi Loth, mais il ignore que c'est une union incestueuse. Et celle-ci sera catastrophique, car le fruit de ces amours sera Mordret, celui qui détruira le royaume[1]. Il n'y a pas là de substitution de personnage mais une méconnaissance, une confusion, ce qui en constitue l'équivalent.

Ce n'est même plus du détournement ici, mais un véritable retournement. L'union illicite d'Arthur et de sa sœur va produire un monstre, un destructeur de royaume, un assassin de son père, tandis que celle de Lancelot et de la Porteuse de Graal donnera naissance à un « saint », un *salvateur* qui lèvera les sortilèges et délivrera le royaume des forces obscures qui le rendaient stérile. Malheureusement, ce n'est pas le royaume d'Arthur que Galaad sauvera, mais seulement celui – quelque peu surnaturel – de la Terre Foraine, c'est-à-dire une « terre extérieure ». La leçon est claire : il fallait présenter un contrechamp spirituel à la sordide et néfaste aventure d'Arthur et d'Anna-Morgause.

Ainsi se justifie la fonction de la Porteuse de Graal. Elle est prêtresse, elle appartient à une lignée sacrée. Mais elle n'en demeure pas moins femme et, en tant que telle, elle en a les faiblesses. Elle est réellement amoureuse de Lancelot et cette passion qui s'est réveillée en elle lui fait outrepasser les limites de sa mission.

1. Voir *Le Cycle du Graal*, vol. I, chapitre intitulé « Excalibur ».

En effet, lorsqu'elle vient avec son père Pellès à la cour du roi Arthur, emmenant d'ailleurs avec elle son jeune fils Galaad, elle est fort bien reçue par la reine Guenièvre qui reconnaît en Galaad la beauté de Lancelot et qui a complètement pardonné la « trahison » de son amant. Mais c'est la fille de Pellès qui va brouiller les cartes. Son désir de Lancelot est si aigu qu'elle demande à sa suivante Brisane de s'arranger pour lui faire passer la nuit avec lui. Et Brisane va une nouvelle fois utiliser le breuvage magique qui a déjà si bien réussi. Lancelot va rejoindre celle qu'il prend pour Guenièvre et satisfait à la fois son propre désir et celui de la fille du Roi Pêcheur. Malheureusement, Guenièvre, qui attend impatiemment la visite de son amant, finit par les surprendre en flagrant délit, et prise d'un accès de jalousie furieuse, d'ailleurs fort compréhensible, chasse Lancelot qui quitte la cour pour tomber bientôt dans d'autres pièges, encore plus redoutables, ceux de Morgane [1].

---

1. Voir *Le Cycle du Graal*, vol. IV, chapitre intitulé « Le château de Morgane ».

On pourrait également comparer l'aventure de la fille du roi Pellès et de Lancelot avec le début du récit connu sous le titre d'*Histoire de Taliesin*, contenue dans un manuscrit du XVIIe siècle, dont le fonds est nettement archaïque. La sorcière – ou déesse ? – Keridwen, qui réside dans le lac Tegid, au Pays de Galles, constatant que son fils *Afagg-Du* est d'une grande laideur et de faible intelligence, se résout à faire bouillir un « chaudron de Science » afin de lui procurer magiquement connaissance et beauté. Elle réunit donc diverses plantes et fait bouillir le mélange dans un chaudron. Comme cette cuisson doit durer un an et un jour, elle charge un certain Gwyon Bach de surveiller

La Porteuse de Graal est-elle une prêtresse dévoyée ou une des incarnations de la déesse de l'Amour ? Elle est en tout cas l'image de la Féminité porteuse de lumière, devant laquelle, surtout lorsqu'elle tient dans ses mains la mystérieuse coupe qu'on appelle le Graal, et qui est un emblème sexuel féminin, tous les hommes sont tentés de s'incliner, rendant ainsi hommage à sa beauté transcendante et presque irréelle.

---

le feu sous le chaudron. A la fin du temps requis, Gwyon Bach reçoit sur un doigt trois gouttes du breuvage ainsi préparé. Il met le doigt à sa bouche et, tout à coup, il acquiert connaissance et pouvoir magique. Furieuse de voir son travail détourné de son but, Keridwen poursuit Gwyon Bach qui, pour lui échapper, se transforme en différents animaux, puis en grain de blé. Mais Keridwen se métamorphose elle-même à chaque fois, et elle finit par avaler le grain de blé. Or, elle devient enceinte et donne naissance à un fils qu'elle abandonne au gré des flots. Cet enfant, recueilli par le prince Elphin, fils du roi Gwyddno, deviendra le célèbre barde Taliesin, « front brillant », poète et savant en toutes choses, « chef des bardes de l'ouest », et en quelque sorte sauveur de la tradition druidique. Il y a incontestablement un lien entre l'image de la Porteuse de Graal et celle de Keridwen avec son chaudron, surtout si l'on songe que le chaudron celtique, qui contient une nourriture inépuisable, une « potion magique » donnant vie et connaissance, est un des archétypes du Graal. Plus que jamais, le Graal apparaît comme une « matrice », et la femme qui le porte comme une image de la déesse-mère, ce qu'est d'ailleurs la Keridwen de la tradition galloise. Voir, à ce sujet, J. Markale, *L'Epopée celtique en Bretagne*, Paris, Payot, 1971-1985, ainsi que *Le Cycle du Graal,* vol. I, chapitre intitulé « Le Chef des Bardes ».

CHAPITRE IV

La Fille de Merlin

Un seul et unique texte fait mention de la fille de Merlin, celui de ce qu'on appelle la *Seconde Continuation*. L'auteur est anonyme mais le récit a été longtemps attribué au trouvère Wauchier de Denain. On sait en effet que Chrétien de Troyes a été le premier en date à signaler l'existence d'un *graal* et à raconter les aventures de Perceval. Il l'a fait sur l'instigation, non pas de la comtesse Marie de Champagne, comme son *Chevalier de la Charrette*, mais de Philippe d'Alsace, comte de Flandre, dont le père, Thierry, avait trente ans auparavant rapporté de Terre sainte une précieuse ampoule remplie – soi-disant – du sang du Christ. Pour honorer cette sainte relique, Thierry d'Alsace avait fait construire à Bruges une église dédiée au culte du « Précieux Sang ». Ainsi s'explique la commande faite à Chrétien de Troyes : il fallait illustrer ce culte en allant chercher dans la tradition tout ce qui concernait l'existence d'un récipient contenant le sang divin, lequel, selon la croyance juive, était censé véhiculer l'âme de Dieu.

Mais Chrétien de Troyes n'a pas terminé son *Perceval ou le Conte du Graal*. On a prétendu qu'il était mort avant d'avoir eu le temps d'avoir achevé son ouvrage. C'est une banalité qu'il convient d'éliminer. Chrétien était d'ailleurs coutumier du fait, car il n'avait pas terminé son *Chevalier de la Charrette*, laissant ce soin à son confrère Geoffroy de Lagny. Aux XIIe et XIIIe siècles, comme l'ont démontré Paul Zumthor, Roger Dragonetti, Charles Méla et les membres de ce qu'on appelle l'Ecole de Genève, les auteurs de romans arthuriens jouent un jeu subtil en amorçant une histoire et en la confiant ensuite à d'autres, à la condition d'y ajouter le plus d'éléments possible. Chrétien de Troyes savait ce qu'il faisait en interrompant son récit, et d'autres conteurs se sont lancés dans l'aventure. Il y a donc eu une *Première Continuation*, également attribuée à Wauchier de Denain, une *Seconde Continuation*, puis une *Troisième Continuation* due au trouvère Manessier, qui est d'un esprit très différent et qui mène les péripéties de Perceval à leur fin logique, enfin une *Quatrième Continuation*, plus tardive, vers 1225, écrite par Gerbert de Montreuil, auteur du célèbre *Roman de la Violette*, qui puise abondamment dans la tradition dite de Robert de Boron, autre aspect de la Quête du Graal.

La *Seconde Continuation*, qui centre toutes les aventures autour de Perceval, semble provenir d'un archétype commun au *Peredur* gallois. Certains des épisodes relatés sont d'un archaïsme évident. On y voit Perceval, dans son errance, dialoguer avec un enfant dans un arbre, lequel n'est autre en fait qu'une des apparitions de Merlin. Et cet enfant lui révèle que s'il veut découvrir le chemin qui mène au Château du Graal, il devrait d'abord aller sur une colline au sommet de laquelle se dresse une Colonne de Cuivre. Perceval n'a alors de cesse de découvrir cette colline. Sans hésiter, il gravit la pente et constate que sur le sommet, le vent souffle avec une grande violence. Puis il examine la Colonne de Cuivre.

C'est une tour bien particulière et tout à fait inattendue : « Celle-ci, recouverte de cuivre poli, semblait haute d'une portée d'arbalète. Quinze croix l'entouraient, de belle dimension. Perceval en demeura saisi : des quinze croix, cinq étaient vermeilles, cinq autres plus blanches que neige tombée sur branches, et les cinq dernières couleur d'azur, toutes au demeurant faites d'une pierre si dure qu'on se demandait par quel miracle on avait pu les tailler. Perceval dépassa les croix et regarda encore la colonne. Un anneau s'y trouvait fixé, mais le Gallois n'aurait su dire s'il était d'or ou d'argent. Une bande d'argent très fin l'entourait, qui portait une inscription. Il s'approcha pour la déchiffrer et lut que nul chevalier, à moins de pouvoir s'égaler au meilleur chevalier du monde, ne devait attacher son cheval à l'anneau » (trad. J. Markale).

Bien entendu, Perceval, qui ne doute de rien, attache son cheval à l'anneau. Et il ne se passe rien. Ou plutôt, il se passe quelque chose qu'il n'avait pas prévu : une femme surgit, montée sur une jument blanche, et s'arrête devant lui. Elle met pied à terre et enlève son manteau, « se révélant seulement vêtue d'une robe de soie légère à travers laquelle se devinait chacun des contours de son corps ». La femme ne dit pas un mot, mais s'approche du cheval et lui prodigue d'abondantes manifestations d'amitié. Cela choque Perceval, qui demande à la femme de laisser son cheval tranquille. Alors, la femme répond : « Tous ceux qui vivent sur cette terre devraient honorer ton destrier ainsi que ton corps, et s'incliner devant eux plus bas qu'on ne le fait dans une église devant un autel. Car m'est avis qu'on n'eût pu trouver en ce monde mortel chevalier plus digne que toi d'escalader cette montagne. Tu as attaché ton cheval à l'anneau fiché sur la colonne : tu peux te vanter d'avoir accompli en ce jour ce que jamais chevalier ne fit sans être châtié » (trad. J. Markale). Puis elle invite Perceval dans son pavillon, sur l'autre versant de la colline.

Une fois chez la jeune femme, où il est reçu avec de grands égards, celle-ci lui révèle qu'on la connaît sous le nom de *Demoiselle de la Cime*, et qu'elle est la gardienne de la Colonne de Cuivre. Piqué par la curiosité, Perceval lui demande des explications sur cette colonne dont il n'a évidemment pas compris la fonction. La Demoiselle de la Cime lui raconte alors « une histoire qui n'est pas de ce temps » et qui est pourtant la sienne. Au temps du roi Uther Pendragon, une jeune fille qui était prophétesse vint trouver le roi et lui dit : « Je sais que tu as un fils, tu ne le connais même pas, mais je puis te dire qu'on le prisera plus encore que tous les empereurs qui ont vécu jusqu'à présent. » Il s'agit bien entendu d'Arthur. Mais Uther, qui n'a aucune confiance dans les paroles de la prophétesse, fait appeler Merlin. Et Merlin confirme ce qu'elle vient de dire. Alors, Uther, un peu ulcéré parce qu'il se croit lui-même un chevalier qu'on ne peut surpasser, met au défi Merlin de trouver un moyen grâce auquel « se pourrait reconnaître le meilleur chevalier qui fût au monde ». Merlin demande un délai de quinze jours, pendant lesquels il se retire dans son ermitage, puis il revient annoncer à Uther qu'il a la solution. Il ne reste plus qu'à trouver l'endroit où cette épreuve doit avoir lieu. Ayant eu le « feu vert » du roi, Merlin se lance donc à la recherche d'un endroit propice. Dans cette quête, il est accompagné par la jeune prophétesse.

Merlin découvre l'endroit idéal pour y établir l'épreuve. Mais ce qui devait arriver arrive : « Sache que Merlin devint amoureux de la prophétesse et en fit selon sa volonté. Ainsi devint-elle ma mère. » C'est ainsi que l'hôtesse de Perceval lui dévoile qu'elle est la fille de Merlin. Elle ajoute que l'Enchanteur fit surgir de terre, pour sa mère, un beau manoir dans la vallée. « La magie de Merlin m'a pourvue de tout ce que je désire, et je puis, comme ma mère et comme lui, prédire le destin des gens. Mais je ne le fais que lorsque vient à moi quelqu'un digne d'être aidé. »

Aucun autre texte concernant la vie légendaire de Merlin ne fait allusion à la moindre descendance naturelle de Merlin. Dans la *Vita Merlini*, Geoffroy de Monmouth lui attribue une épouse mais ne lui signale pas d'enfant. Dans le *Merlin* de Robert de Boron, s'il est amoureux de Viviane, il n'a en fait aucun rapport charnel avec elle. Dans la version dite de Gautier Map, il est heureux avec Viviane dans sa fameuse tour d'air invisible, mais il n'est nullement question de la moindre progéniture. Certes, Merlin a des disciples : dans la *Vita Merlini*, c'est sa sœur Ganieda, autrement dit Gwendydd, et aussi un certain *Thelgeninus* qui n'est autre que le barde gallois Taliesin ; dans les récits inspirés de Robert de Boron, c'est l'ermite Blaise, au nom significatif qui se réfère au mot breton et gallois désignant le loup, lequel écrit, sous sa dictée, des aventures merveilleuses dont il a été le témoin ; dans la version dite de Gautier Map, ses deux disciples sont Viviane, mais également Morgane. C'est tout. Le pseudo-Wauchier est le seul à signaler cette existence d'une fille de Merlin.

Est-ce à dire que cet auteur anonyme a inventé cette histoire afin de « faire bien dans le décor » et d'ajouter du piquant à la quête acharnée de Perceval vers le Château du Graal ? On serait tenté de le croire s'il n'y avait pas, dans le schéma du récit, de nombreux détails qui sentent une tradition populaire orale recueillie par le pseudo-Wauchier, tradition aujourd'hui perdue. C'est d'abord la prophétie à propos d'Arthur à la cour du roi Uther Pendragon, qui rattache cet épisode à l'ensemble du cycle. C'est ensuite l'indication de la « retraite » de Merlin dans son ermitage pendant laquelle il réfléchit : dans tous les textes concernant Merlin, le prophète-enchanteur se retire dans son domaine pour y capter les indications venues d'ailleurs, ce qui lui permet d'agir en fonction des circonstances et de découvrir les grandes lignes du futur. C'est enfin cette fameuse Colonne de Cuivre, au demeurant fort intrigante et qui excite tant la curiosité de Perceval.

On finit par avoir quelques lueurs sur elle, mais au travers de notions complexes qui relèvent autant des sciences secrètes que de la mythologie celtique. La Demoiselle de la Cime continue son histoire : « Merlin commença son travail. Par magie et enchantements, il éleva la Colonne de Cuivre et les croix qui l'entourent. Puis il leur jeta un sort. » Nous voilà avertis : il s'agit d'un lieu magique, ce qui sous-entend une sorte de sanctuaire où affluent des forces invisibles prêtes à se mettre en mouvement. Mais on reste sur sa faim : il est facile d'expliquer tout par l'utilisation des forces occultes. C'est sans doute ce qui a déterminé le pseudo-Wauchier à en dire davantage, bien que ce soit sous forme de lieux communs, si fréquents dans les contes féeriques, en un langage sibyllin qu'il convient de décrypter.

La Demoiselle de la Cime raconte en effet qu'ayant terminé son travail, Merlin revint auprès du roi Uther et lui rendit compte de sa mission, à savoir « qu'il avait découvert une colonne de cuivre où nul ne pouvait attacher son cheval s'il n'était le meilleur chevalier du royaume ». Certes, une telle formulation paraît incohérente, mais elle est justifiée par le fait que la demande primitive du roi Uther était un moyen de savoir *qui était à égalité avec le meilleur chevalier du monde*. Et la fille de Merlin poursuit son récit : « Le roi fit subir l'épreuve à ses compagnons, mais plusieurs chevaliers de haut rang y perdirent la vie. » C'est en somme une épreuve initiatique dont on ne sort que vainqueur ou mort, sans autre solution. Mais c'est aussi, sur un plan à la fois biologique et sociologique, l'affirmation qu'il existe une sélection naturelle : seuls survivent ceux qui en ont la force et les moyens, ceux qui résistent aux dures épreuves de la vie. Et ce sont ceux-là qui sont capables de dominer le monde. La réflexion risque d'inquiéter, parce qu'elle semble donner raison aux partisans les plus exaltés – et les plus déments – de l'idéologie raciste, de la purification ethnique, de l'élimination des bouches inutiles, à la mode spartiate ou même nazie, et finalement de la *loi du plus fort*. S'arrêter à cette dimension serait une erreur : il ne s'agit pas ici de la force physique, nécessairement aveugle, mais de puissance intellectuelle et spirituelle, laquelle s'acquiert, d'épreuve en épreuve, jusqu'au point de non retour. L'héroïsme est un éternel dépassement, qu'il soit physique, intellectuel ou spirituel.

Ensuite vient une demi-explication : « La coutume veut que tout chevalier, fût-il vainqueur aux joutes ou à la guerre, qui se mêle d'attacher son cheval à l'anneau fixé sur la colonne, *disparaît* s'il n'est le meilleur chevalier de tout le royaume, *et nul ne sait ce qu'il devient*, car la magie de mon père est plus puissante que toutes les magies du monde, et l'épreuve de la Colonne de Cuivre la plus redoutable qu'on puisse tenter. Bien peu s'y risquent, mais ceux qui ont l'audace de prétendre attacher leur cheval à l'anneau *sont anéantis, ainsi que leur monture, sans qu'on sache rien de leur sort* » (trad. J. Markale). Et la fille de Merlin termine en disant que le roi Arthur et ses compagnons sont venus très souvent auprès de la Colonne de Cuivre, mais qu'aucun des chevaliers n'a osé tenter d'y attacher son cheval.

Tout cela mérite quelques commentaires. Tout d'abord, il convient de prendre en compte la période de réflexion de Merlin qui, tout en étant *devin*, demande un délai pour savoir ce qu'il est nécessaire d'accomplir pour *filtrer* les chevaliers qui se prétendent les meilleurs du royaume – ou du monde. Ce *filtrage* est d'ailleurs redoutable, car il élimine définitivement ceux qui sont incapables de passer l'épreuve. Ce thème est identique à celui du Siège Périlleux : on sait en effet qu'à la Table Ronde, instituée par Merlin et le roi Uther Pendragon, et pérennisée ensuite par Arthur, il y a un siège qui doit rester inoccupé tant que ne viendra pas le « Bon Chevalier », celui qui mettra un terme aux aventures du Graal. Et tous les imprudents présomptueux qui s'y risquent sans une profonde motivation intérieure sont rejetés : mieux, ils sont *foudroyés* ou engloutis dans les profondeurs de la terre. On ne triche pas avec le Destin.

Donc Merlin doit choisir le meilleur moyen d'écarter les indésirables, ceux qui pourraient compromettre l'harmonie de cette société idéale que constitue le compagnonnage de la Table Ronde.

Ensuite, il y a le lieu de l'épreuve. Merlin ne le trouve pas d'emblée. Et il se fait aider par une femme, une devineresse en qui il a mis sa confiance et avec laquelle il engage une liaison *fructueuse*, autrement dit une liaison qui, contrairement à celle de Tristan et Yseult, mais parallèlement à celle de Lancelot et de la Porteuse de Graal, débouche sur un prolongement bénéfique pour l'humanité tout entière. Car ce n'est pas n'importe où qu'on peut établir un sanctuaire, c'est-à-dire le point de contact entre le visible et l'invisible, entre la terre et le ciel. Ce faisant, dans sa recherche du lieu, Merlin se conforme à l'antique tradition qui enseignait qu'on ne bâtit un temple, ou qu'on ne circonscrit un *nemeton* – la clairière sacrée où officiaient les druides –, qu'en un endroit où la communication entre les divers mondes est possible. On sait très bien que les églises chrétiennes ont été érigées sur des emplacements déjà reconnus et utilisés par les prêtres des religions pré-chrétiennes, religion mégalithique et religion druidique notamment.

Le lieu où Merlin construit – par magie, comme à Stonehenge, selon la tradition insulaire – cette Colonne de Cuivre se situe au sommet d'une colline, d'un *mont*, comme dit le texte médiéval. On remarquera que c'est l'emplacement privilégié des monuments mégalithiques, dolmens ou menhirs, et que la Colonne de Cuivre évoque irrésistiblement l'image d'un menhir dressé vers le ciel, mais plongeant ses racines dans la terre. On sait que les menhirs ont été érigés, à l'époque néolithique, sur des nœuds de ce qu'en géobiologie on appelle des réseaux Hartmann, c'est-à-dire à la rencontre de certains courants d'eaux souterrains et de certains courants d'énergie tellurique. Il est évident que les hommes de la Préhistoire n'avaient pas une vue scientifique de la chose, mais leur connaissance en ce domaine n'en était pas moins réelle, résultant d'observations réparties sur de nombreuses générations et vérifiées par l'expérience. Une hypothèse veut d'ailleurs que les menhirs, notamment sur certains terrains granitiques riches en radioactivité, remplissent la même fonction sur le sol terrestre qu'une aiguille d'acupuncture sur le corps humain. Ils aideraient ainsi à libérer un trop plein de magnétisme ou de radioactivité en établissant un contact entre l'énergie souterraine et les rayons cosmiques. Et quoi qu'il en soit, la Colonne de Cuivre, tel un menhir, a été placée par Merlin à un endroit que l'enchanteur *sentait* le plus propice pour être en contact avec le monde subtil, qui n'est pas forcément surnaturel, mais encore incompréhensible à l'intelligence humaine.

La colonne érigée par Merlin n'est pas en pierre, comme un immense menhir, tel celui de Locmariaquer (Morbihan) qui demeure aussi mystérieux malgré toutes les études qui ont été faites à son sujet. Cette colonne est *en cuivre*, ce qui n'est pas une simple vue de l'esprit mais la constatation de certains phénomènes électriques dont le pseudo-Wauchier n'avait aucune connaissance, mais qu'il avait dû observer sans en tirer de conclusion particulière. L'empirisme, même s'il est rejeté par la Science – ou prétendue telle –, permet souvent de pallier le manque d'information en livrant de nombreux sujets de réflexion à ceux qui veulent bien s'interroger sur le pourquoi et le comment des choses. De toute évidence, l'auteur de la *Seconde Continuation* avait des notions fort précises à propos des forces naturelles qui sont à la disposition de l'être humain et dont il ne sait pas encore se servir.

En effet, le cuivre est un excellent conducteur électrique. Or, une colonne de cuivre, ou recouverte de cuivre, constitue un véritable *condensateur* qui, entre les deux polarités, négative de la terre et positive du ciel, est susceptible de produire une énergie prodigieuse à l'état potentiel. Le fait que ceux qui, non préparés, et donc *non initiés*, attachent leur cheval à l'anneau fiché dans la colonne « sont anéantis sans qu'on sache rien de leur sort », en dit long sur la nature du phénomène qui se produit au moment où l'homme est en contact direct avec la colonne de cuivre : *ils sont foudroyés.* La colonne, réservoir électrique de grande intensité et d'un voltage très élevé, les désintègre littéralement. Ils disparaissent, comme par enchantement. Et c'est un *enchantement*, mais qui passe par une réalité matérielle. Ce qu'a créé Merlin en élaborant la Colonne de Cuivre, c'est un piège mortel dans lequel tomberont tous ceux qui n'y sont pas préparés et dont ne s'échapperont que ceux qui, ayant en eux l'antidote, c'est-à-dire une initiation à son plus haut degré, sont capables de résister à cette *violente foudre*[1].

Ce concept n'est pas nouveau. Il se trouve dans la Bible : c'est en effet le thème de l'Arche d'Alliance de laquelle on ne peut s'approcher sans risquer sa vie. Bien des exégètes ont estimé que cette Arche d'Alliance, où étaient enfermées les fameuses Tables de la Loi données par Iahvé à Moïse sur le mont Sinaï, était revêtue de cuivre et se comportait comme un authentique condensateur, foudroyant tous ceux qui osaient y porter la main, geste sacrilège par excellence et qui devait être puni du châtiment suprême.

Or Perceval résiste à cette puissance terrifiante. C'est pourquoi la Demoiselle de la Cime exprime son admiration à son égard et l'entoure de tous les honneurs : elle sait que Perceval est passé par toutes les étapes d'une mystérieuse initiation et qu'il est capable de supporter le choc que provoque la rencontre de deux mondes. Elle reconnaît donc le bien-fondé de la quête entreprise par Perceval et va lui indiquer le chemin par lequel il va découvrir le Château du Graal. L'épreuve a été concluante. Perceval a réussi brillamment son examen de passage : désormais, muni du « rameau d'or » si cher à Virgile, il peut pénétrer dans des

1. C'est d'ailleurs la signification du nom de l'épée d'Arthur, *Excalibur* en français et en anglais, provenant d'un breton et gallois *Caledfwlch*, lui-même dérivé du gaélique *Caladbolg*.

domaines interdits au commun des mortels. En un mot, Perceval est immunisé, et il peut désormais aller jusqu'au bout de sa mission qui est de devenir « Roi du Graal ».

L'histoire est étonnante, mais riche d'enseignements. On ne s'est pas assez penché sur cet épisode de la Fille de Merlin, sans doute parce qu'il n'apparaît que dans une seule version du cycle. Mais une analyse très poussée en fait un élément essentiel de la Quête du Graal. S'il n'était passé par là, s'il n'avait surmonté cette épreuve, s'il n'avait été préparé à ce choc mortel, Perceval n'aurait pu aller plus loin. En réalité, il serait mort, entièrement désintégré par la décharge qu'il provoque en mettant la main sur l'anneau. Mais il survit. Mieux encore, il ne sent rien de cette décharge. Il est immunisé. Il est l'égal du meilleur chevalier du royaume. Il est digne de passer par *la porte ouverte au palais fermé du roi.*

Cette dernière expression est alchimique. Elle signifie que tout un chacun peut accéder à cette mystérieuse entrée, cachée, dérobée, secrète mais pourtant ouverte à tous, qui permet d'accéder au Saint des Saints, au centre du Labyrinthe, là où les antinomies ne sont plus perçues comme telles, et où s'opère la fusion de l'âme et du corps, du réel et de l'imaginaire, du ciel et de la terre, du visible et de l'invisible. La leçon est forte. Pourquoi n'a-t-on pas jusqu'à présent donné à cet épisode l'importance qu'il mérite ?

Car la Fille de Merlin, si elle n'apparaît que dans ce seul texte, est la grande prêtresse de ce périple initiatique qu'est la Quête du Graal. Telle la Velléda imaginée superbement par Chateaubriand et telle une de ces soi-disant druidesses de l'île de Sein qui hantent l'imagination fébrile des Romantiques, la Fille de Merlin, dépositaire des secrets de son père, est la maîtresse toute-puissante de la Foudre.

Malheur à qui passe auprès de la Colonne de Cuivre sans rendre à la Demoiselle de la Cime les honneurs qui lui sont dus, car elle est aussi l'image de la Déesse des Commencements, celle qui veille en permanence sur la communauté humaine et qui guide les héros qui ont fait leurs preuves vers l'achèvement des aventures.

CHAPITRE V

L'Impératrice

Le personnage de l'Impératrice n'apparaît que dans un seul texte, le récit gallois de *Peredur*, version insulaire archaïque et populaire du conte oral qu'a recueilli Chrétien de Troyes et qu'il a transcrit et adapté dans son *Perceval ou le Conte du Graal.* Le héros, qui s'appelle ici Peredur, mais qu'on reconnaît comme étant identique à Perceval, va rencontrer, au cours de sa recherche effrénée du Château des Merveilles – le Château du Graal –, des aventures qui sont autant d'épreuves qu'il doit surmonter pour parvenir à son but. Peredur se retrouve ainsi à la cour du « Roi des Souffrances » où il n'aperçoit que des femmes. Il est alors témoin d'une étrange scène, voyant « venir un cheval portant en selle un cadavre. Une des femmes se leva, enleva le cadavre de la selle, le baigna dans une cuve remplie d'eau chaude qui était plus basse que la porte, et lui appliqua un onguent précieux.

L'homme ressuscita, vint le saluer et lui montra joyeux visage. Deux cadavres arrivèrent encore portés en selle. La femme les ranima tous les deux de la même façon » (trad. J. Loth).

Il est évident que cette scène, imprégnée de mythologie celtique païenne, a des rapports étroits avec le « saint » Graal chrétien qui guérit les corps et procure la vie éternelle. Peredur, moins sot que Perceval dans le récit de Chrétien de Troyes, demande des explications, et on les lui fournit. Il apprend ainsi qu'un *addanc*, un monstre indéfini qui doit ressembler à un serpent ou à un dragon et qui se cache dans une grotte, tue chaque jour les fils du Roi des Souffrances, mais que ceux-ci sont ranimés à chaque fois par la vertu de l'onguent et du bassin dans lequel sont plongés les corps des défunts. Peredur propose alors à ses hôtes de faire cesser cette coutume et d'aller jusqu'à l'antre du monstre afin de le combattre et de le tuer.

Il quitte donc la cour du Roi des Souffrances, suivant les trois fils qui vont combattre l'*addanc*. Mais il les perd de vue, s'égare et ne sait plus où aller. A ce moment, il aperçoit, « assise sur le haut d'un mont, la femme la plus belle qu'il eût jamais vue ». Il faut dire que Peredur tombe facilement amoureux de toutes les femmes qu'il rencontre. Mais celle-ci sait qu'il va se battre contre l'*addanc* et lui prédit qu'il sera tué « non par vaillance, mais par ruse. Il y a, sur le seuil de sa grotte, un pilier de pierre. Il voit tous ceux qui viennent sans être vu de personne, et à l'abri du pilier, il les tue tous avec un dard empoisonné » (trad. J. Loth). Vient ensuite, de la part de l'inconnue, une proposition inattendue mais fort alléchante : « Si tu me donnais ta parole de m'aimer plus qu'aucune autre femme, je te ferais don d'une pierre qui te permettrait de le voir en entrant sans être vu de lui. »

Evidemment, Peredur n'hésite pas un instant : il lui donne sa parole qu'il l'aimera plus que toute autre. Il n'est d'ailleurs pas à une promesse près, car il fait la même à toutes les femmes qu'il rencontre. Il faut cependant remarquer que cette promesse contient les termes « plus que toute autre », ce qui suppose qu'il ne s'agit pas d'exclusivité, mais seulement d'un droit de préférence. Et Peredur d'ajouter : « Aussitôt que je t'ai vue, je t'ai aimée. » En somme, Peredur est semblable à Gauvain qui ne peut se retenir de prier d'amour toute dame ou toute pucelle qui se présente sur son parcours. Les chevaliers engagés dans la Quête du Graal n'ont pas tous fait vœu de chasteté, loin s'en faut, n'en déplaise à certains commentateurs qui ne voient dans cette quête que la recherche de l'absolu. L'absolu, certes, mais dans quelle dimension ? Les compagnons de la Table Ronde, bien qu'exceptionnels, sont quand même des hommes et supportent toutes les faiblesses humaines. C'est d'ailleurs pour cette raison qu'ils sont terriblement présents dans notre imaginaire.

Qui est donc cette mystérieuse femme ? Peredur lui demande où il pourra la rejoindre. Elle lui répond : « Tu me chercheras du côté de l'Inde. » Et elle disparaît après avoir mis dans la main de Peredur la pierre magique qui lui permettra de vaincre l'*addanc*. Du côte de l'Inde ? C'est à la fois très loin et très vague, d'autant plus que la femme lui demande seulement de la *chercher*. Il n'est pas certain qu'il la trouve. Mais Peredur n'en a cure. Il continue sa quête et parvient devant un large estuaire où un passeur transporte des moutons blancs qui deviennent noirs de l'autre côté, et inversement. C'est ce qu'on appelle le « Gué des Ames », le lieu d'échange entre le monde visible et le monde invisible. Peredur se trouve aux portes de l'Autre Monde, et l'on comprend alors que la femme qui lui a donné la pierre est un être féerique, une fée qui est tombée amoureuse d'un humain, comme cela arrive très souvent dans les contes traditionnels.

Cependant, Peredur est vainqueur de l'*Addanc* et traverse de multiples aventures avant de parvenir dans une prairie où sont dressés d'innombrables pavillons. Il s'adresse à un homme brun qui se révèle être un meunier et qui lui explique la raison de ce rassemblement : « Là se trouve l'*Impératrice de la grande Cristinobyl*. Elle ne veut pour époux que l'homme le plus vaillant : pour les biens, elle n'en a pas besoin. » Peredur loge chez le meunier et, le lendemain matin, il s'en va vers le lieu du tournoi. C'est alors qu'il revoit l'Impératrice, car c'était elle, plus belle que jamais, « vêtue de brocart d'or ». Il reste toute la matinée à la contempler, dans un état d'extase voisin de celui qui saisissait Lancelot à la vue de Guenièvre. Pendant trois matinées, il persiste dans sa contemplation, mais ensuite il participe aux joutes et en sort vainqueur. L'Impératrice le fait appeler auprès d'elle et lui dit : « Beau Peredur, rappelle-toi la foi que tu m'as donnée lorsque je te fis présent de la pierre et que tu tuas l'*addanc.* » Peredur lui répond : « Princesse, tu dis vrai, je ne l'ai pas oublié. » Et la conclusion de l'épisode tient en une phrase fort laconique : « Peredur gouverna avec l'Impératrice quatorze ans, à ce que dit l'histoire. »

Mais qui est donc cette Impératrice ? Elle n'apparaît pas dans les autres versions de la Quête. On pourrait la confondre avec Blanchefleur-Condwiramur, l'épouse – ou presque – de Perceval, dont il semble assez souvent oublier l'existence. *A ce que dit l'histoire...* Il s'agit évidemment d'un conte oral que seul l'auteur gallois a transcrit, mais qui doit remonter assez loin dans le temps.

Tout indique que la femme inconnue occupe un rang élevé puisqu'elle est dite « impératrice ». La localisation à la *grande Cristinobyl* est de pure convention, ce nom étant la transcription galloise de Constantinople, et l'on sait l'effet que produisait l'évocation de l'empire byzantin et de ses richesses supposées sur l'imaginaire médiéval occidental. Il ne faut pas oublier que lors de sa rencontre avec Peredur, la femme se tient *sur un tertre*, ce qui en dit long sur sa véritable nature. C'est en effet une *bannshee*, comme on dirait en Irlande, une « femme des tertres », et elle règne sur un peuple féerique, les fameux *Tuatha Dé Danann* qui vivent dans l'univers intérieur des monuments mégalithiques. Il ne faut pas oublier non plus qu'elle remet à Peredur *une pierre qui le rendra invisible*. Dès qu'il est en possession de cette pierre, Peredur devient invisible pour le commun des mortels : il est entré dans l'Autre Monde, ce que corrobore l'épisode qui suit immédiatement, celui de l'estuaire que franchissent dans chaque sens moutons blancs et moutons noirs.

Dans ces conditions, comment s'étonner que Peredur, qui s'acharne pourtant dans sa quête pour retrouver le chemin qui mène au Château des Merveilles, demeure quatorze ans auprès de l'Impératrice ? On sait que, dans l'Autre Monde, la notion de temps n'est pas la même, nombre de contes populaires et de récits mythologiques en témoignent. Ainsi, dans le récit irlandais de la *Navigation de Bran*, le héros et ses compagnons croient être demeurés quelque deux mois dans l'île des Femmes, mais quand ils reviennent sur les rivages d'Irlande, ils s'aperçoivent qu'ils y sont restés deux cents ans [1]. C'est la constatation, avant la formulation de la théorie de la Relativité, que le Temps dépend des systèmes de référence.

Mais ici, alors que Peredur est engagé dans la quête, on peut être surpris par ces quatorze années, toutes symboliques qu'elles sont, où il gouverne en compagnie de l'Impératrice sur un peuple féerique. Aurait-il oublié dans les délices de l'amour et du pouvoir la mission qu'il s'est imposée ? On pourrait le croire, d'autant plus qu'après l'épisode

1. Voir *La Grande Epopée des Celtes*, vol. I, chapitre intitulé « La Terre des Fées »

de l'Impératrice, Peredur se retrouve d'un coup à la cour d'Arthur où il se fait copieusement injurier par l'étrange *hideuse Demoiselle à la Mule* qui lui reproche avec violence sa légèreté et son inconscience. Après tout, Peredur ne serait pas le seul à tomber dans les filets tendus par des fées sur le passage des héros afin de les attirer dans leurs domaines et de les détourner de leur but.

Il s'agit peut-être aussi d'une histoire d'amour, telle celle racontée dans un lai anonyme armoricain de la fin du XIIe siècle, *le Lai de Graelent Mor*, où l'on voit le futur roi de la ville d'Is, Gradlon le Grand, succomber aux charmes d'une fée et la suivre dans l'Autre Monde, ou encore cet autre lai armoricain transcrit à la même date, celui de *Guingamor*, où le héros, poursuivant un étrange sanglier blanc, pénètre dans les domaines d'une femme féerique dont il tombe amoureux, et avec laquelle il restera à jamais. Ce thème est extrêmement répandu dans les contes populaires de tous les pays.

Mais l'insertion de ce conte, incontestablement d'origine populaire, dans un récit *graalien* se justifie lorsqu'on le met en perspective par rapport à l'ensemble du récit. D'abord, la distorsion du temps joue dans les deux sens : on peut croire être demeuré plusieurs jours dans un lieu féerique et n'y être resté en réalité que quelques minutes. C'est ce qui arrive à Perceval dans un épisode de *Perlesvaux*. Peredur s'imagine qu'il a gouverné quatorze ans dans les domaines de l'Impératrice alors qu'il n'y a passé que quelques heures. Mais ce séjour dans l'Autre Monde n'en est pas moins essentiel pour lui.

La logique qui sous-tend le récit de *Peredur* est implacable, même si certains épisodes paraissent déplacés, superflus ou incohérents. Peredur, comme le Perceval de Chrétien, est au début de sa quête un authentique *niais*, un *naïf* (un *nice* dans le texte en ancien français) qui ne comprend rien à ce qui lui arrive ou qui comprend tout de travers. Chaque aventure qu'il traverse est une étape qui va lui permettre d'abandonner peu à peu sa naïveté et d'arriver à maturation. Et la plupart des épreuves qu'il doit subir sont provoquées par des femmes. L'Impératrice est parfaitement à sa place dans le cours du récit.

Peredur a fait son apprentissage, du moins en partie : il a découvert l'hostilité du monde extérieur, la nécessité de combattre pour survivre, et enfin la sexualité. Mais tout cela appartient au domaine des réalités matérielles, celles qui sont directement accessibles aux sens. Il lui manque encore le développement intellectuel et surtout spirituel qui lui permettra d'accéder à un niveau de conscience supérieur. Or, le Château du Graal – ici appelé Château des Merveilles – est un endroit hors du temps et de l'espace. Il y est allé une première fois absolument par hasard ; il s'y est trouvé plongé comme un enfant égaré au milieu d'un groupe de philosophes en train de débattre d'arguments ontologiques. Il n'était donc pas capable de comprendre ce qu'on attendait de lui. On ne peut s'étonner qu'il ne puisse retrouver le chemin qui mène à ce château parce qu'en fait, il ne l'a pas vu. Et nombreux sont ceux qui passent près de ce château sans le voir. Car pour cela, il faut avoir acquis la vision intérieure, ce qu'on appelle le don de double vue. C'est ce don que lui transmet l'Impératrice en lui confiant la pierre d'invisibilité et en l'entraînant dans cet Autre Monde mystérieux dont elle est la souveraine. Il est bien dit dans le texte que Peredur « gouverna avec l'Impératrice ». Il partage donc le pouvoir avec elle, tandis qu'elle lui apprend sa pratique.

C'est un rôle essentiel qu'assume ici l'Impératrice. Elle est l'Initiatrice par excellence. Désormais, lorsqu'il quittera le royaume féerique, le héros sera en mesure de voir le Château des Merveilles et d'y devenir le Roi du Graal.

CHAPITRE VI

La Demoiselle à l'Echiquier

L'aventure suscitée par la Demoiselle à l'Echiquier et vécue par le héros du Graal constitue l'un des épisodes les plus énigmatiques de tout le cycle. Elle est contenue dans trois récits différents, mais garde à chaque fois intacte sa structure originelle qui lui vient vraisemblablement d'un conte oral traditionnel. L'aventure est ainsi racontée en deux fragments distincts dans le récit qu'on appelle le *Didot-Perceval (*du nom d'un ancien possesseur du manuscrit), qui découle de la tradition de Robert de Boron et fait suite au *Merlin* du même Robert. Elle est considérablement développée, avec un grand luxe de détails, dans la *Seconde Continuation*, où elle prend l'aspect d'une véritable épopée spécifique. En revanche, dans le récit gallois de *Peredur*, elle est réduite à sa plus simple expression, selon le schéma primitif de l'épisode.

Au cours de ses errances, Peredur-Perceval arrive dans un château dont le portail est ouvert. Tout est vide et désert. Il parvient à la grande salle et aperçoit un jeu d'échecs : « Les deux troupes de cavaliers jouaient l'une contre l'autre ; celle à qui il donnait son aide perdait et l'autre jetait un cri, absolument comme l'eussent fait des hommes. Il se fâcha, prit les cavaliers dans son giron et jeta l'échiquier dans le lac. A ce moment arriva une jeune fille noire qui lui dit : Puisse Dieu ne pas t'accorder sa grâce. Il t'arrive plus souvent de faire plus de mal que de bien – Que me réclames-tu, la pucelle noire ? dit Peredur. – Tu as fait perdre à l'Impératrice sa table de jeu, ce qu'elle n'eût pas voulu pour son empire » (trad. J. Loth). Dans la *Seconde Continuation*, Perceval jette également l'échiquier dans l'étang, mais dans le *Didot-Perceval*, la fille aux cheveux noirs arrive juste à temps pour l'empêcher de terminer son geste de colère. Mais dans ces deux textes français, il n'y a aucune référence à l'Impératrice.

De toute façon, le décor est posé : le Château de l'Echiquier est dans l'Autre Monde. Peredur-Perceval s'y est introduit sans s'en rendre compte, mais il faut dire que, depuis son séjour chez l'Impératrice, il a le don de double vue qui lui permet de se diriger indifféremment à travers le monde humain et le monde féerique. L'échiquier magique fait penser à certains épisodes des récits mythologiques irlandais où des êtres invisibles, en l'occurrence des *Tuatha Dé Danann*, bougent les pièces sur le damier, donnant ainsi la victoire à celui qu'ils veulent privilégier. Ici, voyant les pièces bouger toutes seules, Peredur entre dans le jeu, par simple curiosité, mais il s'aperçoit que rien ni personne ne peut venir en aide à ceux qui doivent perdre. D'où sa colère et son geste malheureux : en fait, il se révolte contre le destin alors qu'il est vain de lui résister.

On apprend aussi que le Château de l'Echiquier appartient à l'Impératrice et on suppose que la jeune fille aux cheveux noirs est une de ses fidèles vassales. Il semble que Peredur a quelque peu oublié cette Impératrice depuis qu'il l'a quittée dans des circonstances qui n'ont jamais été énoncées. Cependant, comprenant qu'il a causé un tort en jetant l'échiquier dans le lac, il demande à la jeune fille comment il pourrait le réparer. Celle-lui lui répond qu'il sera pardonné s'il tue « un homme noir qui dévaste une partie des domaines de l'Impératrice. En le tuant, tu aurais la table. Mais si tu y vas, tu n'en reviendras pas vivant ».

Cet avertissement n'empêche nullement Peredur de se précipiter dans la direction indiquée par la jeune fille. Il se bat avec l'homme noir et celui-ci demande grâce. Peredur lui accorde la vie sauve à condition qu'il aille remettre l'échiquier à sa place, avec toutes les pièces. Mais, à ce moment, la jeune fille aux cheveux noirs arrive et reproche avec véhémence à Peredur de n'avoir pas tué l'homme noir. Peredur lui explique la raison. La jeune fille lui rétorque que l'échiquier n'a pas été remis à la place exacte où il se trouvait et lui ordonne de retourner tuer l'homme noir. Peredur obéit. Il tue l'homme noir et revient au Château de l'Echiquier. Là, il demande à la jeune fille où et quand il pourra voir l'Impératrice. Elle lui répond : « Tu ne la verras pas maintenant, si tu ne tues le fléau de cette forêt là-bas. » Et c'est ainsi que Peredur se trouve engagé dans une série d'aventures fantastiques qui s'enchaînent.

Les mêmes aventures, considérablement accrues, sont racontées dans le *Didot-Perceval* et la *Seconde Continuation.* Mais les motivations sont assez différentes. Dans la *Seconde Continuation*, ce n'est pas tellement pour réparer sa faute que Peredur se lance dans une folle équipée, mais parce qu'il est amoureux de la Demoiselle à l'Echiquier. Il lui avoue tout de suite son amour – ou son désir – et devient si pressant que la jeune fille est obligée de se débattre énergiquement. Elle lui dit alors : « Sans mentir, c'est la première fois qu'un homme me requiert d'amour. Tu es véritablement le premier. Mais, sache-le, si tu me prends de force, ta valeur s'en trouvera fort amoindrie. Si tu souhaites obtenir mon amour, il va te falloir aller dans le bois tout proche et y poursuivre le Blanc Cerf qui le hante. Rapporte-moi sa tête et je me soumettrai à ta volonté » (trad. J. Markale). Mais, dans la *Seconde Continuation*, la jeune fille se garde bien de décrire l'animal. Au contraire, dans le récit gallois, elle prévient Peredur : « Un cerf, aussi rapide que l'oiseau le plus léger ; il a au front une corne aussi longue qu'une hampe de lance, à la pointe aussi aiguë que tout ce qu'il y a de plus aigu. Il brise les branches des arbres, et tout ce qu'il y a de plus précieux dans la forêt ; il tue tous les animaux qu'il rencontre, et ceux qu'il ne tue pas meurent de faim. Bien pis : il va tous les soirs boire l'eau du vivier et il laisse les poissons à sec ; beaucoup sont morts avant que l'eau n'y revienne » (trad. J. Loth).

Dans toutes les versions, la Demoiselle à l'Echiquier avertit Perceval qu'il ne pourra atteindre le cerf sans l'aide d'un petit chien, un brachet (l'épagneul de l'Impératrice dans *Peredur*) qu'elle va lui confier. Alors, le héros se lance à la poursuite de ce cerf infernal surgi tout droit d'un de ces nombreux bestiaires du Moyen Age.

Perceval-Peredur, confiant dans sa force et dans son courage, parvient à tuer le cerf au bout d'une longue lutte. Il lui coupe la tête et se dispose à rejoindre le Château de l'Echiquier avec son trophée et le chien lorsqu'une mystérieuse cavalière profite d'un moment d'inattention pour lui dérober et la tête de cerf et le brachet. Peredur a beau protester, rien n'y fait. Dans le récit gallois, la cavalière lui reproche d'avoir détruit le plus précieux joyau de son domaine. Pour gagner son amitié, Peredur s'engage à aller combattre un homme noir qui réside sur une pierre plate, un dolmen évidemment. Mais cet homme noir se défend énergiquement et finit par s'enfuir en lui dérobant son cheval. Voici Peredur sans tête de cerf, sans chien et sans monture. Il se trouve dans une situation lamentable, et ne sachant où aller, il se met à suivre un cours d'eau dans le fond d'une vallée. C'est alors qu'il arrive au Château des Merveilles.

Tel est l'épisode raconté dans le texte gallois, et qui a toutes les chances de refléter la version primitive.

Une analyse des événements démontre que la mystérieuse cavalière, qui dérobe la tête de cerf et le brachet, n'est autre que la Demoiselle à l'Echiquier elle-même, qui apparaît ici sous un autre aspect. Elle en a le pouvoir puisqu'elle appartient au monde féerique et qu'elle gère en quelque sorte le Château de l'Echiquier au nom de l'Impératrice dont elle est sinon une disciple, du moins une vassale. On comprend aussi que toute cette histoire est un « coup monté » pour conduire, sans qu'il le sache, Peredur à son but, le Château des Merveilles. Loin d'être une ennemie acharnée à sa perte, la Demoiselle à l'Echiquier poursuit auprès de Peredur l'initiation que l'Impératrice a entreprise. Mais si elle le guide, au milieu de ses mésaventures, vers le but qu'il s'est assigné, c'est bien parce qu'il a fait ses preuves : il a obéi et il s'est montré à la hauteur des circonstances. Il mérite donc d'atteindre enfin le fabuleux Château des Merveilles. Et tout est bien qui finit bien, du moins dans le récit gallois.

Le récit de la *Seconde Continuation* ne s'arrête pas là, bien au contraire, et multiplie les épisodes intermédiaires avant de lancer Perceval sur le chemin qui mène au Château du Graal. Les épreuves que le héros doit subir sont plus nombreuses, plus éprouvantes, et aussi *plus déroutantes*, preuve que c'est au héros de se diriger à travers un véritable labyrinthe, lequel est admirablement symbolisé par l'échiquier. Perceval a jeté l'échiquier dans le lac, il a dispersé les pièces, il a brouillé le jeu : à lui maintenant de remettre tout en place. C'est à ces conditions qu'il obtiendra non seulement la femme qu'il convoite, en l'occurrence la Demoiselle à l'Echiquier, et qu'il parviendra au voisinage du Château du Graal [1].

Au cours des péripéties relatées dans la *Seconde Continuation*, on en apprend d'ailleurs un peu plus sur la personnalité de la Demoiselle à l'Echiquier. Perceval vient de combattre l'homme noir comme le lui a demandé la mystérieuse Cavalière, mais, comme on l'a vu, l'homme noir lui dérobe son cheval et s'enfuit. Alors, la Cavalière rend à Perceval la tête de cerf et le brachet qu'elle lui a ravis auparavant : « C'est bien, dit-elle, tu as fait ce que je t'avais ordonné. Je n'ai qu'une parole. »

1. On pourra lire en détail les péripéties qui attendent Perceval depuis la scène de l'échiquier magique dans *Le Cycle du Graal*, vol. VI, chapitres intitulés « Le Château de l'Echiquier », « Le Château des Filles-Fleurs » et « La Fille de Merlin ». Cette réécriture est une synthèse entre le texte gallois et celui de la *Seconde Continuation*. On pourra également lire la version du *Didot-Perceval* dans *La Légende arthurienne*, collection dirigée par Danielle Régnier-Bohler, Paris, Robert Laffont, 1989, dans les chapitres intitulés « Perceval au Château de l'Echiquier, I et II », dans la traduction d'Emmanuèle Baumgartner. Dans cette version, attribuée à Robert de Boron ou à l'un de ses continuateurs, l'aventure avec la Demoiselle à l'Echiquier ne débouche pas tout de suite sur le chemin du Château du Graal, et Perceval mettra plus de sept ans pour revenir chez le Roi Pêcheur. De plus, dans ce récit, les épisodes de l'aventure de l'Echiquier sont fragmentés et dispersés à travers d'autres épisodes qui lui sont étrangers.

Mais elle ne peut s'empêcher d'ironiser sur le fait que Perceval n'a plus de cheval avant de disparaître à bride abattue. Celui-ci se lamente sur son sort, quand l'homme noir réapparaît. Perceval veut le combattre, mais l'autre demande grâce. Perceval la lui accorde à condition qu'il explique son étrange attitude. « C'est la jeune fille aux cheveux noirs, dit-il, la même qui t'a confié le brachet, qui me dépêcha ici. Pour mériter son amour, je chassai le Blanc Cerf et le pris, grâce au brachet qu'elle m'avait confié à moi aussi. » L'homme noir lui révèle qu'il lui est arrivé la même mésaventure : la Cavalière lui a dérobé la tête et le chien et s'est enfuie. « J'allai conter mon aventure à celle qui m'avait promis son amour. Elle m'assura que je l'obtiendrais si j'accomplissais son service trois années durant. Elle m'envoya donc en ce lieu, me disant d'y remplacer l'homme que j'avais défait et de livrer bataille à qui viendrait me provoquer. Mais si j'avais le malheur de mordre la poussière, alors elle ne m'aimerait jamais... Elle est aussi fausse que malveillante, mais je ne saurais vivre sans l'espoir de la conquérir » (trad. J. Markale).

Le moins qu'on puisse dire, c'est que la Demoiselle à l'Echiquier n'est pas la timide jeune fille que l'on requiert d'amour pour la première fois, comme elle l'a prétendu à Perceval. Celui-ci commence à comprendre qu'il a été dupé, et de belle façon. De plus, il se fait voler une nouvelle fois la tête et le brachet. C'est alors que, continuant désespérément son errance, il rencontre une fois de plus la Cavalière et, rempli de colère, il s'écrie : « Femme ! sache que je ne retournerai jamais au Château de l'Echiquier. Tu peux dire à celle qui m'a confié le brachet qu'elle a eu tort de s'imaginer pouvoir me duper et me tourner en dérision. Je m'en vais et ne reviendrai jamais en ces lieux. » La Cavalière lui répond alors tranquillement : « C'est grand dommage. Ton amie s'attristera fort en apprenant que tu renonces à elle. Si tu lui avais rapporté le brachet et la tête du Blanc Cerf, nul doute qu'elle ne t'eût accueilli en son lit cette nuit de sorte que tu en fusses satisfait et honoré. » Mais Perceval s'obstine dans sa révolte : « Je ne me laisserai plus prendre aux pièges que me tendent les créatures de ton espèce. » Et, sans attendre de réponse, il se sépare de la Cavalière. Il lui arrive d'autres aventures fort compliquées et plus ou moins inattendues. Voulant attacher son cheval à un arbre, il voit « étendue dessous, une jeune femme vêtue d'une robe de soie légère, mi-partie blanche, mi-partie vermeille, en qui il reconnut instantanément la Cavalière ». Et, à l'une des branches de l'arbre, il aperçoit le fameux trophée. Il récupère alors la tête de cerf et, beaucoup plus tard, après de nombreuses péripéties, il est assez heureux de retrouver le brachet. Alors, bien qu'il ait juré le contraire, il retourne au Château de l'Echiquier.

Il y est reçu avec joie et étonnement par la Demoiselle à l'Echiquier : « Seigneur, lui dit-elle, j'ai bien cru que tu m'avais trompée en emportant mon brachet, et j'ai cent fois déploré de t'avoir fait confiance ! Je me repentais surtout de t'avoir promis de manière inconsidérée que je deviendrais ton amie si tu me rapportais la tête du Blanc Cerf en me ramenant mon brachet. » L'étonnement de la Demoiselle n'est qu'une feinte de plus et sa duplicité ne peut faire aucun doute, puisque c'est elle qui a manœuvré pendant tout ce temps le naïf Perceval, en lui apparaissant parfois sous les traits de la Cavalière, en lui dérobant la tête et le chien, en l'envoyant combattre des ennemis plus ou moins féeriques et en suscitant autour de lui de nombreux pièges. Mais le résultat est irréfutable : Perceval a réussi, avec bien du mal d'ailleurs et souvent avec beaucoup de découragement, à surmonter les épreuves, accédant ainsi à chaque fois à un nouvel état de conscience, et elle n'a plus qu'à tenir ses engagements.

Perceval est donc choyé par la Demoiselle à l'Echiquier et ses suivantes, de belles jeunes filles qui doivent être autant de fées redoutables pour ceux qui ne suivent pas leurs volontés. Pendant le repas, la Demoiselle lui raconte comment elle a obtenu l'échiquier magique qui a été le point de départ de toute cette aventure : il lui a été donné par Morgane la Fée, en signe de très chère amitié lorsque la Demoiselle s'est séparée de la sœur du roi Arthur pour venir s'installer dans ce château. La nuit venue, on emmène Perceval dans une chambre confortable. « Perceval ne s'endormit pas aussitôt comme il en avait coutume : il pensait à la Demoiselle qui, par sa beauté, *ressemblait à une fée.* Il était dans cette pensée quand elle vint au lit et se coucha, de sorte qu'elle acquitta sa promesse envers lui comme il l'avait désiré. » Mais une ambiguïté subsiste dans cette sorte de « nuit de noces ». En effet, le texte précise : « Près de lui, elle ne resta pas par folie, parce qu'elle avait fait vœu de garder sa virginité. Ils demeurèrent là, côte à côte et bouche à bouche, jusqu'aux premiers rayons du soleil levant. » Il semblerait que cette union de Perceval et de la Demoiselle à l'Echiquier soit de même nature que celle préconisée par les règles de la *fin'amor* : tout y est permis, les privautés les plus sophistiquées, les audaces qu'on pourrait qualifier de perverses, tout sauf le coït *in vas naturale*. C'est ce qui semble se passer au Château de l'Echiquier. Néanmoins, Perceval qui n'en est pas à cela près n'a aucune raison de s'en plaindre, et quand il prend congé de la jeune femme à la chevelure noire, celle-ci lui indique la direction qu'il doit suivre s'il veut atteindre le château du Roi Pêcheur.

C'était le but de la manœuvre. Dans le Cycle du Graal, il ne faut jamais prendre à la lettre ce qui est raconté, surtout lorsque les allusions sont précises. De même que les chevaliers combattent des géants, des monstres, des animaux fantastiques qui ne sont en réalité que des projections fantasmatiques de leur inconscient, chaque fois qu'ils ont une relation sexuelle, de quelque nature qu'elle soit, celle-ci est significative et fait partie intégrante de la « quête », car cette « quête » concerne l'être tout entier, corps, âme et esprit, c'est-à-dire qu'elle n'est possible que par le développement physique, intellectuel et spirituel de l'individu. Les philosophes alchimistes ne prétendent pas autre chose quand ils affirment que la découverte de la Pierre Philosophale ne peut être réalisée matériellement que si les autres composantes de l'*Œuvre* sont négligées ou niées. L'intervention de la Demoiselle à l'Echiquier dans la démarche de Perceval n'est pas gratuite. Elle sert à éclairer le personnage sur le sens de sa mission, la nécessité qu'il a de la mener jusqu'à son terme et les moyens d'y parvenir.

Mais qui « tire les ficelles » dans tout cela ? Car il y a nécessairement un plan d'ensemble qu'on peut indifféremment appeler « plan divin », déterminisme ou fatalisme, selon ses croyances ou ses convictions. Les récits qui traitent du thème du Graal ne répondent jamais à cette question, car ils sont un moyen terme entre une théologie chrétienne qui cherche à s'affirmer comme vérité absolue et une série de spéculations bien antérieures au Christianisme, où se mélangent plus ou moins harmonieusement les données pré-chrétiennes, notamment druidiques, et les apports orientaux dont le plus évident est emprunté aux doctrines gnostiques du Moyen-Orient par le biais de certains Evangiles dits apocryphes et de ce qu'on peut appeler l'esprit de l'Ecole d'Alexandrie. *Le Graal est chose sainte*, lit-on dans les textes. Et les choses « saintes » sont complexes autant que simples, car elles n'apparaissent que sous des aspects secondaires, obscurs, pour ne pas dire ésotériques.

Ici, dans l'épisode du Château de l'Echiquier, c'est la Demoiselle qui « tire les ficelles ». Mais elle n'est que la vassale de l'Impératrice, autrement dit, elle n'est que le double de l'Impératrice, dont aucun texte ne précise le rôle et la fonction réelle. Alors, il faut extrapoler. La Demoiselle à l'Echiquier (elle-même dédoublée en Cavalière), putain royale et divine, mais *toujours vierge*, donc disponible pour quiconque, est l'Initiatrice par excellence, *celle qui éveille*. Mais, en dernière analyse, elle n'est que le double de la mystérieuse Impératrice qui partage le pouvoir avec Peredur pendant quatorze ans, deux fois sept, deux fois le temps symbolique d'un cycle cosmique, période clef que toutes les traditions se sont efforcées de mettre en relief.

On pourrait en rester là. Cependant, rien n'est simple dans cette histoire : par le jeu des correspondances et des interférences, et aussi par le lien subtil des renvois et des retours en arrière, la Demoiselle à l'Echiquier, c'est-à-dire l'Impératrice, n'est pas isolée dans le cours du récit épique que constitue le Cycle du Graal, et qui est un véritable labyrinthe où se perd celui qui ne détient pas le fil d'Ariane. Cette « femme aux cheveux noirs » (qui contraste avec la blondeur prêtée généralement aux femmes par les Celtes) se rattache étroitement à une lignée, et cette lignée qu'on pourrait croire réelle n'est pas autre chose qu'une série de regards fonctionnels projetés sur un personnage unique. Par-derrière cette fée – maîtresse du Château de l'Echiquier, Demoiselle ou Impératrice –, se profile un autre visage, celui encore plus énigmatique, encore plus déroutant, encore plus envoûtant, de Morgane. Et c'est vers ce personnage hors du commun qu'il faudra se tourner pour comprendre réellement le sens de l'aventure de l'Echiquier.

CHAPITRE VII

Kundry la Sorcière
ou la Hideuse Demoiselle à la Mule

Un jour où le roi Arthur tient cour plénière, une jeune fille arrive à la cour, montée sur une mule. Mais quelle jeune fille ! Chrétien de Troyes la décrit ainsi : « Jamais vous ne vîtes métal plus grisâtre que son cou et ses mains ne le fussent davantage. Ses yeux étaient de simples creux, pas plus gros que des yeux de rat, son nez tenait du chat et du singe, ses lèvres de l'âne et du bœuf, des dents comme du jaune d'œuf tant elles étaient rousses, une barbe qui était celle d'un bouc. Au milieu de sa poitrine pointait une bosse, l'échine semblait croche, les reins et les épaules à souhait pour mener le bal, bosse dans le dos et jambes torses comme une verge d'osier, admirables pour la danse » (*Perceval*, trad. L. Foulet). Le ton est donné...

Cette jeune fille n'est pas mieux lotie dans la description qu'en donne Wolfram von Eschenbach : en effet, elle « avait une mine absolument contraire à celle du sexe que l'on qualifie de beau. De drap de Gand, plus bleu qu'azur, était taillé le manteau à la française qui la recouvrait. Un chapeau en plumes de paon, doublé de soie et soutenu par des rubans, comme lui tout battant neufs, pendait sur le dos de cette femme... Une tresse se dressait au-dessus de la coiffure et retombait jusqu'à la croupe de la mule, longue, noire, raide, épaisse et douce comme l'échine d'un porc. Son nez était celui d'un dogue ; deux dents de sanglier sortaient de sa bouche à la longueur d'un empan ; et les touffes hérissées de ses sourcils se dressaient jusqu'au nœud de sa chevelure... Elle portait les oreilles comme un ours. Sa physionomie rébarbative n'invitait guère aux caresses d'un amant. Elle brandissait un fouet aux lanières de soie, à la poignée de rubis. Cette mignonne personne avait des pattes de singe et des ongles non diaphanes, si j'ai bien lu mon auteur, mais crochus comme les griffes d'un lion. Bref, on avait rarement rompu des lances pour conquérir son amour » (*Parzival*, trad. M. Wilmotte).

Il y a une scène et une description analogues dans le récit gallois : « Tout à coup entra une jeune fille aux cheveux noirs frisés, montée sur un mulet jaune, ayant en main des lanières grossières, avec lesquelles elle le faisait marcher. Sa physionomie était rude et désagréable ; son visage et ses deux mains, plus noirs que le fer le plus noir trempé dans la poix. Son teint n'était pas encore ce qu'il y avait de plus laid en elle : c'était la forme de son corps ; elle avait les joues très relevées, le bas du visage allongé, un petit nez avec des narines distendues, un œil gris, vert, étincelant, et l'autre noir comme le jais, enfoncé profondément dans la tête, les dents longues, jaunes, plus jaunes que la fleur du genêt. Son ventre se relevait de la poitrine plus haut que le menton. Son échine avait la forme d'une crosse. Ses cuisses étaient larges, décharnées, et au-dessous tout était mince à l'exception des pieds et des genoux qu'elle avait gros » (*Peredur*, trad. J. Loth).

Il est évident que ces trois descriptions découlent d'une source unique. « Si j'ai bien lu mon auteur... », avoue Wolfram. On a dit et répété que le poète allemand n'avait fait qu'adapter – et parfois traduire – le texte de Chrétien de Troyes, mais il ne faut pas négliger le fait qu'il se retranche toujours derrière un autre modèle, une œuvre écrite par un certain Kyot le Provençal, dans lequel on a voulu reconnaître le célèbre trouvère Guiot de Provins. La question n'est pas résolue, et il est plus que probable que Wolfram, comme tous ses confrères de l'époque, brouille les pistes à loisir en inventant de soi-disant auteurs afin de justifier leurs affirmations ou au contraire nier celles de leur modèle. Il est remarquable, en tout cas, que la description de ce personnage féminin soit à peu près identique chez un poète champenois, un *minnesinger* bavarois et un conteur gallois, tous trois contemporains, à quelques années près.

Dans le texte français et dans le texte gallois, cette femme de cauchemar n'est pas nommée, et on la connaîtra seulement sous l'appellation de « hideuse demoiselle à la mule ». Seul Wolfram lui donne un nom, Kundry la Sorcière (*Cundrie la*

Surziere dans l'original). Il faut avouer que l'épithète qu'il y ajoute convient très bien à la description qui en est donnée : c'est ainsi que sont présentées la plupart des « sorcières » dans les contes populaires. Et si l'on cherche une source, on la trouvera non seulement dans tous les contes oraux européens, mais dans les récits gaéliques d'Irlande, à propos de femmes féeriques aux pouvoirs inquiétants sinon maléfiques. On peut penser particulièrement à la description de Leborcham, la remarquable messagère du roi d'Ulster Conor (*Conchobar*), laquelle était difforme, mais capable de parcourir l'Irlande en un seul jour tant ses jambes étaient maigres et longues[1].

D'ailleurs, Kundry la Sorcière (appelons-la ainsi par commodité) est une messagère. Elle n'est pas venue par hasard à la cour d'Arthur, mais dans un but bien précis. Elle salue le roi et tous ceux qui sont présents, sauf Peredur-Perceval auquel elle s'adresse avec véhémence : « Je ne te salue pas, car tu ne le mérites point. La destinée était aveugle lorsqu'elle t'accorda talents et gloire. Tu es allé à la cour du roi boiteux, tu y as vu le jeune homme avec la lance rouge... et encore d'autres prodiges : tu n'en as demandé ni le sens ni la cause ! Si tu l'avais fait, le roi aurait obtenu la santé pour lui et la paix pour ses Etats, tandis que désormais il n'y verra que combats et guerre... » (*Peredur*, trad. J. Loth).

1. Voir *La Grande Epopée des Celtes*, vol. II, « Les Compagnons de la Branche Rouge », et vol. III, « Le Héros aux Cent Combats »

Elle est donc venue pour rappeler au héros qu'il avait une mission et qu'il ne l'a pas accomplie. Elle ne lui dit pas expressément de reprendre sa quête, elle se contente de jeter la honte et l'opprobre sur lui. Il doit maintenant réagir comme il l'entend, en individu responsable de ses actes.

C'est la première partie de l'intervention de Kundry. Elle se tourne alors vers Arthur et ses compagnons et les engage à partir délivrer une jeune fille dont la forteresse, située sur une montagne, est actuellement assiégée. « Celui qui la délivrerait acquerrait la plus grande renommée du monde. » Et sur ces mots, Kundry sort aussi rapidement qu'elle est entrée, laissant tout le monde dans une grande perplexité.

Si l'on comprend bien cette scène, Kundry est, comme l'Impératrice et la Demoiselle à l'Echiquier, une initiatrice. Elle réveille le héros qui s'est laissé gagner par la torpeur, elle lui transmet une nouvelle énergie. Elle en profite d'ailleurs pour proposer un but aux compagnons de la Table Ronde. Sorcière, elle l'est certainement, et en plus, selon Wolfram, elle en sait plus qu'il n'y paraît : « La pucelle montrait ses talents par son aisance à parler le latin, le païen[1], le français ; la dialectique et la géométrie avaient affiné son esprit subtil ; elle possédait même la science difficile de l'astronomie » (*Parzival*, trad.

1. C'est-à-dire l'arabe, langue des fameux « Sarrasins », cela dans l'optique des poètes de l'époque. En fait, le terme « païen » désigne tout ce qui n'est pas chrétien, et la *langue païenne* pourrait tout aussi bien être une langue vernaculaire quelconque

M. Wilmotte). Certes, Wolfram von Eschenbach a tendance à en rajouter, mais il faut bien reconnaître qu'il situe Kundry la Sorcière dans son cadre réel qui est celui non pas du monde féerique – comme peut l'être celui de l'Impératrice – mais de l'état intermédiaire : Kundry est un être humain qui connaît les secrets de l'Autre Monde et qui peut donc servir de guide à ceux qui décident de s'engager dans la quête. Mais en tant qu'initiatrice, en bonne « pédagogue », elle se contente d'attirer l'attention sur les faits, sur le but lui-même, et se garde bien d'indiquer la direction qu'il convient de prendre. C'est aux autres de découvrir le chemin.

Après cet épisode à la cour d'Arthur, il n'est plus jamais question de la Demoiselle à la Mule, ni chez l'auteur gallois, ni chez Chrétien de Troyes, ni chez ses continuateurs, ni dans les traditions dites de Robert de Boron et de Gautier Map. Par contre, le personnage va prendre une importance particulière dans le *Parzival* de Wolfram von Eschenbach et, par ce biais, atteindre une dimension universelle grâce au drame lyrique de Richard Wagner, *Parsifal* [1], la dernière œuvre du compositeur et celle qui lui tenait certainement le plus à cœur. Et il n'est pas sans intérêt d'étudier les colorations diverses qui ont été plaquées sur cette figure archétypale au cours de ses métamorphoses.

1. Rappelons que *Parzival* est la graphie allemande médiévale dérivée directement du *Perceval* français, et que *Parsifal* en est la graphie actuelle.

Le point de départ est donc le modèle unique qui a servi aux trois conteurs : il s'agit effectivement d'une sorcière, médiatrice entre le visible et l'invisible, mais qui n'abandonne jamais sa nature humaine. Et si elle est laide, ridicule même, c'est pour affirmer sa spécificité : elle n'est pas comme tout le monde, et surtout, vu sa laideur, elle ne risque pas de susciter l'amour ni le désir d'un homme, ce qui lui donne une grande liberté. Elle peut en effet parcourir le monde des mâles sans craindre la moindre agression : on respectera toujours sa laideur, sans doute parce qu'elle cache une grande sagesse, une grande connaissance des secrets du monde. C'est, toutes proportions gardées, le rôle de Diogène le Cynique dans la bonne société athénienne où il jette le trouble en mettant les hommes devant leurs responsabilités. La hideuse Demoiselle à la Mule *dérange*, et c'est ce qui fait sa force.

Dans sa description de Kundry, Wolfram ajoute deux détails qui ne se trouvent pas dans les deux autres récits et qui prouvent que le poète bavarois voulait rattacher son personnage, très nettement celtique et occidental à l'origine, à une tradition sinon orientale, du moins très marquée par l'Orient. D'abord, Kundry porte un chapeau surmonté de « plumes de paon », ce qui rappelle la description du Roi Pêcheur, ici nommé Anfortas (du latin *Infirmitas*, allusion très nette à la blessure du roi), qui est présenté également avec des plumes de paon. Est-ce un signe d'appartenance à une même obédience ? Les plumes de paon sont l'emblème de la déesse romaine Junon, mais celle-ci a des modèles qui viennent de Grèce et surtout du Moyen-Orient : il y a toujours des paons dans les représentations iraniennes du « Jardin des Délices », c'est-à-dire le Paradis Terrestre. De toute façon, les plumes de paon, dans toutes les traditions, sont associées à l'Autre Monde.

Ensuite, Kundry, toujours selon Wolfram, brandit « un fouet aux lanières de soie, à la poignée de rubis ». C'est encore un détail qui ramène à l'Orient. On ne peut s'empêcher d'y déceler un aspect de « déesse des animaux sauvages », une antique divinité sylvestre, une Artémis archaïque qui n'était pas encore Diane, l'aimable promeneuse nocturne des Romains, mais la redoutable déesse solaire des Grecs et des Scythes, représentée armée de son fouet et prête à exiger des victimes sur ses autels, celle qui, selon Georges Dumézil, se reconnaît dans l'étrange *Satana* des récits des Ossètes, descendants des Scythes.

De plus, pour faire contrepoint à Kundry la Sorcière, comme par un effet de miroir où l'image est inversée, Wolfram a introduit dans son récit un nouveau personnage, inconnu des autres textes, un certain Klingsor (*Clinschor* dans le texte). Ce n'est pas un être féerique, il n'appartient pas lui-même à l'Autre Monde, mais comme Kundry, il a des pouvoirs merveilleux : c'est un magicien, mais *noir*. On nous apprend qu'il était autrefois duc de Mantoue et qu'il a été châtré par un roi dont il avait séduit l'épouse. Pour compenser son *infirmité*, et aussi pour se venger de l'affront qu'il a subi sur les autres hommes, les mâles, il a aménagé son domaine, appelé « Château de la Merveille », en faux Jardin des Délices, c'est-à-dire que tout n'y est qu'illusion à la suite des nombreux sortilèges qu'il a jetés sur le lieu. Et il y retient prisonniers bon nombre de chevaliers.

Il n'est pas difficile de retrouver le modèle sur lequel Wolfram a construit cet épisode : c'est le conte primitif qui a servi de base aux auteurs de la version dite de Gautier Map pour construire l'histoire du Val sans Retour, où Morgane retient prisonniers tous les chevaliers infidèles à leur dame. Le « Château de la Merveille » était brièvement évoqué dans le texte de Chrétien de Troyes, mais sans plus, et c'est Wolfram qui a inventé le personnage de Klingsor comme maître des lieux. C'est un homme, et non pas une femme comme Morgane, mais un *homme châtré.* On ne peut manquer d'établir un parallèle entre la castration de Klingsor, présentée comme un châtiment de son adultère, et la « blessure à la cuisse » du Roi Pêcheur, euphémisme pour signifier une blessure aux parties sexuelles, due non pas au « coup douloureux » reçu accidentellement par Pellès dans la version commune, mais au *péché* commis par Anfortas parce qu'il s'est uni à une femme qui était indigne *de la pureté de sa lignée.*

Klingsor est donc le double *noir*, infernal, d'Anfortas, considéré malgré tout comme le dépositaire de secrets célestes[1], comme le Château de la

1. Tout ce que raconte Wolfram au sujet du Château du Graal et des gardiens du Graal (qu'il dit, on ne sait pourquoi,

Merveille, avec ses sortilèges et ses fantasmagories, est le reflet – inversé – de Montsalvage, nom qui est celui du Château du Graal dans le *Parzival* de Wolfram[1]. Il faut d'ailleurs rappeler que la disposition du domaine de Klingsor et de celui d'Anfortas évoque le plan d'un monastère bouddhique. Cette analogie démontre une fois de plus combien le poète bavarois a puisé dans la tradition orientale, du moins dans ce qu'il en connaissait, et a détourné la légende primitive du Graal, formellement incrustée dans un contexte extrême-occidental. Mais si Wolfram a insisté sur le rôle de Klingsor en établissant un parallélisme entre lui et Kundry, c'est Richard Wagner qui a sauté sur l'occasion et fait de Kundry une complice repentie de Klingsor.

C'est en effet vraiment dans *Parsifal* que s'est opérée la métamorphose de la hideuse Demoiselle à

être des *Templiers*), lesquels constituent une élite recrutée par une inscription mystérieuse qui apparaît sur le Graal, prouve la tendance *élitiste* et franchement *raciste* du poète bavarois. C'est le seul transcripteur de la légende du Graal à expliquer la blessure et la déchéance d'Anfortas par un manquement aux règles de la pureté du lignage. La connotation raciste est évidente, et ne manquera pas d'être exploitée plus tard par les zélateurs de l'idéologie national-socialiste.

1. Montsalvage (*Muntsalvaeche* dans le texte) est la traduction en mauvais français de l'époque de l'allemand *Wildenberg*, et signifie tout simplement « Mont Sauvage », au sens étymologique. C'est le nom d'un château situé dans l'Odenwald, propriété des seigneurs de Dürne, protecteurs de Wolfram. Il est donc parfaitement ridicule de vouloir identifier Montsalvage avec le Montségur pyrénéen dont le nom signifie « mont sûr » (ou peut-être « mont de la hache », du latin *mons securis*).

la Mule. Wagner a conservé son côté ambigu, certes, mais il en a fait une belle femme dont les rapports avec Anfortas sont assez troubles, suffisamment pour qu'on puisse penser que la « femme indigne », responsable de la blessure du Roi Pêcheur, était Kundry, alors complice de l'infâme Klingsor, donc sorcière et savante dans les arts de magie. Et Wagner va d'ailleurs plus loin : il suggère que Kundry est maintenant amoureuse de Parsifal, tout en mettant l'accent sur la chasteté de celui-ci. Il est vrai que tout le texte de *Parsifal*, écrit par Wagner lui-même, est une justification de la chasteté, considérée comme le seul moyen de parvenir au divin[1], et aussi, c'est bien regrettable, un hymne assez délirant à la pureté de la race que s'efforcent de maintenir les Templiers, gardiens du Graal[2].

---

1. Lorsqu'il eut terminé son *Parsifal*, Wagner, qui vieillissait, était devenu impuissant, ce qui explique quelque peu cet éloge de la chasteté purificatrice.

2. On sait que Wagner était antisémite, ses écrits le prouvent, mais il serait profondément injuste de le taxer de racisme. En fait, c'était Cosima, la fille de Liszt, sa seconde épouse, qui était d'un racisme farouche et qui a ensuite pactisé avec le régime nazi. S'il y a certaines connotations fâcheuses dans le véritable rituel païen qu'est le drame lyrique de *Parsifal*, il ne faut pas l'imputer à Wagner lui-même, mais à son modèle, c'est-à-dire à Wolfram von Eschenbach. Tout est déjà contenu dans le récit de *Parzival* : le choix mystérieux des gardiens du Graal, le corps d'élite qu'ils constituent et qui préfigure les SS, la purification ethnique qu'ils opèrent autour de Montsalvage pour éviter que le Graal soit vu ou touché par des mains indignes ou impures, le refus de s'unir à une femme qui ne serait pas de la lignée, la pureté de cette lignée, autrement dit la pureté de la race et l'élimination des « sous-hommes ». Bref,

Cependant, dans le récit de Wolfram, lorsqu'elle réapparaît au bout de longues années à la cour d'Arthur, Kundry n'a rien perdu de sa laideur. Par contre, elle a abandonné sa mule pour un équipage luxueux qui est marqué par l'emblème du Graal. C'est la preuve que cet épisode n'existait pas dans l'archétype utilisé par Chrétien et les autres conteurs du Graal. Est-ce une invention de Wolfram ou bien est-il allé chercher cette scène dans un texte perdu qui ne peut en aucun cas être d'origine celtique ? Ces questions demeurent sans réponses.

Pendant ces longues années, Perceval a eu le temps d'épouser la belle Condwiramur – que Chrétien appelle Blanchefleur –, mais il l'a quittée pour courir l'aventure. C'est ainsi qu'il a retrouvé son demi-frère Fairefiz (= Vair Fils, c'est-à-dire « Fils gris »), fils de son père et d'une musulmane, et qui est toujours « païen ». Il l'a emmené à la cour d'Arthur où se déroulent de grandes joutes. C'est alors qu'on vit arriver « une demoiselle dont les habits splendides, coûteux et bien faits étaient taillés à la mode française. Son manteau était fait d'un riche samit plus noir encore qu'un cheval d'Espagne. On y voyait briller l'or d'Arabie dont étaient faites maintes petites tourterelles, l'emblème du Graal... Sa coiffe était haute et blanche, son visage caché par maints voiles épais qui empêchaient de le voir » (*Parzival*, trad. Spiewok-

tout y est, ce qui rend une œuvre comme *Parzival* particulièrement inquiétante. Les Nazis n'avaient pas besoin de Wagner, ils se sont servis à la source.

Pastré). Après avoir salué l'assemblée, elle va s'incliner devant Parzival et, « de ses deux mains, elle défit les voiles qu'il y avait autour de sa tête : coiffe et rubans, elle enleva tout et les jeta dans le cercle. On reconnut aussitôt Kundry la Sorcière, et on regarda tant et plus les armes du Graal qu'elle portait » (*ibid.*).

Elle délivre alors au héros le message dont elle est chargée : « Reste modeste, mais sois joyeux ! Heureux le haut destin qui t'échoit, toi qui es couronne de l'humaine félicité ! On a lu sur la pierre que tu es appelé à devenir le maître du Graal » *(ibid.)* Dans nulle autre version de la Quête il n'est fait la moindre allusion à une inscription qui apparaîtrait sur le Graal pour désigner non seulement ceux qui ont la charge de sa garde, les Templiers, mais celui qui est choisi (par Dieu lui-même ?) pour être le Roi du Graal. A chaque fois, le héros, pour devenir Roi du Graal, doit satisfaire à de nombreuses épreuves et surtout *trouver lui-même le chemin qui mène à la demeure du Roi Pêcheur.* Tout le sens de la Quête est remis en question dans le texte de Wolfram. A vrai dire, cette quête n'a plus rien à voir avec ce qu'elle était à l'origine. C'est autre chose, issue d'un mélange assez étonnant de motifs celtiques, d'idéologie germanique, de traditions orientales mal digérées et de vagues notions empruntées à l'Alchimie et aux sciences dites secrètes. D'ailleurs, Kundry se lance ensuite dans un long discours où elle fait preuve de ses connaissances en astrologie ou en astronomie (c'est la même chose à l'époque) et nomme sept étoiles en langue arabe, prétendant que ces étoiles sont « les rênes du firmament et retiennent sa course rapide ».

Et c'est ainsi que Kundry la Sorcière emmène Parzival à Montsalvage, dont il aurait été bien incapable, sans elle, de retrouver le chemin. Là, Parzival guérit son oncle Anfortas en lui posant simplement la question : « Mon oncle, de quoi souffres-tu ?[1] » Et il est sacré Roi du Graal.

Tel est le rôle de la hideuse Demoiselle à la Mule : conduire le héros au terme de son destin. Mais il y a loin entre ce personnage revu et corrigé et l'archétype ancien qui est celui de l'initiatrice, de celle *qui ne montre pas mais qui enseigne*. Wolfram von Eschenbach a rationalisé le mythe et il l'a réduit à une affaire de psychologie appliquée. Il semble que la hideuse Demoiselle à la Mule, telle qu'elle apparaît chez Chrétien de Troyes et dans le récit anonyme gallois, est d'une tout autre dimension. Elle est dans la lignée d'un Merlin qui éclate de rire chaque fois qu'on lui pose une question et qui se dérobe chaque fois qu'on cherche à le rejoindre. La Kundry de Wolfram n'est plus une fée qui surgit brusquement de la profondeur des bois, ce n'est qu'une sorcière au service du Roi

1. C'est de la psychanalyse avant la lettre : en se demandant de quoi il souffre, Anfortas prend conscience que sa blessure est purement psychosomatique, due à la culpabilité (à cause de sa mésalliance) qu'il ressent. Provoqué par la question, il libère brusquement son inconscient, néantise sa blessure, et se trouve de ce fait complètement guéri. La version de Wolfram est la seule où la question guérisseuse est ainsi formulée.

Pêcheur et qui s'acquitte de sa tâche comme le fait un bon fonctionnaire. Il est heureux que Richard Wagner, en la chargeant d'ambiguïtés, en ait fait l'image d'une femme dont le cœur, comme le dit un proverbe breton, « est plus profond que la plus profonde des mers ».

CHAPITRE VIII

La Femme de Perceval

De toute évidence, le personnage de Perceval – quel que soit le nom qu'on lui donne – est le héros primitif de la Quête, celui qui mène les aventures à leur terme et devient Roi du Graal à la place du Roi Pêcheur blessé, qui n'est plus en mesure d'assumer la charge du mystérieux royaume qu'on appelle parfois la Terre Foraine, c'est-à-dire la Terre étrangère. Perceval accomplit donc une mission qui ne peut être que sacrée, devenant ainsi une sorte de prêtre chargé à la fois de la garde de l'objet qu'on appelle le Graal et de la célébration d'une liturgie complexe autour de cet objet. Mais ce caractère sacerdotal est-il compatible avec ce que vit réellement le héros au quotidien quand il affronte le monde extérieur et qu'il subit les atteintes des passions humaines ? Perceval est en effet très différent de Galaad, fabriqué de toutes pièces pour être le prédestiné, le pur, le chaste par nature : il est avant tout *humain* et, malgré sa démarche spirituelle qui lui fait accéder au divin, il n'abandonne jamais cette humanité. On s'en aperçoit notamment lorsqu'on examine les rapports ambigus qu'il entretient avec les femmes.

A travers le drame lyrique de Richard Wagner, on a vu en lui un héros qui, malgré les tentations auxquelles il est exposé, demeure chaste et pur, pour ne pas dire *vierge.* C'est l'interprétation personnelle de Wagner qui s'efforce d'en faire le prêtre irréprochable d'une véritable religion du Graal – qui n'est d'ailleurs plus du christianisme orthodoxe –, mais cette interprétation est absolument contraire à ce qu'on relève dans les textes, aussi bien dans la version très cistercienne – et donc très chrétienne – de Gautier Map, que dans les trois récits de base, celui de Chrétien de Troyes, celui de Wolfram von Eschenbach et celui du conteur gallois anonyme. Mais, dans ces trois textes, sans aucun doute les plus proches de l'archétype, on constate certaines nuances dans le comportement du héros, provenant sans doute des intentions de chacun des auteurs.

Suivons le jeune Perceval livré à lui-même après ce qui n'est pas autre chose que son « sevrage ». Elevé dans la *Gaste Forêt*, auprès de sa mère, *la Veuve Dame* selon Chrétien de Troyes, à l'écart de toute chevalerie et de toute agitation, il passe le pont et s'engage sur le chemin « sans se retourner ». A-t-il tort de ne pas se retourner ? Sans aucun doute, et on le lui reprochera par la suite, car il aurait vu sa mère tomber morte sur l'autre rive. Mais il lui fallait *tuer la mère* pour devenir un adulte, le franchissement du pont est éloquent à cet égard. Mais est-il vraiment un adulte ? Il croit l'être, et c'est ce qui fait sa force.

Il arrive près d'un pavillon dressé au milieu d'une clairière et, croyant que c'est une église, il récite une prière, car sa mère lui a bien recommandé d'être très pieux. Il entre dans le pavillon et y aperçoit une jeune femme endormie. Comme sa mère lui a dit que c'était un honneur de recevoir un baiser (chaste), une bague ou un bijou (témoignage d'estime et de confiance) et de la nourriture (l'hospitalité) de la part d'une dame, il n'hésite pas à se servir lui-même : il mange un pâté qui se trouve placé là, donne un baiser à la jeune femme et lui ravit son anneau malgré ses protestations. Ce dernier geste est significatif : il viole la jeune femme, mais sans s'apercevoir qu'il commet une faute. Puis il s'en va, complètement inconscient et poursuit son errance. Mais il n'est plus vierge : il vient de découvrir la sexualité qu'il ignorait. Sur cet épisode qui décrit en fait un rituel d'initiation pour parvenir à l'âge adulte, les trois récits sont rigoureusement identiques.

Ils divergent ensuite. Le texte gallois nous décrit le court passage de Peredur à la cour d'Arthur où il gagne en combattant son armure de chevalier et enchaîne presque immédiatement sur sa rencontre avec le Roi Pêcheur. Les récits de Chrétien et de Wolfram sont plus fournis et situent, entre l'épisode de la cour d'Arthur et celui du Château du Graal, la rencontre de celle qu'on peut considérer comme « la femme de Perceval », rencontre qui est rejetée après le séjour chez le Roi Pêcheur par le conteur gallois. Mais avant cette rencontre, Chrétien et Wolfram intercalent l'apprentissage du héros auprès d'un certain Gornemant de Gohort (*Gurnemanz* dans le texte allemand) qui va l'armer chevalier.

Il y a alors un détail qui ne se trouve que chez Wolfram : Parzival tombe amoureux de Liâse, la fille de Gurnemanz, et le père paraît souhaiter que le nouveau chevalier devienne son gendre. Il va même très loin pour inciter Parzival à épouser sa fille. Il tient en effet cet étrange langage à la fois à Liâse et à Parzival : « Laisse ce chevalier t'embrasser, fais-lui cet honneur. Mais vous, donnez-moi l'assurance que vous laisserez à la pucelle son anneau, *si tant est qu'elle en ait un.* »

C'est évidemment une allusion à la scène qui s'est déroulée dans le pavillon, et que le jeune homme a racontée à Gurnemanz, mais on ne peut s'empêcher de penser que ces paroles sont à double sens : « laissez-lui sa virginité si tant est qu'elle soit encore vierge !... ». Mais Parzival quittera le château de Gurnemanz après avoir seulement embrassé Liâse sur la bouche.

Voici maintenant le héros hébergé dans un château où se trouvent cinq jeunes femmes et des serviteurs fort maigres. L'une de ces jeunes femmes attire l'attention et l'intérêt de Peredur : « Il était sûr qu'il n'avait pas vu de physionomie plus belle. Elle portait un vieux vêtement de brocart, qui autrefois avait été bon, maintenant tout troué : à travers on voyait sa peau, qui était plus blanche que la fleur du cristal. Ses cheveux et ses sourcils étaient plus noirs que le jais, et elle avait aux joues deux petites fossettes plus rouges que ce qu'il y a de plus rouge[1] » (*Peredur*, trad. J. Loth). Visiblement, tout respire la misère en cet endroit. Cependant, on vient apporter à Peredur de la nourriture en précisant que c'est tout ce qui reste de provisions, puis on lui fournit un bon lit où il se couche.

Cependant, les valets pressent la belle jeune fille aux cheveux noirs « d'aller dans la chambre là-haut te proposer au jeune homme, à son choix comme femme ou comme maîtresse ». C'est direct. La jeune fille rétorque qu'elle n'a encore jamais eu de rapport avec un homme, mais les valets lui font entendre qu'ils l'abandonneront à ses ennemis si elle refuse d'obéir. C'est dans le récit gallois. Dans celui de Chrétien, c'est la jeune fille elle-même qui décide d'aller rejoindre Perceval. Le reste se déroule de la même façon chez les deux auteurs : la jeune fille raconte que son château est assiégé par un comte qui veut l'épouser de force, ce qui explique le dénuement et le manque de vivres de tous les habitants. Et elle termine la nuit dans les bras de Peredur-Perceval, sans qu'on sache la nature exacte de leurs rapports. Dans le récit de Wolfram, cela est plus net : il ne se passe rien entre eux.

Mais, le lendemain, Peredur-Perceval va combattre les gens du comte, puis le comte lui-même qu'il

1. Cette description annonce la fameuse scène de l'extase du héros devant le sang sur la neige qui est bu par un corbeau, ce qui évoquera pour lui l'image de cette femme.

fait prisonnier et qu'il oblige à se rendre au roi Arthur et à la reine Guenièvre. Les habitants du château font allégeance au héros et le reconnaissent pour leur seigneur. La jeune fille n'est pas nommée dans le récit gallois ; en revanche, elle s'appelle Blanchefleur chez Chrétien et Condwiramur chez Wolfram[1]. Le héros demeure là quelque temps, partageant le lit de la jeune femme. Seul Wolfram fait état d'un mariage officiel célébré en grande pompe, mais qui n'est consommé que la troisième nuit. Et le héros, prétextant qu'il voudrait retourner voir sa mère, prend congé de sa « femme » et repart pour de nouvelles aventures.

Il y a encore une fois un détail dans le récit de Wolfram qui ne se retrouve pas dans les deux autres versions : Parzival est toujours hanté par le visage de Liâse, la fille de Gurnemanz, et il est dit très clairement que l'aspect de Condwiramur lui rappelle celui de Liâse, à tel point qu'il a, un peu comme Lancelot avec la Porteuse de Graal, l'impression d'étreindre Liâse au lieu de Condwiramur. En fait, les deux femmes se confondent dans sa mémoire, et lorsqu'il arrive devant la forteresse d'Arthur, il tombe en extase devant le spectacle d'un corbeau très noir qui boit le sang bien rouge d'une oie répandu sur la neige d'une blancheur

1. Le nom de Blanchefleur s'explique aisément, celui de Condwiramur plus difficilement : peut-être faut-il y voir un français déformé (Wolfram est coutumier du fait) signifiant « qui conduit », ou « qui suscite l'amour ». Dans ma réécriture du *Cycle du Graal*, j'ai préféré utiliser le nom de *Blodeuwen*, littéralement, en gallois, « blanches fleurs ».

immaculée[1]. Cette vision lui rappelle les couleurs qu'il a remarquées aussi bien sur la tête de Liâse que sur Blanchefleur-Condwiramur. Cela n'empêche nullement Peredur – dans la seule version galloise – de tomber follement amoureux d'une autre femme, Ygharat à la Main d'Or, la première nuit qu'il passe dans la forteresse d'Arthur. Et il y va de son couplet habituel : « Je pourrais m'engager à t'aimer *plus que toute autre femme*, si tu voulais. » Mais Ygharat ne veut pas. Alors Peredur fait le serment de ne plus dire un seul mot à un chrétien avant qu'elle ne reconnaisse qu'elle l'aime *« plus que tout autre homme »*.

Heureusement, au cours des expéditions qu'il va entreprendre, Peredur ne va pas beaucoup rencontrer de chrétiens. Il pénètre dans le monde féerique et y règne quatorze ans aux côtés de l'Impératrice. Visiblement, il a complètement oublié la belle Ygharat et sa « femme », c'est-à-dire Blanchefleur-Condwiramur. Ni dans le récit gallois, ni dans celui de Chrétien de Troyes, il n'est question d'un quelconque retour chez Blanchefleur. En revanche, les *Continuations*, de même que le récit de Wolfram, font état de nombreuses visites que Perceval lui rend. Mais, pendant ses pérégrinations, racontées avec un grand luxe de détails, il accumule les aventures

1. Cette image du corbeau, du sang et de la neige, commune aux trois récits, revient fréquemment dans les textes celtiques. C'est même un cliché poétique qu'on retrouve en Irlande à propos de l'héroïne Déirdré, laquelle déclare qu'elle n'aimera jamais que l'homme qui aura exactement les mêmes couleurs sur son visage (*La Grande Epopée des Celtes*, vol. II, pp. 223-224).

amoureuses sans lendemain, telle celle avec la Demoiselle à l'Echiquier, qui sont, pour lui, autant d'étapes qu'il franchit sur le chemin des domaines du Roi Pêcheur. Dans les *Continuations* et non dans le *Didot-Perceval* de la tradition de Robert de Boron, pas plus que dans le récit de Wolfram von Eschenbach qui, pour diverses raisons, transforme complètement le caractère du héros, le récupérant ainsi pour le mettre au service d'une idéologie totalement absente du schéma originel.

On pourrait alors taxer Peredur-Perceval d'inconstance, tant il est enclin à succomber aux charmes bénéfiques ou vénéneux des femmes qu'il rencontre. On pourrait également lui reprocher sa façon de manier la casuistique. *Je jure de t'aimer plus que toute autre !* C'est son argument décisif. Evidemment, cela pose le problème de la « Fidélité » telle que la concevaient les Celtes ou tous ceux qui s'inspiraient du modèle celtique pour décrire les aventures imaginaires – mais symboliques – des héros de l'ancien temps.

Dans des récits irlandais, des situations analogues se présentent. Ainsi, dans *l'Education de Cûchulainn*, le héros est amoureux de la belle Emer, dont il fait sa fiancée officielle. Mais, dans son initiation aux pratiques guerrières en Ecosse, il contracte deux mariages annuels, connaît quelques aventures temporaires, avant de rentrer épouser solennellement celle qui n'a jamais été oubliée. On ne comprendra rien à cette attitude si l'on ne fait abstraction du Christianisme qui, comme l'a montré Denis de Rougemont dans son magistral et toujours actuel essai sur *l'Amour et l'Occident*, a culpabilisé l'amour charnel et l'a enfermé dans le cadre étroit du mariage. Mais pas dans n'importe quel mariage : dans une union qui n'est justifiée que par la procréation. De fait, les paroles de saint Paul sont nettes : « Il vaut mieux se marier que brûler. » C'est pourquoi ce n'est pas le prêtre catholique qui administre le sacrement de mariage aux époux, mais les époux eux-mêmes, le prêtre n'étant que le témoin de l'acte. En somme, l'Eglise, ne pouvant éliminer la sexualité, l'a canalisée, mais s'en lave les mains... Il en était tout autrement dans les autres civilisations dites « païennes », chez les Grecs en particulier.

Chez les Celtes, le mariage n'était qu'un contrat social et économique. Les lois et coutumes irlandaises que l'on connaît fort bien, et qui étaient toujours en vigueur dans la première période du Christianisme, permettaient à l'époux d'avoir une ou plusieurs concubines, à condition que l'épouse en titre acceptât la femme ainsi admise dans le groupe familial[1]. Il reste quelque chose de cette mentalité dans les « batifolages » de Perceval. En un sens, il est fidèle à Blanchefleur, mais cette fidélité ne consiste pas en une exclusivité.

Il ne peut y avoir exclusivité sans possession. Et le héros du Graal, en authentique prêtre qu'il est, doit rester disponible pour tous, il ne peut donc être possédé par quiconque ni ne peut posséder

1. Voir J. Markale, *La Femme celte*, Paris, Payot, 1972-1989, première partie sur le contexte social.

une personne parmi d'autres. C'est dans ce sens d'ailleurs que l'Eglise romaine a imposé le célibat ecclésiastique, même si cette obligation n'est plus tellement comprise de nos jours. Paradoxalement, cette loi du célibat des prêtres est en accord avec la définition de l'Amour : l'Amour vrai, réel, est impossible sans liberté. Mais il n'y a pas de liberté sans *choix*, et les paroles de Peredur : *Je jure de t'aimer plus que toute autre* prennent ici leur véritable signification. Il manifeste en effet un *choix*, même temporaire, qui correspond à ce qu'il ressent au plus profond de son être, affirmant ainsi ce que le philosophe saint-simonien Fourier, au XIXe siècle, définissait comme une *affinité élective.* Cela met en lumière la différence fondamentale qui existe entre Lancelot et Perceval dans cette quête effrénée du Graal : Lancelot n'est pas libre, fixé immuablement sur l'image de Guenièvre, et ne sera pas admis aux mystères du Graal – qu'il est incapable de voir –, tandis que Perceval, étant libre, *vierge* au sens de *disponible*, bien que poursuivi par l'image lancinante de la femme aux cheveux noirs, aux joues blanches et aux lèvres rouges [1], regarde autour de lui et finit par trouver le Graal à travers ses différentes initiatrices.

Disponibilité, regard autour de soi, ouverture vers les autres, amour universel des êtres et des

1. On remarquera en passant que ce sont les trois couleurs symboliques du Grand Œuvre alchimique. Le travail de l'alchimiste consiste, en partant de la matière première brute, à obtenir la Pierre au noir, puis la Pierre au blanc, et enfin la Pierre Philosophale au rouge.

choses, telles sont les conditions nécessaires pour parvenir au Château du Graal et y découvrir ce qui y est caché, c'est-à-dire la lumière divine qui est en chaque être. Mais ce n'est pas sans épreuves, sans expériences, sans égarements, sans combats intérieurs (symbolisés par les luttes des héros contre des monstres) qu'on y parvient. Tel est le message délivré par tous les récits concernant le Graal, même les plus christianisés comme *Perlesvaux* et la version cistercienne dite de Gautier Map, à l'exception de celui de Wolfram von Eschenbach. Le poète bavarois, en effet, s'est emparé du mythe et l'a détourné complètement. C'est d'autant plus grave que son *Parzival*, œuvre littéraire fort brillante et fort habile, est la version qui est la plus connue (en partie grâce à Richard Wagner) et qui est citée partout comme une référence presque unique. Pourtant, les motivations qui ont conduit Wolfram à ce détournement sont pour le moins suspectes et inquiétantes, et c'est une analyse en profondeur de la manière dont il traite le thème de la femme de Parzival qui les met en relief.

Parzival épouse donc Condwiramur et consomme son mariage la troisième nuit, selon un schéma initiatique qu'on retrouve dans de nombreuses traditions. Puis il quitte les domaines de Condwiramur – que Wolfram nomme en français *Belrepeire*, c'est-à-dire « Beau Repaire », tout un programme ! – pour mener à bien une mission dont il n'est pas encore bien conscient. Il s'intègre aux compagnons de la Table Ronde, traverse de nombreuses aventures et revient plusieurs fois à Belrepeire, manifestant ainsi à Condwiramur les signes « sociaux » et « moraux » d'une fidélité qui n'est en réalité qu'un étalage public de ses titres de propriété sur elle.

Vient l'instant décisif où Kundry annonce à Parzival, devant toute la cour d'Arthur, qu'il a été choisi comme Roi du Graal et où elle l'invite à partir, sous sa conduite, pour le château de Montsalvage. Et elle ajoute : « Condwiramur, ton épouse, et ton fils Loherangrin doivent aussi t'y accompagner. » C'est ainsi que Parzival apprend qu'il a deux fils, car il n'était pas retourné à Belrepeire depuis cinq ans et n'avait aucune nouvelle de sa femme, ce qui paraît quand même quelque peu étonnant. A première vue, on ne peut qu'applaudir : les femmes ne sont pas écartées du Graal. On le savait d'ailleurs, puisque, chez Chrétien, le Graal était porté par une femme. Mais là, c'est une étrangère qui est admise, en tant qu'épouse officielle de Parzival, à pénétrer dans le Saint des Saints. Car il ne faut pas oublier que, selon Wolfram, les fameux « Templiers » qui gardent le Graal, non seulement font barrage devant tous ceux qui voudraient venir à Montsalvage, mais qu'ils éliminent impitoyablement – en les tuant – tous ceux qui tentent de franchir les limites interdites. On est bien loin de l'amour universel des êtres et des choses !... On est loin de la doctrine gnostique – et de celle des Cathares – qui niait l'existence de l'Enfer en spéculant que le royaume de Lumière ne serait pas instauré tant que toutes les âmes, y compris celle de Satan, ne seraient pas sauvées. C'est plutôt ici le triomphe de l'élitisme, pour ne pas dire du sectarisme. Mais

Condwiramur est admise – à cause de son époux, il faut le souligner – à Montsalvage, l'inscription mystérieuse (d'origine divine ou satanique ?) apparue sur la « Pierre du Graal » en a décidé ainsi, puisque rien ne se fait sans référence à cette parole venue d'ailleurs. Compte tenu du contexte, du soin que mettent les « Templiers [1] » à sauvegarder le Graal de tout contact avec des êtres inférieurs, on est en droit d'affirmer que Condwiramur a obtenu un certificat officiel attestant qu'elle est d'origine pure, qu'elle est par conséquent une *bonne aryenne.* Toutes proportions gardées, et toutes époques confondues, cela rappelle incontestablement quelque chose...

Bref, Kundry la Sorcière, ex-complice de l'infernal enchanteur Klingsor, conduit directement Parzival à Montsalvage. La route est droite, et Kundry la connaît fort bien pour l'avoir empruntée bien des fois dans les deux sens. Parzival guérit Anfortas en lui posant la fameuse question qui libère son inconscient et il est sacré Roi du Graal. C'est alors qu'arrive Condwiramur. Il y a, dans le texte de Wolfram, une touchante description des retrouvailles des deux époux. Habilement, l'auteur rattache

---

1. Il ne faut pas oublier que l'aire d'expansion des Templiers ne comporte pas l'Allemagne où dominaient les Chevaliers Teutoniques, ordre parallèle à celui des Templiers. Si Wolfram avait voulu rattacher le thème du Graal aux Croisades, il aurait fait des gardiens du Graal des Chevaliers Teutoniques. C'est donc intentionnellement qu'il utilise le terme de « Templiers ». Pour quelle raison ? Peut-être parce qu'on murmurait que les Templiers avaient découvert à Jérusalem de redoutables secrets concernant la mort et la résurrection de Jésus.

cette scène à celle du sang sur la neige : « Jadis, la vue du sang et de la neige avait fait perdre conscience à Parzival. Maintenant il avait Condwiramur elle-même pour le dédommager de ses tourments passés » (*Parzival*, trad. Spiewok-Pastré). En somme, c'est le repos du guerrier... Et Wolfram ajoute cette remarque : « Bien que de nombreuses femmes lui eussent offert leur amour, il n'avait jamais cherché, en proie au mal d'amour, consolation auprès d'une autre femme » (*ibid.*).

A la différence de Peredur et de Perceval, Parzival est vraiment le pur et le sans tache.

Mais trois autres personnages sont également admis à Montsalvage dans le sillage de l'Elu : son frère Feirefiz le Païen (mais qui se convertira plus tard) et les deux fils de Parzival. Là encore, on ne peut qu'applaudir : la morale chrétienne est sauve, puisque le mariage de Parzival a débouché sur une procréation, et la morale sociale également, puisque la lignée – masculine – du héros est assurée de ne pas s'éteindre. Cela, c'est l'apparence. Wolfram von Eschenbach est un bon chrétien, un bon sujet des ducs de Bavière, et il respecte les us et coutumes de la société dans laquelle il vit ainsi que le public pour lequel il écrit. Et il ne risque pas de recevoir les foudres des censeurs ecclésiastiques [1]. Il n'empêche qu'on est en droit de prétendre que

1. A l'époque où Wolfram rédige son *Parzival*, vers 1220-1230, c'est le début de la Croisade contre les Albigeois et la fondation de l'ordre des Frères Prêcheurs de saint Dominique, autrement dit des tribunaux de l'Inquisition.

Condwiramur, toute épouse légitime de Parzival qu'elle est, et entourée d'honneurs pour cette raison, n'est en réalité qu'une « mère porteuse », un « ventre à enfanter ». Pour le reste, elle n'a guère que le droit d'être belle et de se taire.

Cependant, il faut s'attarder sur le fils aîné de Parzival, celui qui est appelé Loherangrin. Ce n'est pas un hasard si Wolfram lui a donné ce nom : il est allé le chercher dans la tradition de la Lotharingie, pays bilingue où se côtoyaient – et se côtoient toujours – les dialectes romans et les dialectes germaniques. En l'occurrence, le *Loherangrin* de Wolfram, devenu le *Lohengrin* de Richard Wagner, n'est autre que *Lorrain Garin* d'une Chanson de Geste du cycle dit de Doon de Mayence, et intégré arbitrairement par lui, Wolfram, à un autre cycle, celui de la Croisade, qui comporte notamment *la Chanson du Chevalier au Cygne et de Godefroy de Bouillon*, œuvre de propagande assez ahurissante en faveur du conquérant de Jérusalem lors de la première et très sanglante Croisade. On sait que la famille des ducs de Bouillon prétendait descendre d'un mystérieux personnage dont le père était un cygne et qui n'avait pas le droit de dévoiler ses origines plus ou moins surnaturelles. Le procédé était courant à l'époque, et les Lusignan du Poitou en ont usé à loisir en se raccrochant au mythe de Mélusine. Cette légende s'est perpétuée au cours des siècles à tel point qu'au XVIe siècle, au moment de l'extinction des Valois, la famille de Lorraine, les Guise, dont l'ancêtre était effectivement Godefroy de Bouillon et qui prétendait au trône de

France sous prétexte qu'elle descendait en ligne directe des Carolingiens, en a profité pour se retrancher derrière l'ombre de ce *Lohengrin*, laquelle cachait bien évidemment l'ombre de Parzival, et par conséquent l'image fantasmatique du Graal.

Tout cela n'était certes qu'un jeu auquel se livraient les plus grandes familles nobles pour affirmer leur supériorité et surtout leur antériorité sur les autres : il fallait à tout prix se découvrir des ancêtres mythiques, ne fût-ce qu'en trafiquant l'histoire et les actes officiels, ou en faisant appel à des légendes populaires. Henry II Plantagenêt n'avait-il pas exploité ainsi le mythe d'Arthur ? N'avait-il pas également fait courir le bruit que la famille des comtes d'Anjou, dont il était le plus brillant héritier, descendait d'une femme-fée quelque peu sulfureuse [1] ? Mais Wolfram von Eschenbach ne pouvait pas prévoir la destinée future de la famille de Lorraine. Il pensait à tout autre chose.

Mais tout cela n'est que broutille. Car l'histoire n'est pas terminée, comme on pourrait le croire, par la guérison du Roi Pêcheur et le couronnement de Parzival. Elle se poursuit avec Loherangrin, le fils de Parzival et de Condwiramur, son épouse légitime, donc le fils qui assure la légitimité de sa lignée. Or, que devient *Lohengrin* ? « Loherangrin grandit et devint un jeune homme fort et courageux en qui il n'y avait pas la moindre trace de couardise. Dès qu'il fut devenu chevalier, il obtint grande gloire au service du Graal » (*Parzival*, trad.

1. Voir J. Markale, *Aliénor d'Aquitaine*, Paris, Payot, 1978.

Spiewok-Pastré). C'est-à-dire qu'il procéda à une « purification ethnique » en massacrant tous ceux qui voulaient s'approcher impunément du sanctuaire, là où se trouvaient cachés les grands secrets du « saint » Graal. Mais il tomba amoureux de la duchesse de Brabant, laquelle fut également éprise de lui. Il l'épousa donc, mais à une condition expresse, formulée par Lohengrin : « Duchesse, si j'accepte de devenir seigneur de ce pays, sachez cependant que j'abandonne *une charge tout aussi honorable.* Mais je dois tout d'abord vous adresser cette prière : *ne me demandez jamais qui je suis !* Aussi longtemps que vous ne poserez pas cette question, je pourrai rester auprès de vous. Mais si vous me la posez, vous aurez perdu mon amour. Si vous ne tenez compte de mon avertissement, je devrai suivre la volonté de Dieu et vous quitter » (*ibid.*). Effectivement, comme dans tout schéma narratif de ce genre qui comporte un interdit de type mélusinien (il en est de même dans le mythe de Psyché), la duchesse de Brabant pose la question interdite, et Lohengrin disparaît sur le fleuve dans une barque conduite par un cygne, ce qui a permis à Wagner de composer une musique digne de son génie[1].

C'est une légende bâtie sur un mythe fondamental et dont on possède de très nombreuses versions. Mais pourquoi Wolfram a-t-il choisi d'accrocher

1. Encore une fois, je ne tiens pas Richard Wagner pour responsable des interprétations douteuses qui ont été faites de son œuvre. Tout était déjà contenu dans le texte de Wolfram von Eschenbach.

l'histoire du Chevalier au Cygne à celle du Graal par le biais du fils de Parzival ? Là est la véritable question. Car la légende du Chevalier au Cygne, dont l'origine se perd dans la nuit des temps, contient une information qui est de toute première importance même si on ne la discerne pas au premier abord. Cette information peut se formuler ainsi : *des êtres doués d'une connaissance supérieure, qui sont soit humains soit sur-humains mais ayant l'apparence des humains, circulent dans le monde au milieu de la foule, sans se faire remarquer ou occupant des postes importants dans la société. Or ces êtres ne veulent pas qu'on les reconnaisse, et si par hasard on les détecte, ils disparaissent. Pourquoi ? Parce qu'ils détiennent soit des secrets, soit des pouvoirs qu'ils ne veulent pas partager avec le commun des mortels. Et ils ne veulent pas qu'on sache d'où ils viennent.* Tel est le message. On en pensera ce qu'on veut, mais il existe dans de nombreux récits mythologiques ou légendaires, dont les plus connus sont celui du Chevalier au Cygne et de Mélusine. Et l'on en arrive à cette hypothèse : Wolfram von Eschenbach, en complétant l'histoire du Graal de cette façon, avait connaissance de l'existence d'une « société secrète », quelle qu'elle fût, détentrice de secrets qu'elle gardait jalousement et dont elle se servait pour dominer le monde sans que ce monde pût en prendre conscience. Autrement dit, pour Wolfram, la collectivité réunie autour du Graal avait un pouvoir occulte destiné à dominer souterrainement l'humanité.

On ne peut alors s'empêcher de penser à certaines sectes « ésotériques » qui se sont développées en Europe à partir du XVIIIe siècle, et plus particulièrement à l'*Ordre des Perfectibilistes*, fondé en 1776 par un certain Adam Weishaupt[1], et devenu en 1781 l'*Ordre des Illuminés*, que l'on connaît généralement sous l'appellation des *Illuminés de Bavière.* Cette société secrète, qui ne fut pas sans influencer les idéologues révolutionnaires de 1789, reprenait toutes les méthodes des Jésuites, contre lesquels elle prétendait lutter. Elle n'admettait en son sein que des hommes décidés à aller jusqu'au bout de leur engagement. Selon Louis Blanc (*Histoire de la Révolution*), les Illuminés de Bavière avaient pour but de « soumettre à une même volonté et animer d'un même souffle des milliers d'hommes dans chaque contrée du monde, mais d'abord en Allemagne et en France ; faire de ces hommes au moyen d'une éducation lente et graduée des êtres entièrement nouveaux, les rendre obéissants jusqu'au délire, jusqu'à la mort, à des chefs invisibles et ignorés ». On voit où toutes ces aberrations ont mené au XXe siècle !...

On peut également penser à ces *Supérieurs inconnus* dont on parle de temps à autre, et qui sont crédités de pouvoirs occultes leur permettant d'influencer les décisions des gouvernants et des

1. Né en 1748 à Ingolstadt, il fut professeur de droit, mais malgré une carrière brillante, il jugea que ses mérites n'étaient pas suffisamment reconnus, d'où sa déviance vers les sociétés secrètes.

financiers. George Sand y fit souvent allusion dans les ouvrages qu'elle écrivit à l'époque où elle était saint-simonienne. Cela rappelle également ce qu'on raconte parfois à propos de la *Synarchie*, un groupe secret d'hommes qui planifient les événements au nom d'intérêts supérieurs. On a nié l'existence de cette *Synarchie*, considérant cette notion comme révélatrice de la fameuse psychose du « complot universel », mais comment savoir ? Il est bien évident que, dans tous les pays du monde, ceux qui occupent le devant de la scène politique et économique, ne sont pas les véritables décideurs qui, eux, demeurent dans l'ombre, se bornant à recueillir les bénéfices de ce qu'ils font entreprendre par les autres. Alors, est-ce une collectivité secrète de ce genre qu'a voulu signaler Wolfram von Eschenbach en décrivant la cour du Roi Pêcheur ?

C'est en tout cas ce qu'ont cru Himmler et les pseudo-intellectuels paranoïaques qui entouraient le névropathe Hitler. Persuadés de l'existence effective d'une « confrérie du Graal », ils ont, d'une part, cherché à l'imiter, d'autre part, tenté de s'approprier les soi-disant secrets du Graal dans l'intention de dominer le monde grâce à la possession d'une énergie inconnue[1]. Ils ont imité, ou du

1. A cet égard, le film de Steven Spielberg, *Indiana Jones ou la dernière Croisade*, est un étonnant raccourci de ce qui s'est passé réellement dans les coulisses de l'Etat nazi. Ce film est vraiment une démystification complète du mécanisme mis en place par Himmler et ses sbires. D'ailleurs, tout y est démystifié, y compris l'attitude du héros, Indiana Jones, qui ne pense qu'à une chose, s'emparer du Graal pour le mettre dans

moins imaginé cette « confrérie du Graal » en assimilant les SS aux Templiers de Wolfram. Ils ont voulu perpétuer la lignée du Graal, lignée de race pure, en obligeant les femmes allemandes à procréer, avec des hommes *purs* et *forts*, des descendants qui perpétueraient cette élite guerrière. L'exemple de Parzival et de Condwiramur les a fait beaucoup rêver, à tel point qu'Hitler avait décidé que le jour de la victoire finale du IIIe Reich, on représenterait le *Parsifal* de Wagner, comme hymne à la victoire définitive de la race pure, *nordique*, seule digne de vivre et de régir le monde. Ils ont dû également beaucoup gloser sur la blessure d'Anfortas, le Roi Pêcheur, coupable d'avoir commis une faute en s'unissant à une femme qui n'était pas de cette race pure[1].

Ils ont dû également rêver sur un ouvrage de fiction de l'Anglais Edward George Bulwer-Lytton (1803-1873), qui fut ministre de la reine Victoria et qui est surtout connu comme l'auteur des *Derniers jours de Pompéi*. Or, ce personnage assez énigmatique, descendant d'un alchimiste du XVIIe siècle, a écrit un roman dont le titre anglais est *The Coming*

une vitrine de musée. Par contre, on s'aperçoit que le véritable découvreur du Graal est le père d'Indiana Jones, superbement interprété par Sean Connery, qui comprend parfaitement que le Graal est non pas une recette pour acquérir le pouvoir, mais la révélation qu'il existe en nous une lumière intérieure qui justifie notre présence sur la terre.

1. Il faut se souvenir que les SS étaient châtiés lorsqu'ils avaient une liaison avec une femme de race inférieure, juive ou tsigane en particulier.

Race, où il est question d'une race *d'origine celtique*, les *Ana*[1], qui vit sous la terre et qui dispose d'une mystérieuse énergie, le *Vril*. Il est certain que Bulwer-Lytton n'était pas innocent : il a puisé – pour quelles raisons ? C'est un autre problème – dans les sources celtiques qui étaient à sa disposition, notamment dans les récits concernant le Graal, en a adapté les éléments de façon à présenter une œuvre de science-fiction où se mêlent fantastique et vernis scientifique, comme il y en a tant eu à la fin du XIXe siècle, surtout dans les pays anglo-saxons.

De toute évidence, Wolfram a choisi *une* des interprétations possibles du « saint » Graal. Il semble qu'il ait pris *sangréal* comme étant *sang royal*, ce qui explique qu'il ait voulu marier Parzival et lui donner une descendance. Mais il est difficile de savoir si ce qu'il raconte, sous une forme de fiction romanesque, correspond à une réalité qu'il a pu observer lui-même, ou si toute cette histoire a été brodée par son imagination fertile. Néanmoins, une lecture attentive du *Parzival* de Wolfram, avec toutes les allusions qui s'y trouvent, avec les zones d'ombre qui s'étendent sur le Graal lui-même et sur ses gardiens, provoque un véritable malaise chez tous ceux qui ne s'arrêtent pas à une interprétation au premier degré.

---

1. On ne sera pas étonné de retrouver ici l'un des noms de la déesse-mère des Celtes, la fameuse Anna ou Dana, et on pourra penser aux *Tuatha Dé Danann* de la tradition irlandaise, peuple féerique doté de grands pouvoirs, et qui vit dans l'univers des tertres mégalithiques. Ce n'est pas une coïncidence.

CHAPITRE IX

Les Femmes de Gauvain

Si on se penche sur tous les récits arthuriens en s'attachant exclusivement au personnage de Gauvain, neveu préféré du roi Arthur, on est tenté de dire que c'est un « homme à femmes ». Dans les innombrables prouesses qui lui sont prêtées, il accumule en effet les aventures amoureuses, le plus souvent sans lendemain, comme s'il voulait se prouver à lui-même, tel Don Juan, qu'il pouvait se faire aimer de n'importe quelle femme. Ce jugement hâtif et quelque peu injuste contient une certaine part de vérité. Gauvain est en effet une sorte de « bourreau des cœurs » qui draine autour de lui un essaim de dames et de pucelles dont on pourrait dire qu'elles sont « en chaleur ». Cela ne lui facilite pas la vie, d'ailleurs, car il n'est jamais assuré de retenir l'attention d'une de ces femmes, et bien souvent, c'est lui qui est obligé de faire les premiers pas, quitte à se faire rabrouer et même à être contraint de s'enfuir pour échapper à la vindicte d'un père outragé ou d'un mari trompé.

Gauvain est cependant un personnage considérable de l'épopée du Graal. Il est le fils de la demi-sœur d'Arthur, Anna, ou Morgause – qui sera la mère de Mordret –, fille d'Ygerne et du duc de Cornouailles, comme Morgane, et épouse du roi Loth d'Orcanie. Or, selon une coutume celtique bien établie de la filiation matrinéaire, il est, en tant que fils de la sœur, considéré comme l'héritier présomptif de son oncle le roi Arthur. Le nom de Gauvain, qui est une forme française (*Gawain* en anglais, *Gawan* en allemand, *Galvanus* ou *Walvanus* en latin), provient d'un ancien celtique qui a donné *Gwalchmai* en gallois. Et *Gwalchmai* est facile à interpréter : il est composé de deux termes bien repérables et signifie « faucon de mai », ce qui est conforme à la fonction du personnage : c'est en effet le chevalier d'Arthur qui se dévoue le plus, ou qui est sollicité le plus, pour accomplir une prouesse et ramener des prisonniers. Au fond, Gauvain est un oiseau de proie qu'on lâche sur le gibier, mais qui ne revient jamais sans avoir terminé la mission qu'on lui a confiée.

C'est dans un curieux récit épisodique en latin du début du XIIIe siècle, *De Ortu Walvani*, qu'on peut traduire par « les Enfances de Gauvain », qu'il lui arrive ses premières aventures amoureuses. Le neveu d'Arthur, qui vient de quitter le château de son père, erre dans la forêt et rencontre un homme qui l'invite chez lui. Mais au lieu d'accompagner Gauvain, l'homme lui dit qu'il doit aller en avant pour ordonner que tout soit préparé pour son hôte. Gauvain continue seul sa route et des bergers l'avertissent que le seigneur qui vient de l'inviter « met à mort tous ceux qui le contredisent. Il en a emmené ainsi beaucoup d'autres devant nous, mais nous savons qu'aucun de ceux-ci n'est revenu ».

Il en faut plus pour faire reculer le brave Gauvain. Le voici dans le château où le seigneur le reçoit avec empressement et courtoisie. Celui-ci lui dit : « Si quelque chose te déplaît ou te contrarie, n'hésite pas à le dire. » Gauvain, qui est sur ses gardes, répond prudemment que tout est parfait. Alors son hôte lui présente sa fille, qui est de grande beauté, et dont Gauvain devient immédiatement amoureux. « Seigneur, lui dit encore son hôte, j'espère que ma fille ne te déplaît pas, car je n'ai pas de plus agréable divertissement à te proposer pour ton plaisir et ton agrément. Je pense qu'elle saura fort bien, si elle le veut, se montrer une bonne compagne, et je lui ordonne en ta présence de faire siens tous les désirs que tu pourrais exprimer » (trad. J. Markale). Ce discours a le mérite d'être franc et direct.

Le repas se déroule normalement. Le seigneur multiplie les amabilités et les prévenances envers son hôte. Gauvain et la jeune fille sont assis côte à côte et se sentent de plus en plus attirés l'un vers l'autre. Mais la jeune fille répète, en murmurant à Gauvain, l'avertissement que les bergers lui ont déjà donné. Puis, le repas terminé, le seigneur ordonne à ses serviteurs de préparer les lits : « Je coucherai ici même et ce chevalier couchera dans mon lit. Ne le faites pas trop étroit car ma fille couchera avec lui. C'est, je pense, un bon chevalier, et elle sera contente de lui » (*ibid.*).

Voilà donc Gauvain installé dans le lit du seigneur. La jeune fille vient le rejoindre, et tous deux se livrent à certains jeux qui les échauffent grandement, de telle sorte que Gauvain en arrive à un point de non-retour. Il veut aller plus loin, mais la fille l'écarte et lui montre « une épée suspendue au-dessus du lit, dont les attaches sont d'argent, le pommeau et la garde d'or fin ». Alors, la jeune fille lui révèle qu'elle se trouve toujours sous la garde de cette épée merveilleuse : « Apprends que cette épée de grande valeur a tué déjà de nombreux chevaliers, au moins une vingtaine, dans cette chambre. J'ignore pourquoi mon père agit ainsi, mais c'est un fait : aucun chevalier qui entre ici n'en sort vivant... Si, d'une manière ou d'une autre, le compagnon qui partage mon lit tente de me pénétrer, l'épée tombe et le frappe en plein corps. Et s'il tente de s'en approcher et de la saisir, elle jaillit aussitôt du fourreau et vient le percer » (*ibid.*).

Gauvain est fort embarrassé. D'une part, le désir qu'a éveillé en lui la jeune fille devient insupportable, et d'autre part, il se dit que s'il ne fait rien, on ira rapporter partout qu'il est impuissant, et que par conséquent il n'est pas capable de combattre comme tout mâle qui se respecte, ce qui ternira sa réputation et le rendra ridicule aux yeux de tout le monde. Dans de nombreux épisodes des romans arthuriens, la terreur d'être considéré comme impuissant est fort partagée : en effet, virilité et vertu guerrière sont liées, et qui manque de l'une manque de l'autre. Alors Gauvain, prenant ses risques, se décide et serre de plus près la jeune fille. « Aussitôt l'épée surgit du fourreau et vint frôler le flanc de Gauvain, lui arrachant un morceau de peau. La blessure était superficielle, mais l'épée traversa les couvertures et les draps et s'enfonça jusqu'au matelas. Puis elle remonta et revint se placer dans le fourreau. »

Cette épée est-elle mue par un mécanisme sophistiqué ou est-elle magique, manœuvrée par des forces invisibles ? Il est difficile de le dire, mais on reconnaîtra aisément le thème de l'épée de Damoclès, cette menace *immanente* au sens étymologique du terme. Cependant, commun à toutes les traditions, il est revêtu ici d'une double coloration. D'une part, cette épée rappelle celle qui séparait Tristan et Yseult dans leur loge de feuillage de la forêt de Morois quand ils furent surpris par le roi Mark : elle est le signe d'une chasteté certes relative mais néanmoins incontestable au moment présent. Car l'épée tranche, sépare, éloigne, comme le montre le glaive flamboyant de l'archange lorsqu'Adam et Eve furent chassés du Paradis. D'autre part, en poussant plus loin l'analyse, on en vient à considérer l'épée comme un emblème phallique. Cela aussi est un lieu commun. Mais, dans cet épisode, l'épée suspendue au-dessus du lit – et qui surveille jalousement la virginité de la fille – représente le phallus paternel, à la fois agressif et terrifiant. Il existe de nombreux contes où l'on voit le père séquestrer sa fille pour l'éloigner de tout prétendant, car en donnant sa fille à un autre homme, celui-ci abandonne tout pouvoir et se retrouve donc lui-même *néantisé.* D'habitude, dans ce genre d'histoire, pour obtenir la fille, le héros doit d'abord tuer le père – qui est généralement un seigneur, un roi ou même un riche propriétaire. Mais lorsque tout est accompli, le héros acquiert le pouvoir et il est reconnu comme le nouveau maître. Traduit en langage psychanalytique, l'épée suspendue au-dessus du lit n'est que l'image terrifiante du père qui empêche la fille et son amoureux de concrétiser pleinement leur union.

Mais le récit n'est pas terminé. La nuit non plus. Malgré cette désagréable épreuve, et après un moment de calme, Gauvain s'échauffe et ne peut plus résister à son désir. Il joue le tout pour le tout et se prépare à pénétrer la fille. Le résultat ne se fait pas attendre : « L'épée surgit encore de son fourreau, tomba et vint le frapper d'un coup plat sur la nuque. Mais ce faisant, elle vacilla un peu et toucha l'épaule droite, lui cisaillant trois doigts de peau. Puis elle se ficha dans la couverture de soie avant de remonter et de reprendre sa place dans le fourreau » (*ibid.*). Cette fois, l'avertissement est plus sérieux, et Gauvain, quelque peu refroidi, abandonne la lutte.

Le lendemain matin, l'hôte est bien étonné de retrouver Gauvain vivant, mais au lieu de s'en offusquer, il s'en réjouit. Puis il explique pourquoi il agissait ainsi : « Sache que si je vous ai mis à l'épreuve, toi et les chevaliers qui ont couché avant toi dans ce lit, c'était pour que le meilleur d'entre vous pût se manifester. C'est cette épée qui devait me le révéler, car je savais qu'elle l'épargnerait » (*ibid.*). Et le seigneur donne solennellement sa fille à Gauvain : « Plus jamais tu n'auras à redouter quelque chose de ma part. De plus, je te fais don à tout jamais de cette forteresse et de toutes les terres qui en dépendent » (*ibid.*). Ainsi donc, cet épisode se termine comme tous les contes de ce genre : l'amoureux de la fille devient le gendre d'un roi ou d'un seigneur parce qu'il a réussi les épreuves imposées pour que ses qualités fussent reconnues. Gauvain reçoit l'hommage des vassaux du seigneur et, la nuit suivante, « il n'y eut point d'épée dégainée hors de son fourreau. Gauvain put satisfaire tous ses désirs, et l'histoire raconte que la jeune fille ne s'en plaignit pas » (*ibid.*).

Mais il ne s'agit pas seulement d'une histoire d'amour qui finit bien. D'ailleurs, elle finit mal, comme on va le voir. Gauvain a reçu l'hommage de ceux qui sont devenus ses vassaux, mais c'est un leurre : en réalité, ce sont les vassaux de la jeune femme, et c'est celle-ci qui détient le pouvoir excessif. Gauvain n'est que l'exécutant de la souveraineté incarnée par la femme, tout comme l'était en réalité le père. Et Gauvain va s'apercevoir à son grand dépit que la femme qu'il croit être sienne est toujours libre et indépendante, et qu'elle peut disposer de son pouvoir à sa guise.

Gauvain passe donc plusieurs semaines dans cette forteresse, coulant des jours heureux auprès de la jeune femme qu'il a conquise – du moins le croit-il – en réussissant l'épreuve que lui avait imposée le père, *mais qui devait en réalité découler de la volonté de la fille.* Il décide alors d'aller à la cour du roi Arthur et d'y emmener la jeune femme. Les voilà partis, avec une petite meute de lévriers dont la jeune femme ne veut pas se séparer. Or, ils sont à peine engagés dans la forêt que surgit un chevalier, qui saisit par la bride le cheval de la jeune femme et l'entraîne avec lui. Gauvain les poursuit et veut combattre le chevalier, mais celui-ci fait comprendre qu'il est simplement venu réclamer ce qui lui appartient, à savoir la jeune femme qui a été sienne auparavant. Et le chevalier propose à Gauvain une solution : laisser la femme à un carrefour et partir tous deux dans deux directions différentes : « Elle décidera alors elle-même lequel d'entre nous elle préfère. Si elle veut partir avec toi, je te la laisserai, je t'en donne ma parole. Mais si elle décide de venir avec moi, il est juste que tu reconnaisses qu'elle est mienne. »

Ainsi est fait : les deux chevaliers partent chacun de leur côté. « La jeune femme les regarda tous les deux et se mit à réfléchir, ce qui étonna grandement Gauvain. Elle savait bien quelle était la prouesse de Gauvain, notamment lorsqu'il était au lit, mais elle voulait savoir si l'autre chevalier était aussi preux et aussi vaillant » (trad. J. Markale). Et elle va rejoindre l'autre chevalier, laissant Gauvain à son amertume.

Gauvain a gardé les lévriers. La jeune femme signifie à son nouveau chevalier servant qu'elle ne le suivra pas plus longtemps si elle ne récupère pas immédiatement ses lévriers. Il est lui-même très embarrassé par le caprice inattendu de celle qu'il convoite, mais il ne peut faire autrement : il rejoint Gauvain et lui réclame les chiens. Gauvain qui n'a toujours pas apprécié les attitudes respectives du chevalier et de la jeune femme qu'il croyait fermement éprise de lui, propose alors à son rival un jeu équivalant à celui auquel ils se sont livrés, à savoir soumettre ceux-ci à la même épreuve : ce sera aux lévriers de choisir librement celui qu'ils veulent suivre. L'autre chevalier accepte, persuadé que la meute s'en ira vers lui. Mais les lévriers rejoignent Gauvain qui, en pleine désillusion mais ayant acquis une solide philosophie, émet ce commentaire significatif : « Ces chiens, je les ai connus dans la forteresse de son père. Je les ai caressés et ils m'ont donné leur amitié. Les chiens sont une chose, et les femmes une autre. Sachez donc qu'un animal ne trahira jamais un humain qui lui a donné son amitié et à qui il a promis son affection » (*ibid.*). A une époque où, selon l'interprétation à la lettre de la Bible, cet éloge des animaux – qui ne sont pas encore des « machines », selon Descartes, mais qui sont nécessaires au service et à la disposition de l'homme – est assez surprenant. Cependant, après ces paroles, Gauvain s'en va avec les lévriers, sans détourner la tête.

Le chevalier ne l'entend pas ainsi et attaque Gauvain. Celui-ci se défend avec énergie et finit par tuer son adversaire. « Sa vengeance assouvie, il abandonna le corps sans un regard pour le cheval, le haubert et le bouclier. Il alla appeler les lévriers, puis courut reprendre son cheval. Il sauta en selle sans plus attendre » (*ibid.*). La jeune femme a beau pleurer, dire qu'elle avait suivi l'autre parce qu'elle craignait pour la vie de Gauvain, elle le supplie de ne pas la laisser seule, rien n'y fait. « Il abandonna la jeune femme et ne sut jamais ce qui lui était arrivé par la suite. »

Il semble que Gauvain connaisse certains problèmes avec la Femme. Bien sûr, on peut dire que ce texte, qui date du début du XIIIe siècle, marque, en réaction contre l'époque courtoise, le retour à un antiféminisme latent, mettant l'accent sur l'inconstance et la versatilité de la gent féminine, voire sa propension à aller vers l'individu le plus beau, le plus fort et le plus riche. Mais il faut aller au-delà de ces constatations socio-psychologiques. Le problème auquel se trouve confronté Gauvain est bien plus important et bien plus lourd de conséquences. En traversant cette expérience, il s'aperçoit qu'en dépit de toutes les apparences, c'est la Femme qui détient tous les pouvoirs et qu'elle est libre d'en disposer envers celui qu'elle choisit, selon des critères qui ne sont d'ailleurs pas définis, mais qui peuvent se résumer par le mot « efficacité ». La jeune femme qui était soi-disant amoureuse de Gauvain ne l'est que de l'image que celui-ci représente. Passe une autre image, la jeune femme est tentée de l'attraper pour mieux savoir qui est qui et quel est l'être qui non seulement lui apportera la meilleure satisfaction physique mais qui se montrera le plus habile pour mettre en œuvre la souveraineté qu'elle-même représente.

Les conflits que rencontre Gauvain à propos de la Femme sont en réalité des conflits avec la notion de souveraineté. A cet égard, un récit plus tardif, rédigé en moyen-anglais à la fin du XIVe siècle, et connu sous le titre de *the Weding of Gawain* (le Mariage de Gauvain), est très révélateur. Il s'agit en fait d'un conte populaire oral, sans doute très connu en Grande-Bretagne, et qui sera repris un siècle plus tard par Geoffroy Chaucer dans ses *Contes de Canterbury*. Le héros en est Gauvain – bien que, de l'avis des médiévistes et de Gaston Paris en particulier, ce soit le roi Arthur qui en soit le personnage principal –, engagé comme d'habitude dans une série d'aventures impossibles.

Gauvain est occupé à chasser dans une forêt et rencontre un homme armé d'une massue. C'est un thème très répandu dans les récits celtiques ou d'origine celtique : ce personnage n'est autre que le fameux dieu Dagda, l'un des *Tuatha Dé Danann* irlandais, équivalent de Gargantua, qui règne sans partage sur les animaux sauvages. Sa massue tue lorsqu'on en est frappé par un bout et ressuscite lorsqu'on en est frappé par l'autre. Or cet homme à la massue veut se venger de Gauvain qui, auparavant, l'a privé de son héritage. Il consent à lui laisser la vie sauve à condition qu'il fasse le serment de revenir un an plus tard, jour pour jour, à ce même endroit pour répondre à la question suivante : « Qu'est-ce que les femmes aiment par-dessus tout ? »

Pendant toute cette année, Gauvain s'informe auprès des uns et des autres, mais aucune des réponses qu'il obtient ne le satisfait. Et c'est le cœur lourd et rempli d'angoisse qu'il se dirige, un an plus tard, vers le lieu du rendez-vous, sachant très bien qu'il est en train de risquer sa vie.

Or, dans cette même forêt, Gauvain rencontre une femme d'une laideur repoussante, quelque peu analogue à Kundry, la « hideuse Demoiselle à la Mule ». Cette femme lui déclare qu'elle sait pourquoi il est là et affirme que toutes les réponses qu'il apporte sont mauvaises. « Je suis seule à savoir celle que tu dois dire, ajoute-t-elle, mais je ne donnerai cette réponse que si tu promets de m'épouser. » Voilà qui est net. Gauvain, contemplant la laideur de la femme, hésite un long moment, mais comme il ne peut faire autrement, il finit par accepter, se persuadant qu'il trouvera sûrement un moyen – encore de la casuistique ! – d'échapper à ce funeste mariage. La femme lui révèle alors que « ce que les femmes aiment par-dessus tout, c'est la *Souveraineté*. Dis cela à ton ennemi, et il maudira celle qui t'a si bien instruite » (trad. J. Markale). Gauvain va donc retrouver l'homme à la massue et lui fournit cette réponse. L'homme à la massue est furieux, mais ne peut rien contre ce qui a été convenu. Il laisse repartir Gauvain.

Celui-ci n'est pourtant pas au bout de ses peines. La femme laide vient lui rappeler sa promesse. Gauvain ne peut se renier. La mort dans l'âme, il revient à la cour d'Arthur et fait célébrer ses noces, sous les quolibets de tous les chevaliers. Le soir, comme il est de coutume, il va au lit avec sa nouvelle épouse, mais il lui tourne immédiatement le dos, bien décidé à dormir toute la nuit sans être obligé de s'occuper de sa compagne. Celle-ci lui demande d'avoir au moins la gentillesse de lui donner un baiser, *par courtoisie*, ajoute-t-elle. Gauvain se résigne et, surmontant sa répugnance, il se penche vers le monstre : à sa grande stupéfaction, il aperçoit, allongée près de lui, la plus belle femme qu'on puisse imaginer. Elle sourit et lui dit : « Tu peux choisir de m'avoir belle la nuit et laide le jour, ou inversement. » Gauvain trouve le choix décidément trop difficile : il se résout à laisser la femme libre de la décision. « Alors, dit-elle, tu m'auras belle à la fois le jour et la nuit. Ma marâtre, par magie, m'avait réduite à la forme repoussante dans laquelle tu m'as d'abord vue, et je ne pouvais retrouver mon aspect naturel que si le meilleur chevalier du monde voulait m'épouser et m'accordait *souveraineté* en tout. Tu m'as délivrée par ta courtoisie » (trad. J. Markale).

Cette histoire n'est pas unique et on en a de multiples versions avec les variantes qui s'imposent. Il arrive quelque chose de semblable au *Bel Inconnu* – qui est le fils de Gauvain – dans un récit connu sous le titre de *l'Atre périlleux*, et où le héros doit baiser sur la bouche une horrible *guivre* (du latin *vipera*), autrement dit un monstre ophidien qui, immédiatement, se transforme en une radieuse jeune fille[1]. Et une aventure analogue concerne les fils du roi d'Irlande Eochaid Muigmedon : c'est

1. Voir *Le Cycle du Graal*, vol. II, chapitre intitulé « L'Atre périlleux ».

celui qui a le courage, pour procurer de l'eau à ses frères assoiffés, de donner un baiser à une femme d'une laideur effroyable[1]. Quant à Diarmaid O'Duibhné, l'un des plus célèbres héros irlandais, il obtient un grain de beauté qui le fait aimer de toutes les femmes parce qu'il a surmonté sa répugnance en dormant dans le lit d'un laideron[2]. La beauté se cache souvent sous des apparences. Et la beauté, symboliquement, c'est aussi la Souveraineté. Or, cette Souveraineté, on le voit bien, n'appartient qu'à la Femme, et c'est elle qui en dispose à son gré. C'est l'un des enseignements qu'on peut tirer de tous ces récits, et particulièrement du *Mariage de Gauvain.* Mais le neveu du roi Arthur n'en a pas fini pour autant avec la féminité.

Il lui arrive même de résister à la tentation. Dans un récit anecdotique du début du XIIIe siècle intitulé *La Mule sans frein*, une jeune fille, montée sur une mule, est venue se plaindre devant la cour d'Arthur qu'on lui avait dérobé le frein[3] de sa mule et avait promis un baiser à celui des chevaliers qui la retrouverait et la lui rapporterait. C'est le preux Gauvain qui se charge de cette mission. Au bout d'aventures fantastiques autant qu'héroïques, il parvient à récupérer le frein dans une forteresse

1. Voir *La Grande Epopée des Celtes*, vol. V, chapitre intitulé « Le Pays sous la Vague ».

2. Voir *La Grande Epopée des Celtes*, vol. IV, chapitre intitulé « Les aventures des fils d'Eochaid ».

3. Le mot *frein* désigne le mors glissé dans la bouche de la monture, et parfois la bride entière.

dont la maîtresse est une étrange femme qui invite le vainqueur à partager son repas.

Un nain le conduit jusqu'aux appartements de la dame. « Elle était allongée sur son lit, vêtue d'une longue chemise blanche très échancrée et qui laissait apparaître la naissance de ses seins d'une blancheur remarquable. » Après avoir prononcé quelques paroles de bienvenue et l'avoir félicité de ses exploits, la dame le fait asseoir sur « un lit qui était revêtu d'un tissu de soie bordé de pierres précieuses ». Evidemment, Gauvain se sent tout de suite très attiré par la beauté et l'attitude même de cette étrange femme. On leur sert alors des mets délicats et des boissons quelque peu enivrantes qui font chavirer les esprits de Gauvain, d'autant plus que la femme se fait de plus en plus aguichante, lui révélant par la même occasion que la jeune fille à la mule est sa propre sœur, et l'avertissant enfin qu'elle n'a nullement l'intention de le laisser partir avec le frein.

C'est encore une épreuve. La dame lui fait cette proposition : « Cher seigneur, pourquoi ne pas rester avec moi ? Je mets à ton service ma personne et mes biens. Je possède trente-huit forteresses comme celle-ci, et il ne tient qu'à toi d'en être le maître. Ce serait un grand honneur pour moi d'avoir pour amant, et peut-être pour mari, si tu le désires, un guerrier aussi valeureux que toi » (trad. J. Markale). La tentation est forte, pour Gauvain, qui se voit ainsi investi soudainement d'un pouvoir qu'il n'espérait pas, d'autant plus que sa lucidité s'est quelque peu dissipée dans les vapeurs éthyliques. Visiblement, la mystérieuse femme est une image diabolique surgie de son inconscient et dont il ne reconnaît pas à première vue la malignité. Fée ou diablesse ? Dans les textes du Moyen Age, la différence n'est pas facile à déterminer. Mais, brusquement, Gauvain se souvient des terribles épreuves qu'il a dû affronter et cela le réveille de cette torpeur qui s'emparait de lui : « La seule chose qui m'intéresse, c'est le frein que tu as dérobé à ta sœur, la jeune fille à la mule. C'est pour me faire remettre ce frein que je suis venu ici, et j'ai donné ma parole que je le ramènerai à sa propriétaire » (*ibid.*). Et la dame, qui se révèle ainsi plus fée que diablesse, vaincue par la loyauté de Gauvain et par sa fidélité à sa parole, le laisse partir avec le frein sans exiger la moindre contrepartie.

Cette femme mystérieuse est donc une fée, qui n'est ni bonne ni mauvaise, mais qui juge les actions et les intentions du guerrier, *acteur* du drame qu'elle a provoqué, et qui rend son verdict objectivement en reconnaissant que la valeur d'un individu dépend non seulement de sa force physique mais aussi de sa vie intérieure. Un récit français anonyme du milieu du XIIIe siècle, *Les Merveilles de Rigomer*, fait de Gauvain le protégé d'une fée – qui est son amie – portant le nom de *Lorie*, et dont nul autre texte ne fait mention. Dans ce récit, assez long et touffu, c'est Lancelot du Lac qui occupe le devant de la scène et qui traverse d'innombrables aventures également héroïques et fantastiques. Il s'agit en fait d'aller délivrer la maîtresse de la forteresse de Rigomer des sortilèges qui font de ses domaines un territoire maudit. Mais ce n'est pas Lancelot, pourtant le meilleur chevalier du monde, qui réussit l'épreuve : il se fait piéger lamentablement et, ayant perdu la mémoire, il en est réduit à servir comme aide-cuisinier dans cet antre plus ou moins infernal. C'est Gauvain qui le libère, faisant disparaître les êtres fantasmatiques qui encombrent sa vision. C'est également Gauvain qui, avec l'aide de cette fée Lorie, symbole d'une connaissance intérieure, va lever les derniers sortilèges, et délivrer la Dame de Rigomer. Celle-ci, pour le récompenser, lui propose de l'épouser. Mais Gauvain refuse, prétextant qu'il a d'autres missions à accomplir : il mènera alors la Dame de Rigomer à la cour d'Arthur et lui procurera un mari qui sera digne d'elle. Dans cette histoire, Gauvain se présente comme un « marieur », c'est-à-dire que, propriétaire moral d'une femme, il est seul autorisé à la donner à qui il veut, compte tenu de la valeur de celui qu'il juge comme le plus apte à *servir* celle qui malgré tout demeurera toujours sa « dame », sa *domina.* Le thème est fréquent dans les anciennes épopées d'Irlande, en particulier dans les innombrables récits concernant le héros Cûchulainn : le héros refuse, pour des raisons diverses, toute union qui ne serait pas conforme à son destin et *donne* à un homme qu'il choisit pour ses qualités la femme qui est amoureuse de lui et qui, en quelque sorte, se marie avec lui par personne interposée.

Mais les femmes que rencontre Gauvain au cours de ses errances ne sont pas toutes douées d'aussi bonnes dispositions. En fait, celles-ci dépendent la plupart du temps du caractère spécifique de chacun de ces êtres féminins, car ils sont autant de symboles et ont tous un rôle dans le déroulement de la quête. Comme Perceval, Gauvain est en proie à des femmes qui ne sont que des apparences et dont la véritable nature est celle des démons. Mais il y en a d'autres qui ont parfois de bien perverses motivations.

Ainsi en est-il dans *Perlesvaux*, cet étrange roman anonyme des environs de l'an 1200, ouvrage de propagande en faveur du Christianisme rédigé sous l'influence des moines de Cluny, mais centré autour de l'abbaye de Glastonbury, et qui recèle bien des éléments issus en droite ligne d'une probable version païenne de la *Quête*, dont le *Peredur* gallois est l'aspect populaire.

Gauvain, traversant une forêt, se trouve en présence d'une superbe forteresse et demande à un vieux chevalier ce qu'il en est de celle-ci. L'autre lui répond que c'est un château qui appartient à la Pucelle Orgueilleuse – appelée ailleurs la *Dame sans Egale* –, laquelle n'a jamais daigné demander son nom à aucun chevalier de passage. Et le vieillard ajoute : « C'est la plus belle femme ; elle ne s'est jamais mariée et n'a jamais daigné aimer un chevalier à moins d'avoir entendu dire qu'il était le meilleur chevalier du monde « (trad. Christiane Marchello-Nizia).

Gauvain se laisse convaincre de passer la nuit dans le château et on le présente à la Dame sans Egale. Celle-ci accueille le chevalier de façon fort civile et lui fait visiter sa chapelle. Gauvain remarque quatre tombeaux magnifiques et trois ouvertures pratiquées dans le mur du côté droit, devant lesquelles brûlent des chandelles qui répandent de doux parfums. Constatant son étonnement la dame lui explique alors que ces tombeaux sont vides mais qu'ils sont destinés, les trois premiers aux « trois meilleurs chevaliers du monde » qu'elle aime d'amour, et le quatrième à elle-même. Et Gauvain est quelque peu surpris lorsque la dame lui cite les noms des trois chevaliers : il s'agit en effet de lui-même, de Lancelot du Lac et de Perlesvaux (Perceval).

Et la dame de continuer ses explications : « Dans ces trois cavités que vous apercevez se trouvent les reliques que j'y ai fait mettre par amour pour eux. » Elle montre ensuite un curieux mécanisme aménagé dans le mur qui permet de faire tomber une lame d'acier très aiguisée devant les trois cavités, une véritable guillotine. « Voici de quelle façon je leur trancherai la tête quand ils voudront adorer les reliques qui sont dans les niches. Puis je ferai mettre leurs corps dans ces trois tombeaux... Puisque je ne puis avoir mon bonheur d'eux de leur vivant, je l'aurai par leur mort ; et quand je mourrai, au moment où Dieu l'aura décidé, je me ferai mettre dans le quatrième tombeau pour jouir de la compagnie de ces trois bons chevaliers » (*Perlesvaux*, trad. Marchello-Nizia).

Il est certain que Gauvain, fort perplexe, se félicite de la coutume instaurée par la dame : ne jamais demander le nom d'un chevalier de passage. Plus tard, d'ailleurs, Lancelot sera invité de la même façon mais, prévenu par Gauvain, il se gardera bien d'accepter cette étrange hospitalité. Aussi, le lendemain, Gauvain prend congé et quitte le château « en homme qui n'a nul désir d'y revenir ». Ses ennuis ne sont pas terminés pour autant, car à l'extérieur, la dame a donné mission à quatre de ses chevaliers de se tenir en dehors des limites du domaine et de lui amener les « trois meilleurs chevaliers du monde » s'ils passaient par là. Et ces quatre chevaliers, qui ne sont pas tenus à la consigne du silence, rencontrent Gauvain et lui demandent son nom. Gauvain leur répond fièrement, les quatre chevaliers veulent l'emmener de force et il est obligé de se défendre, les blessant tous les quatre. Ceux-ci reviennent piteusement auprès de la dame qui comprend alors qu'elle a laissé partir l'un de ceux qu'elle s'était promis d'enterrer dans sa chapelle. Elle décide donc d'abandonner la coutume et de demander désormais son nom à tout chevalier reçu dans son château.

Il est étonnant de constater que cette histoire, dont le caractère païen ne fait aucun doute, se trouve dans un récit qui est manifestement le plus christianisé du Cycle du Graal. Mais l'ensemble du *Perlesvaux*, tout en étant bâti pour l'édification des fidèles, se nourrit d'épisodes empruntés à des traditions fort archaïques. Certes, la Dame sans Egale fait penser à l'Antinéa vue par Pierre Benoit dans son roman *l'Atlantide*, ou encore à Ayesha, l'héroïne de *She* de Ridder Haggard, mais le thème de base est celui de Circé, et à travers ce personnage grec, celui de l'Indienne Kâli. La Dame sans Egale est l'universelle araignée qui guette patiemment ses proies le long des toiles qu'elle tisse autour de son domaine.

On pourrait classer dans la même catégorie un autre épisode de *Perlesvaux* où Gauvain se fait richement accueillir par deux jeunes filles, les « Demoiselles de la Tente ». Celles-ci s'offrent à lui, mais Gauvain, sans doute fatigué, ne répond pas à leurs avances, à tel point que les deux jeunes filles se mettent à douter qu'il s'agisse du véritable neveu d'Arthur : « Si c'était bien Gauvain, nous trouverions auprès de lui plus de plaisir qu'auprès de celui-ci. » Mais, le lendemain, Gauvain comprend pourquoi ces deux jeunes filles s'offrent à lui : elles veulent retenir le « bon chevalier » qui les délivrera d'une coutume infamante en combattant deux personnages plus ou moins sataniques. Gauvain réussit à tuer les deux monstres, prouvant ainsi qu'il est bien le célèbre neveu d'Arthur ; mais malgré l'insistance des deux Demoiselles de la Tente qui le sollicitent de nouveau, il les quitte et reprend sa quête.

Cependant, malgré sa prudence, Gauvain se trouve parfois engagé dans des aventures qui risquent de mal se terminer. Dans un des épisodes du *Perceval* de Chrétien de Troyes centré autour du personnage de Gauvain, celui-ci, accusé de trahison par un chevalier, s'est engagé à le combattre devant le seigneur d'Escavalon. Arrivé incognito dans cette cité, il est invité par le seigneur qui le confie à sa sœur, dans une tour magnifique. Cette jeune fille semble trouver beaucoup de charme à son hôte, et Gauvain se sent très attiré par elle : « Plus le temps passait, plus il la trouvait belle et tentante. » Ils en viennent aux douces paroles, puis commencent à s'échauffer : « Aux baisers succédèrent les caresses, celles-ci devenant de plus en plus ardentes. » Ils « décrochent » tellement qu'ils se font surprendre par le vavasseur qui, reconnaissant Gauvain, injurie la jeune fille et va ameuter la population de la cité. Gauvain et la sœur du seigneur sont assiégés dans la tour et se défendent en lançant vaisselle et meubles par la fenêtre. Heureusement, la situation, devenue fort périlleuse, s'arrange au dernier moment, et Gauvain, après avoir réglé à l'amiable son différend, prend congé de la jeune fille avec beaucoup de regret.

Il a moins de chance avec la « Demoiselle Orgueilleuse » décrite par Chrétien de Troyes dans le même *Perceval*, et à laquelle Wolfram von Eschenbach donne le nom d'Orgueluse : « Il aperçut alors dans un pré, sous un orme, une jeune femme qui mirait son visage d'une blancheur de neige au-dessus d'une fontaine ; sa chevelure noire comme les plumes d'un corbeau était couronnée par un cercle d'or » (trad. J. Markale). Gauvain en tombe follement amoureux. Mais Orgueluse n'entend pas lui céder tout de suite : elle l'entraîne dans d'inextricables aventures, le soumet à une série d'épreuves tyranniques et finit par l'enfermer dans une étrange forteresse qui se dresse sur une île. Orgueluse, autrefois trahie par son amant, a fait construire cette forteresse afin d'y garder son nouvel ami. Et elle a institué une coutume très stricte : son amant du moment doit combattre tout chevalier se risquant sur son domaine. Mais si l'étranger est vainqueur, il prend la place du vaincu et se trouve à son tour prisonnier sur cette île. C'est ce qui arrive à Gauvain. Et ce n'est que grâce à une ruse, avec la complicité d'un autre chevalier de la Table Ronde, qu'il parvient à échapper aux griffes d'Orgueluse.

Ces griffes sont évidemment une image qui décrit assez bien le personnage d'Orgueluse.

C'est une sorte de fée, maîtresse des animaux sauvages qu'elle dompte selon ses volontés du moment, et on peut lui donner comme archétype la magicienne Circé. Cependant, c'est par déception et jalousie qu'elle enferme ainsi ses amants, s'arrangeant pour les remplacer lorsqu'ils deviennent encombrant. C'est toujours elle qui décide, c'est elle la dominatrice qui rêve de voir les hommes à ses pieds. Elle a un peu du caractère de la Dame du Lac, un peu également celui de la fée Morgane, qui enferme les chevaliers infidèles dans le Val sans Retour. Du moins, c'est ainsi que l'a décrite Chrétien de Troyes, car Wolfram lui a attribué des fonctions plutôt différentes, en en faisant une des familières de la cour d'Arthur.

Au reste, Gauvain est comme ces héros de l'épopée irlandaise dont les femmes tombent amoureuses sans les avoir jamais vus, telle la mystérieuse Derbforgaille qui vient s'offrir au célèbre guerrier sous la forme d'un cygne[1]. On découvre un exemple de cette sorte dans un épisode du récit intitulé *Hunbaut*, écrit au XIIIe siècle par un certain Raoul de Houdenc[2]. Arthur et ses compagnons sont à la recherche de Gauvain qui n'a plus donné de ses nouvelles depuis si longtemps qu'on s'en inquiète vivement. Reçus dans la forteresse d'une « Dame de l'Etroite Forêt », ils croient voir la silhouette de Gauvain dans la chambre de leur hôtesse. « Gauvain se moque de toi, roi Arthur !... Il se cache dans cette forteresse non loin de nous, et il doit bien rire des inquiétudes qu'il nous a causées ! » C'est alors que la Dame de l'Etroite Forêt avoue qu'il s'agit d'une statue qu'elle a fait ériger dans sa chambre. Et elle ajoute : « Si, par bonheur, il venait à loger chez moi, je pourrais de la sorte immédiatement le reconnaître et lui avouer mon amour, dans l'espoir qu'il me paie de retour » (trad. J. Markale).

Il s'agit ici d'un amour pur et désintéressé. Il est vrai qu'aux XIIe et XIIIe siècles, époque de la *fin'amor*, les « désireux d'amour lointain » sont fort nombreux, notamment chez les troubadours qui chantent la beauté et les mérites d'une femme qu'ils n'ont jamais vue – ou qui n'existe pas –, comme le célèbre Jaufré Rudel, qui se mourait d'amour pour la lointaine princesse de Tripoli, ou

1. Voir *La Grande Epopée des Celtes*, vol. III, « Le Héros aux Cent Combats ».
2. Voir *Le Cycle du Graal*, vol. V, « Gauvain et les Chemins d'Avalon ».

encore Bernard de Ventadour qui chantait, à travers le personnage réel d'Aliénor d'Aquitaine, la femme éternelle que tout homme espère voir se pencher sur lui. Mais l'inverse se produit. Les hommes sont parfois autant désirés par les femmes, et si celles-ci sont volontiers amoureuses de Gauvain, c'est à cause de sa réputation de protecteur des dames. Avant l'introduction du personnage de Lancelot dans le Cycle du Graal, le neveu d'Arthur est réellement le modèle de tous les chevaliers de la Table Ronde. Et l'on peut mourir d'amour pour lui, comme en témoigne un des derniers épisodes de *La mort du roi Arthur*, ultime volet de cette vaste épopée [1].

Gauvain a été blessé mortellement au cours du combat fratricide qui l'opposait à Lancelot du Lac, et le roi Arthur débarque dans l'île de Bretagne dans l'intention d'inhumer son neveu à Kamaaloth. Sur le chemin que suit le cortège se dresse « une forteresse appelée Béloé, dont le seigneur était un chevalier qui n'avait jamais aimé Gauvain, car il en était jaloux et l'avait souvent trahi. Mais la femme du seigneur de Béloé, informée de la mort de Gauvain, se précipite vers le cortège funèbre et tombe en pâmoison devant la dépouille du héros. Ranimée, elle s'écrie alors en pleurant : « Ah ! Gauvain ! quel grand malheur que ta mort, surtout pour les dames et les demoiselles ! J'y perds plus que personne, car je perds avec toi

1. Voir *Le Cycle du Graal*, vol. VIII, « La Mort du Roi Arthur ».

l'homme que j'aimais le plus au monde. Que tous ceux qui sont ici le sachent, je n'ai jamais aimé que toi et n'aimerai personne d'autre, aussi longtemps que je vivrai ! » (trad. J. Markale). Cette oraison funèbre n'est pas du goût du mari : il saisit son épée et tue sauvagement la dame qui n'a que le temps de répéter une dernière fois son amour pour le héros et sa volonté d'être inhumée à ses côtés : « Je suis morte pour l'amour de lui », murmure-t-elle avant de fermer les yeux.

C'est un très bel hommage rendu à un homme intrépide qui n'abandonnait jamais une mission qu'on lui avait confiée ou qu'il avait décidé lui-même de poursuivre. Gauvain, comme les autres chevaliers d'Arthur, s'est lancé à corps perdu dans la quête du « saint » Graal. Lancelot a échoué dans cette aventure parce qu'en réalité il ne cherchait pas le Graal mais la reine Guenièvre. Gauvain échoue de la même façon parce qu'il ne cherche pas le Graal mais les *femmes du Graal.* Et celles-ci l'ont bien souvent payé de retour.

CHAPITRE X

La Demoiselle d'Escalot

C'est une très touchante histoire que celle de la *Demoiselle d'Escalot*, contenue dans le dernier volet de l'épopée arthurienne, histoire reprise ensuite par Thomas Malory dans son *Morte Darthur* et popularisée au XIXe par le poète anglais Alfred Tennyson dans ses *Idylles du Roi*, sous le nom de *Lady of Shalott*. Mais cette histoire d'amour pur, qui pourrait faire pleurer les plus insensibles, n'en est pas moins une description minutieuse des ravages causés par une passion dévorante qu'on ne peut maîtriser.

Le schéma, qui s'intègre parfaitement dans le corps du récit global, est relativement simple. Après la quête du « saint » Graal, les chevaliers d'Arthur, du moins les survivants, sont entièrement désœuvrés, n'ayant plus d'idéal à suivre. C'est pourquoi le roi multiplie les joutes et tournois de façon à occuper cette troupe de guerriers trop habitués à l'action pour rester inactifs et à canaliser ainsi leur trop-plein d'énergie. C'est aussi l'époque où les frères de Gauvain tentent d'avertir le roi Arthur que son épouse Guenièvre le trompe avec Lancelot. Cependant, la plupart des chevaliers vont participer au tournoi qui a lieu à Caerwynt, c'est-à-dire Winchester. Lancelot du Lac s'arrange pour s'y rendre sans être reconnu.

Mais le parcours est long jusqu'à Caerwynt. Le soir venu, Lancelot s'arrête à Escalot et loge chez un vavasseur. Il a toutefois été reconnu par le roi Arthur qui est hébergé dans une autre maison de la ville. Or, le vavasseur a deux fils et une fille. L'un de ses fils est malade et l'autre a décidé de participer au tournoi de Caerwynt. Lancelot, pour préserver son anonymat, se fait prêter les armes du fils malade et laisse les siennes dans la chambre qu'il occupe. Quant à la fille, tombée follement amoureuse du héros – dont elle ne connaît pas le nom –, elle lui fait une demande pressante : « Gentil chevalier, accorde-moi une faveur, par la foi à l'être que tu aimes le plus au monde. » Lancelot est assez embarrassé, mais la référence à l'être qu'il aime le plus au monde, c'est-à-dire Guenièvre, l'oblige à accepter la demande de la jeune fille sans savoir de quoi il s'agit. Alors, la Demoiselle d'Escalot lui dit tranquillement qu'il devra, au cours du tournoi de Caerwynt, porter la manche de son manteau et combattre pour l'amour d'elle.

Voilà Lancelot pris au piège : il ne peut se déjuger. Le tournoi se déroule avec tous les aléas qui s'imposent. Lancelot, toujours anonyme, accomplit des prouesses ; mais il est grièvement blessé en se heurtant à son cousin Bohort, qu'il n'avait d'ailleurs pas reconnu. Le roi Arthur et ses compagnons cherchent à rejoindre ce mystérieux et valeureux vainqueur du tournoi, champion de la Demoiselle d'Escalot, mais ils ne peuvent le trouver. Lancelot est en effet hébergé et soigné chez une vieille dame qui est la tante de la Demoiselle d'Escalot.

En revenant du tournoi, Arthur, accompagné de son neveu Gauvain et de Girflet, fils de Dôn, s'arrête de nouveau à Escalot, mais cette fois, c'est le vavasseur qui l'héberge. La Demoiselle en profite pour s'informer du tournoi et pour savoir quels sont ceux qui se sont le plus distingués, et elle n'est pas peu fière d'apprendre que le vainqueur incontesté a été le chevalier inconnu qui portait sa manche. La soirée se passe de la meilleure façon du monde et, selon sa bonne habitude, Gauvain, qui n'est pas insensible à la beauté et au charme de la Demoiselle, lui fait une cour assidue. La jeune fille le rabroue poliment : « Ah ! Gauvain, ne te moque pas ainsi de moi. Je sais pertinemment que tu es trop riche et d'un rang trop élevé pour aimer une pauvre fille de vavasseur comme moi. Devrais-tu, du reste, m'aimer maintenant d'amour, sache que j'en serais désolée pour toi... Même si tu m'aimais à en perdre la vie, nous ne pourrions nous entendre, toi et moi. J'aime en effet un chevalier à qui, pour rien au monde, je ne voudrais être infidèle. Je te l'affirme, en vérité, je suis encore vierge et je n'avais jamais aimé avant de le rencontrer » (trad. J. Markale).

Voilà qui est net et direct. Gauvain fait contre mauvaise fortune bon cœur, mais un peu jaloux au fond de lui-même, il cherche à savoir qui est l'heureux élu du cœur de la Demoiselle d'Escalot. Comme elle ne connaît pas le nom de celui qu'elle aime, la jeune fille lui montre le bouclier que Lancelot a laissé dans la chambre et, bien entendu, Gauvain le reconnaît. Et, beau joueur, il s'écrie : « Demoiselle, ne sois pas affligée des discours que je t'ai tenus ! je me tiens pour vaincu en cette affaire... Sache en effet que celui que tu aimes est le meilleur chevalier qui soit au monde : c'est Lancelot du Lac, fils du roi Ban de Bénoïc, et s'il t'aime autant que, je le crois, tu l'aimes, jamais dame ou demoiselle n'eut pareil bonheur » (*ibid.*) Et il ajoute qu'elle peut se flatter à juste titre d'être l'amie d'un tel homme. Gauvain quitte donc la jeune fille, et comme il est incapable de garder pour lui ce qu'il vient d'apprendre, il en fait part au roi Arthur et au chevalier Girflet. Et ce secret permet au roi de tenir pour négligeables les accusations d'adultère qui ont été lancées contre Guenièvre et Lancelot.

En revanche, cette révélation, qui parvient aux oreilles de la reine, met celle-ci dans un état de fureur et de désespoir hors du commun. Croyant que Lancelot l'a trahie, elle le maudit et reporte sa colère sur le frère et les deux cousins de son amant, à savoir Hector, Lionel et Bohort, ceux qu'on pourrait appeler le « Clan des Armoricains » puisque leur origine, comme celle de Lancelot, est continentale et non pas insulaire. C'est alors que la reine est accusée d'avoir empoisonné un chevalier d'Arthur en lui offrant une pomme infestée de poison. Personne ne veut prendre sa défense en combat singulier, et l'on n'a toujours pas de nouvelles de Lancelot.

Il se trouve toujours chez la tante de la Demoiselle d'Escalot où celle-ci est venue le rejoindre et le soigne avec tendresse et passion. « Et quand, quasiment guéri, il eut retrouvé sa prestance, la jeune fille, qui le veillait plus qu'à son tour, jour et nuit, conçut pour lui... un amour si ardent qu'elle doutait pouvoir survivre s'il lui refusait ce qu'elle désirait de lui » (*ibid.*). Et, un jour, n'y tenant plus, la Demoiselle d'Escalot se revêt de sa plus belle robe et lui pose une question qui est une sorte de piège : « Un chevalier qui m'éconduirait d'amour te semblerait-il odieux ? »

Lancelot a très bien compris où elle voulait en venir. Il se sent armé pour résister à ce qui n'est même pas une tentation, car l'amour exclusif qu'il éprouve pour la reine Guenièvre ne souffre aucune entorse, aucune déviance. En fait, et l'épisode de la Porteuse de Graal, où il a fallu donner à celle-ci l'apparence de Guenièvre, l'a bien montré, il serait incapable *physiquement* de répondre à l'attente de la jeune fille énamourée. En cela, il se trouve dans la même situation que Tristan au moment où il vient d'épouser Yseult aux Blanches Mains, la fille d'Hoël d'Armorique : lorsque les deux époux sont dans le lit nuptial, Tristan prétexte une ancienne blessure pour ne pas s'occuper de sa jeune épouse. Il est évident que Lancelot ainsi que Tristan, qui ont tous deux une seule obsession, l'image de Guenièvre pour l'un, celle d'Yseult la Blonde pour l'autre, seraient totalement *impuissants* si on les obligeait à avoir une relation sexuelle avec une autre femme.

Lancelot s'en tire par des paroles courtoises mais fermes. Il répond que si un chevalier qu'elle aurait requis d'amour l'éconduisait, il serait franchement odieux. « Mais si, ne pouvant disposer librement de lui-même, il te refusait son amour, nul ne saurait l'en blâmer. » Et il poursuit en disant que s'il avait été libre, il aurait été fort heureux de la situation, car il n'avait jamais vu « dame ou demoiselle qui méritât mieux d'être aimée ». Lancelot est ici parfaitement en accord avec lui-même, mais il ne se doute pas qu'il condamne ainsi la jeune fille à mort, car celle-ci ne se remettra jamais de cette déception.

Cependant, à la cour d'Arthur, les commérages vont bon train à propos de Lancelot et de la reine, toujours accusés d'adultère par des chevaliers jaloux. Gauvain s'efforce de mettre fin à ces accusations en affirmant devant tout le monde que Lancelot est en train de vivre le parfait amour auprès de la Demoiselle d'Escalot. Et tout cela plonge la reine dans la plus grande angoisse, d'autant plus qu'elle n'a toujours pas de champion pour défendre sa cause. Gauvain voit Guenièvre si mal en point qu'il part à la recherche de Lancelot en compagnie d'Hector, de Lionel et de Bohort. Ils le découvrent enfin, lui racontent ce qui se passe à la cour, et Lancelot arrive au dernier moment pour combattre et confondre l'accusateur de la reine. Mais celle-ci, toujours persuadée que Lancelot l'a trompée, reste plongée dans sa mélancolie.

Or, un jour, « une nef drapée de riches étoffes de soie aborda au pied de la grande tour de Kamaalot ». Intrigués, le roi et ses chevaliers vont jusqu'à la rivière pour s'informer. Arthur et Gauvain montent sur la nef et découvrent « au milieu un lit magnifique, orné de mille parures, et sur lequel reposait une jeune fille, morte depuis peu, semblait-il, et d'une grande beauté ». Et Gauvain reconnaît alors la Demoiselle d'Escalot qu'il avait priée d'amour et qui lui avait répondu qu'elle aimait Lancelot sans même savoir qui il était.

Cette scène, comme celle d'Ophélie morte noyée et flottant au gré des eaux, a inspiré bon nombre de peintres, notamment les Préraphaélites. Elle correspond tout à fait au mouvement de renaissance « gothique », ou tout au moins faussement médiévale, de l'époque victorienne en Grande-Bretagne. Mais en soi, elle constitue le témoignage le plus émouvant de la façon dont les auteurs de la période dite courtoise concevaient l'amour absolu. Et cette conception a toutes les chances d'être intemporelle.

On découvre auprès de la jeune femme morte une lettre scellée que Gauvain lit devant tout le monde. Ici aussi, le rapport entre cette histoire et celle de Tristan et Yseult coule de source : il est certain qu'on peut mourir d'amour. « Si vous

vous demandez pour l'amour de qui j'ai souffert l'angoisse de la mort, je vous apprendrai que je suis morte pour l'homme le plus vaillant, Lancelot du Lac, mais aussi le plus vil que je sache, puisque je l'ai supplié en vain et qu'il n'a pas daigné me prendre en pitié. Mon cœur n'a pas pu supporter d'être rejeté, et j'en suis donc venue à ma fin pour avoir aussi loyalement aimé Lancelot qu'une femme peut aimer un homme » (trad. J. Markale). Et tous ceux qui ont entendu le contenu de ce message sont plongés dans la tristesse. Arthur se sent ému de pitié devant le triste destin de cette Demoiselle d'Escalot : « Je pense que le mieux est de l'enterrer avec honneur dans l'église de Kamaalot et de graver sur sa tombe une épitaphe qui attestera les causes de sa mort et perpétuera son souvenir après que nous-mêmes aurons disparu » (*ibid.*). Ainsi est fait. Gauvain, rempli de remords, va trouver Guenièvre et lui avoue : « Je sais que j'ai affirmé au roi que Lancelot aimait cette demoiselle, et je m'en veux d'en avoir menti ! Si Lancelot l'avait aimée de grand amour, elle ne serait pas morte, c'est évident. » La reine Guenièvre sort de cet entretien un peu réconfortée, puisqu'elle a maintenant l'assurance que Lancelot n'a jamais oublié qu'elle était son seul et unique amour. Cependant, puisqu'on sait qu'il n'y a rien eu entre Lancelot et la Demoiselle d'Escalot, les accusations contre la reine et le meilleur chevalier du monde reprennent de plus belle. C'est encore un fil de plus à l'intrigue qui se développe et qui causera la ruine définitive de cette société idéale qu'est la Table Ronde et dont Lancelot est le plus ferme soutien[1].

Il n'empêche que la Demoiselle d'Escalot, touchante et innocente victime de l'amour, est le seul personnage féminin de tout le cycle qu'on puisse considérer comme d'une sincérité absolue. Cet épisode provoque un subit souffle d'air pur au milieu des intrigues amoureuses les plus obscures et les plus tortueuses qui enchaînent littéralement les découvreurs – ou apprentis découvreurs – du « saint » Graal, tous compagnons de la Table Ronde. Ces intrigues sont toujours plus ou moins choquantes et, de toute façon, en contradiction totale avec la morale chrétienne de l'époque. Mais il faut se rappeler que ces intrigues, développées à l'envi par les *scripteurs*, ne sont que des représentations concrètes de problèmes éternels qui non seulement agitent le cœur humain mais témoignent des questions métaphysiques sophistiquées que se posent les élites, ou soi-disant telles, des XIIe et XIIIe siècles.

On répète à l'envi qu'il n'y a pas d'amour heureux. Cet épisode de la Demoiselle d'Escalot semble le prouver. Mais il prouve également que l'amour existe, quel que soit le contexte social ou moral dans lequel il est vécu.

1. Voir *Le Cycle du Graal*, vol. VIII, « La Mort du Roi Arthur ».

CHAPITRE XI

La Demoiselle Chauve

Selon Chrétien de Troyes, lorsque Perceval quitte le château du Roi Pêcheur, après avoir assisté au mystérieux cortège du Graal sans poser la moindre question, il rencontre une jeune femme qui se lamente sur le corps décapité d'un chevalier. Elle lui explique dans quelles circonstances l'homme qu'elle aimait a été tué, mais surtout, elle révèle à Perceval son nom, car il l'ignorait jusqu'alors, et elle précise qu'elle est elle-même sa cousine germaine. Et quand elle apprend que Perceval est allé chez le Roi Pêcheur sans poser de question, elle se lamente de plus belle, le maudissant et l'assurant que s'il avait demandé : « qu'est-ce que le Graal et qui en sert-on ? », il aurait guéri le Roi Pêcheur et rendu la prospérité à son royaume. Puis elle lui explique que son échec, ou plutôt son *inconscience*, a été provoqué par son péché, car il a fait « mourir sa mère de douleur » lorsqu'il l'a quittée sans même se retourner. Enfin, elle l'avertit que son épée se brisera traîtreusement et que s'il veut la faire réparer, il devra aller jusqu'au « lac de Cotoatre » chez le forgeron Trébuchet, car « c'est lui qui la fit et la refera, ou jamais elle ne sera refaite par qui que ce soit » (*Perceval*, trad. L. Foulet).

La version galloise du même épisode est beaucoup plus succincte et présente quelques nuances de détails : « Il vit une femme brune, accomplie, près d'un cheval tout harnaché, et à côté d'elle un cadavre. Elle essayait de le mettre en selle, mais il tombait à terre et, à chaque fois, elle jetait de grands cris » (*Peredur*, trad. J. Loth). Comme le héros lui demande pourquoi elle se lamente, la jeune femme lui répond : « Peredur l'excommunié ! peu de secours, ma souffrance au contraire vient de toi. » Peredur s'étonne : « Pourquoi serais-je excommunié ? – Parce que tu es cause de la mort de ta mère. Quand tu t'éloignas malgré elle, un glaive de douleur s'enfonça dans son cœur et elle mourut... Je suis ta sœur de lait et l'homme que tu vois était mon mari. C'est le chevalier de la clairière qui l'a tué ; n'approche pas de lui de peur d'être tué toi aussi » (*ibid.*). Peredur se lance cependant à la poursuite du meurtrier, le terrasse et l'envoie se constituer prisonnier à la cour d'Arthur. Mais dans la suite du récit gallois, il n'est plus jamais question de cette jeune femme éplorée.

En revanche, dans la version allemande de Wolfram von Eschenbach, le rôle de cette femme est largement développé. D'abord, elle se présente au héros bien avant l'épisode du château du Roi Pêcheur, et elle porte le nom de Sigune. C'est alors qu'elle révèle son nom au jeune homme : « Pour vrai, tu t'appelles Parzival. Ce nom veut dire *celui qui passe au travers* » (*Parzival*, trad. Spiewok-Pastré). Elle s'affirme comme sa cousine et lui raconte dans quelles circonstances l'homme qu'elle aimait a été tué. Parzival se propose de le venger, mais Sigune lui indique une fausse direction, « car elle craignait qu'il ne perdît la vie et d'accroître par là son propre malheur » (*ibid.*). Et Parzival s'en va vers d'autres aventures.

Il rencontre de nouveau Sigune après son séjour décevant au château du Roi Pêcheur. « Devant lui il vit, assise sur le tronc d'un tilleul, une demoiselle à laquelle un amour fidèle avait causé d'atroces souffrances, car elle tenait dans les bras le corps embaumé d'un chevalier mort » (*ibid.*). Parzival ne reconnaît pas sa cousine. Celle-ci lui demande ce qu'il fait dans un endroit aussi désert où se dissimulent de nombreux dangers. Parzival lui dit qu'il a passé la nuit dans un mystérieux château où il a été reçu par un roi blessé et où il a perçu des choses merveilleuses. Sigune commence à se réjouir car « à trente lieues à la ronde on n'a jamais construit une demeure en bois ou en pierre si ce n'est cet unique château. Il est cependant le plus somptueux qui se trouve sur terre. Mais personne ne l'a encore trouvé, qui l'a cherché de propos délibéré. Seul aperçoit le château celui qui y est appelé sans le savoir » (*ibid.*). Elle lui révèle alors le nom de ce château, Montsalvage, et celui du roi blessé, Anfortas. Mais lorsqu'elle apprend que Parzival n'a posé aucune question sur ce qu'il a vu, sa douleur redouble et elle éclate en imprécations contre son cousin. « Hélas ! que venez-vous chercher auprès de moi ? Homme sans honneur, être maudit ! Vous portez sur vous la dent d'un loup venimeux puisque, alors que vous êtes si jeune, l'amère fausseté a pris racine en votre cœur... » (*ibid.*)

A ce moment, Parzival reconnaît Sigune, mais constate qu'elle a complètement changé d'aspect : « Hélas ! Où sont tes lèvres vermeilles ? Es-tu bien cette Sigune qui m'a révélé qui j'étais vraiment ? *Ta tête est maintenant chauve* ; tes longues boucles brunes ont disparu. Dans la forêt de *Briziljan (*Brocéliande) tu étais encore jolie et pleine d'attrait, bien que tu connusses déjà cruelle douleur. Maintenant pourtant tu as perdu ta beauté et ta force. Je ne pourrai supporter d'être en si effroyable compagnie. » Parzival tente d'inhumer le mort, mais Sigune s'y refuse obstinément. Elle prévient son cousin que l'épée qu'il porte, forgée par Trébuchet dans le pays de Karnant (Nantes ?), risque de se briser si l'on en frappe une seconde fois juste après le premier coup. Et elle termine son discours en disant : « Je sais très bien qu'à Montsalvage vous avez perdu votre honneur et votre renommée de chevalier. Désormais vous n'obtiendrez de moi aucune réponse » (*ibid.*). Parzival la quitte alors, mais ne la reverra jamais plus au cours de ses errances. Il apprendra seulement qu'elle est morte dans l'ermitage où elle veillait le cadavre embaumé de son mari.

Ce qui est intéressant dans cet épisode raconté par Wolfram, c'est le fait que la jeune femme *est devenue chauve.* Ce détail n'apparaît pas dans le *Perceval* de Chrétien ni dans le *Peredur* gallois. Par contre, cette *Demoiselle Chauve* va jouer un rôle considérable dans le récit étrange et complexe que l'on connaît sous les titres de *Perlesvaux* ou de *Haut Livre du Graal*, œuvre inspirée par les moines de Glastonbury, destinée à démontrer la supériorité du Christianisme, mais chargée d'éléments empruntés à des traditions celtiques fort archaïques.

Ce n'est pas à Perceval (Perlesvaux) qu'elle se manifeste tout d'abord, mais devant la cour d'Arthur. Et elle est en bien étrange équipage. Elle est en effet accompagnée par deux autres jeunes femmes et par un char tiré par « trois cerfs blancs, les plus gras et les plus beaux qu'on ait jamais vus ». Toutes trois pénètrent dans la salle où se tient le festin. La première « était fort belle de corps, mais non de visage ; elle portait de magnifiques vêtements de soie et une coiffure toute chargée de pierres précieuses étincelantes qui lui cachait toute la tête. Elle en avait bien besoin, car elle était complètement chauve ! » (*Perlesvaux*, trad. Marchello-Nizia.)

Mais cette jeune femme a bien d'autres singularités : « Elle portait son bras droit suspendu à son cou par une étole d'or, et elle l'appuyait sur un coussin superbe tout orné de clochettes d'or ; dans sa main, elle tenait la tête d'un roi incrustée d'un sceau d'argent et portant une couronne d'or. » Et elle se trouve sur une mule « blanche comme neige ». A sa suite, la seconde jeune femme monte à la manière d'un jeune homme » et traîne derrière elle « une malle sur laquelle se tenait un petit chien ; elle avait attaché à son cou un bouclier avec des bandes d'argent et d'azur et une croix vermeille, ornée en son centre d'une boucle d'or et de pierreries ». Quant à la troisième, elle « venait à pied, haut troussée comme un garçon, et tenait dans sa main un fouet dont elle excitait les deux montures » (*ibid.*).

Ce spectacle inattendu aiguise la curiosité des chevaliers réunis autour du roi Arthur. Mais la Demoiselle Chauve leur répond : « Le bouclier que porte cette jeune femme appartenait à Joseph, le bon serviteur qui descendit Jésus-Christ de la Croix ; je vous en fais don, à une condition : que vous gardiez ce bouclier pour un chevalier qui viendra le chercher ; vous le ferez suspendre à ce pilier qui est au milieu de la salle et en aurez soin, car personne d'autre que ce chevalier ne pourrait l'enlever de là et l'accrocher à son cou. C'est avec ce bouclier qu'il conquerra le Graal, et il laissera ici en échange un autre bouclier vermeil orné d'un cerf blanc ; et le petit chien que porte cette demoiselle demeurera également ici, et ne manifestera de joie qu'à l'arrivée de ce chevalier » (*ibid.*).

Mais elle n'a pas terminé son message. Elle annonce à Arthur que le Roi Pêcheur a été atteint de *langueur.* Il ne s'agit pas de sa blessure, mais d'une maladie qui l'a frappé « par la faute de celui qu'il accueillit dans sa demeure, et auquel le « saint » Graal apparut ; parce qu'il n'a pas voulu demander qui l'on en servait, tous les royaumes sont entrés en guerre ». Sans qu'il soit nommé, c'est évidemment Perceval qui est tenu pour responsable de ce nouveau malheur. Et la jeune femme ajoute qu'elle-même a souffert de cet « acte manqué » de celui qui avait pourtant réussi à pénétrer dans le château du Graal. Elle ôte alors sa coiffure, dévoilant ainsi sa tête chauve. « Seigneur, dit-elle au roi, quand ce chevalier est arrivé chez le riche Roi Pêcheur, j'avais une magnifique chevelure ornée de riches rubans d'or ; parce qu'il n'a pas posé la question attendue, je suis devenue chauve, et je ne retrouverai mes cheveux que lorsqu'un chevalier ira là-bas et posera la question que celui-ci n'a pas posée, ou lorsque viendra celui qui conquerra le Graal » (*ibid.*). Alors, elle continue en décrivant le char tiré par les cerfs et sur lequel se trouvent « cent cinquante têtes de rois. Le riche Roi Pêcheur veut que vous sachiez que ce désastre est arrivé par la faute de celui qui n'a pas demandé qui l'on servait du Graal ». Ainsi donc, la négligence de Perceval a été lourde de conséquences, puisqu'elle a entraîné des guerres inexpiables et la mort de tant de rois. Et la Demoiselle Chauve termine son discours en expliquant que la tête couronnée que tient la seconde jeune femme est celle d'une reine « par qui fut trahi le roi dont je porte la tête ». Le moins qu'on puisse dire, c'est que cette Demoiselle

Chauve n'est pas un personnage épisodique : elle est réellement dépositaire des secrets du Graal et sa mission est de provoquer les chevaliers d'Arthur à partir pour conquérir le Graal et rétablir une situation qui n'est qu'une série de catastrophes en chaîne.

Il semble que, derrière cette accumulation d'événements, et derrière l'aspect profondément chrétien du récit, se dissimulent de curieuses résurgences des théories gnostiques, ce qui n'est certes pas le moins du monde contradictoire avec l'une des sources de la légende du Graal, à savoir le thème de la coupe creusée dans l'émeraude tombée du front de Lucifer lors de la chute des Anges. Certes, la Gnose n'est pas une doctrine monolithique, encore moins un dogme, mais la survivance d'une tradition qui a précédé l'établissement des religions classiques tout en se projetant à travers ces religions. Mais, d'après les écrits – la plupart du temps fulminatoires – des Pères de l'Eglise, cette tradition est construite sur un schéma extrêmement simple : à l aube des temps, un dieu mâle, cruel et jaloux, a usurpé le pouvoir, reléguant dans les ténèbres la divinité créatrice, qui ne peut être représentée que sous une forme féminine, maternelle. C'est dire que, dans l'optique des Gnostiques, Iaveh-Adonaï est un intrus qui s'arroge le droit exclusif d'être glorifié par tous les peuples du monde, au détriment d'une entité divine féminine et maternelle, image de la Déesse primordiale à laquelle on peut donner différents noms mais qu'on peut désigner sous celui de *Pistis Sophia*, la « Sagesse manifestée »

Depuis l'usurpation du dieu mâle, le monde gémit sous le poids d'une malédiction, et la création a été détournée de son but. Gnostiques et Cathares sont d'accord pour dénoncer cette prise de pouvoir par la violence. Les Cathares vont même plus loin en supposant que tout ce qui est matière est création fallacieuse de Satan, ici considéré comme le *Shatam* hébraïque, le « destructeur », l'« esprit de négation » dont parle Goethe à propos de Méphistophélès, mais non pas comme le *Lucifer*, le « porte-lumière », qui sera plus tard symbolisé par la planète Vénus, la Brillante, la mère de tous les dieux, celle à qui tout le Moyen-Orient a rendu hommage, notamment à Ephèse, sous diverses dénominations, dont celles d'Artémis, d'Aphrodite ou de Cybèle. Car le *Porte-Lumière*, abandonné de tous, prisonnier au fond d'une grotte envahie de ténèbres, attend avec impatience que ses enfants se réveillent de leur torpeur, abandonnent les fantasmes qui encombrent leur imaginaire, et viennent le délivrer de ses chaînes d'endormissement. C'est ce que disent, en tout cas, les innombrables sectes qui se prétendent « lucifériennes », et qui n'ont absolument rien en commun avec les sectes dites « sataniques ». Mais ce qu'oublient les « Lucifériens », c'est que Lucifer est une entité féminine : c'est la *Pistis Sophia* des Gnostiques, celle qui gémit dans sa prison ténébreuse et qui, libérée par ses enfants, recouvrera intégralement sa puissance et restituera le royaume de lumière un instant perturbé par *l'Archonte* trompeur qu'est en réalité Iaveh-Adonai, le *dieu-lune* des Sémites, celui que les Assyro-Babyloniens appelaient *Sin* et qui était honoré sur le *Mont Sinaï*.

Il semble bien que la *Demoiselle Chauve* soit une des manifestations de cette *Pistis Sophia* égarée en pleine mythologie celtique, revue et corrigée par des clercs anglo-normands stipendiés à la fois par les rois Plantagenêt et par les moines de Glastonbury, lesquels voulaient à toutes forces prouver que le site de leur abbaye était celui de la fabuleuse île d'Avalon. En effet, la calvitie – provisoire – de la cousine de Perceval est un signe : si elle perd ses cheveux, selon l'antique croyance actualisée par l'épisode biblique de Samson et Dalila, c'est qu'elle a perdu sa puissance et son rayonnement à la suite d'une faute commise par un de ses chevaliers servants.

Car, malgré quelques ressemblances de surface, la Demoiselle Chauve ne peut d'aucune façon être identifiée à Kundry la Sorcière, messagère du Graal, qui est la messagère venant annoncer au monde que Parzival a été désigné par une inscription sur la pierre « tombée du ciel » comme roi du Graal. Elle n'est pas seulement messagère, elle est *détentrice*. Le tout est de savoir exactement ce qu'elle détient. La réponse est simple : elle ne guide pas le héros vers la royauté du Graal, mais *elle le réveille* en l'obligeant à se lancer dans une quête impossible d'un objet, un *récipient qu'on appelle Graal*, et dont on ignore ce qu'il contient. En un sens, la Demoiselle Chauve, pleurant son mari (ou son ami) mort au combat, n'a de cesse de lui trouver un successeur qui puisse se lancer dans l'ultime conquête de ce qu'on appelle le Graal, c'est-à-dire la connaissance des secrets que, d'une façon ou d'une autre, il contient, et qui lui permettront de changer le monde. C'est d'ailleurs cette interprétation qui a retenu l'attention des pseudo-intellectuels du IIIe Reich et qui a déclenché leur furieuse mais aberrante quête de l'impossible. Et quoi qu'il en soit de ces divers travestissements du mythe primitif, il faut bien reconnaître que si devenir roi du Graal est l'équivalent de restituer le royaume de la *Pistis Sophia* dans toutes ses dignités et prérogatives, la *Demoiselle Chauve* est un personnage emblématique de cette tentative.

Elle n'agit pas par elle-même. En ce sens, elle est conforme à ce qu'on sait de *la femme-soleil* telle que l'ont rêvée les Celtes avant d'être convertis au Christianisme, et telle que l'ont considérée les différentes écoles gnostiques à Alexandrie et dans tout l'univers méditerranéen du début de notre ère. Elle n'agit pas parce qu'elle est prisonnière des puissances de l'ombre, ces « puissances trompeuses » qui, en renversant la polarité primordiale à leur profit, font passer les ténèbres pour de la lumière et la lumière originelle pour des ténèbres. Les aventures qui entourent la conquête du Graal sont autant de figurations symboliques de cette tentative pour que la *Demoiselle Chauve* retrouve enfin sa chevelure, c'est-à-dire toute sa puissance en même temps que toute sa beauté.

Et ce n'est pas Perceval qu'elle entraîne sur cette route incertaine. Perceval ayant trahi sa mission, il faut confier l'épée sacrée à quelqu'un d'autre. « Après avoir quitté la cour d'Arthur, les trois jeunes femmes et leur char tiré par trois cerfs pénètrent dans la forêt et rencontrent un chevalier sur un coursier maigre et décharné. Sa cotte de mailles était rouillée, son bouclier était percé en plus de sept endroits et la couleur en était si effacée qu'on ne pouvait la reconnaître. » Ce chevalier n'est autre que Gauvain, qui déclare qu'il cherche le chemin qui mène chez le Roi Pêcheur. La Demoiselle Chauve l'encourage dans sa détermination, mais elle sollicite de sa bienveillance de l'accompagner jusqu'à un château « qui se trouve dans cette forêt et où il y a quelque danger ». Elle en profite pour dire à Gauvain, qui s'étonne de voir suivre à pied la troisième jeune fille, qu'il lui appartient à lui d'abréger l'épreuve de cette fille, mais que s'il ne réussit pas à pénétrer dans le château du Roi Pêcheur et à poser les fameuses questions, il faudra attendre que le Bon Chevalier ait conquis le Graal. Et c'est ainsi que Gauvain et les trois jeunes femmes arrivent devant une forteresse qu'on lui dira plus tard être celle de l'*Ermite noir*, preuve supplémentaire du contexte gnostique qui entoure le personnage de la Demoiselle Chauve.

Gauvain se demande où la jeune femme veut le mener, mais elle ne lui donne aucune explication, lui recommandant instamment de ne pas intervenir quoi qu'il arrive. A ce moment sortent du château cent cinquante-deux chevaliers en armure noire, montés sur des chevaux noirs. « Se précipitant vers les demoiselles et leur char, ils s'emparèrent des cent cinquante-deux têtes, chacun la sienne, les piquèrent au bout de leurs lances et retournèrent au château en manifestant la plus vive satisfaction. » Gauvain est resté immobile pendant cette scène, mais il est plongé dans la plus grande perplexité. La Demoiselle Chauve lui dit simplement que cet acte de sauvagerie ne sera réparé que lors de la venue du « Bon Chevalier ». Puis, elle quitte Gauvain après lui avoir indiqué une direction à suivre, lui affirmant que c'est un de ses vassaux, le Chevalier Couard, qui lui révélera plus tard pourquoi elle porte son bras suspendu à son cou.

Gauvain se lance dans de multiples aventures et finit par rencontrer le Chevalier Couard. Il obtient alors l'explication du bras immobilisé de la Demoiselle Chauve : « C'est de cette main qu'elle a servi du saint Graal le chevalier qui séjourna chez le Roi Pêcheur, et qui omit de demander à quoi servait le Graal ; comme c'est de cette main qu'elle avait tenu la précieuse coupe dans laquelle le sang glorieux coule de la pointe de la lance, elle refuse de s'en servir pour quoi que ce soit avant d'être revenue dans le saint lieu où elle se trouve » (*ibid.*). Le symbole est ici on ne peut plus clair : tant que le royaume de lumière des Gnostiques, en l'occurrence le royaume du Graal, n'aura pas retrouvé sa plénitude, la *Pistis Sophia* représentée par la Demoiselle Chauve refusera d'exercer sa souveraineté.

Evidemment, dans le contexte très clérical du récit de *Perlesvaux*, la signification du mythe est inversée. Au cours de ses errances, Gauvain se retrouve chez un ermite qui va lui fournir quelques éléments de réponse aux questions qu'il se pose à propos de la Demoiselle Chauve et de son étrange équipage. On apprend ainsi que les deux têtes que portent deux des jeunes femmes, celle d'un roi et celle d'une reine, représentent Adam et Eve, cette dernière ayant trahi Adam et étant responsable de la mort de tous les humains que sont les têtes des chevaliers morts. Mais il y a une différence entre ces têtes : « Les têtes des chevaliers scellées d'or représentent la Nouvelle Religion (le Christianisme), celles scellées d'argent les Juifs, celles scellées de plomb la fausse religion des musulmans. » Et si les chevaliers noirs du château de l'Ermite Noir se sont emparés des têtes, c'est parce que l'Ermite Noir, « c'est Lucifer, qui règne sur l'Enfer comme il voulait régner sur le paradis », et que tous les humains, avant la Rédemption, sont allés en Enfer. Il y a bien entendu confusion entre Lucifer et Satan, considérés ici comme une seule et unique entité alors que, théologiquement et métaphysiquement, ils recouvrent chacun une notion spécifique, Satan étant le Mal Absolu, et Lucifer la Révolte.

Quant à la Demoiselle Chauve, selon les réponses de l'ermite à Gauvain, elle « représente la Fortune, qui était chauve avant que Notre-Seigneur soit crucifié, et qui ne porta de cheveux que lorsqu'il eut racheté son peuple par son sang et par sa mort. Le char qu'elle conduit représente sa roue, car de même que le char avance sur ses roues, de la même façon elle mène le monde » (*ibid.*). C'est reconnaître l'importance de cette

Demoiselle Chauve qui, loin d'être une simple exécutante, est ainsi hissée, sous l'appellation classique de « Fortune », au rang de déesse primordiale, ce qu'est en réalité la *Pistis Sophia* des Gnostiques.

Dans le cours du récit de *Perlesvaux*, la Demoiselle Chauve apparaît quelquefois aux uns et aux autres des chevaliers engagés dans la quête, et elle fait savoir, par des messagers, au héros ici appelé Perlesvaux qu'elle l'attend devant le château de l'Ermite Noir. Après avoir triomphé de nombreuses épreuves, démontrant ainsi qu'il est le « Bon Chevalier » que tous espéraient, il se retrouve dans « la redoutable forêt de l'Ermite Noir, dont la hideur est si grande qu'hiver comme été l'on n'y voit ni feuille ni verdure, l'on n'y entend nul chant d'oiseau, la terre y est aride et brûlée, toute parcourue de profondes crevasses » (*ibid.*). La Demoiselle Chauve est là, devant le château, mais elle ne mérite plus son nom, car elle a retrouvé sa chevelure. Et elle explique à Perlesvaux que cette « renaissance » est due à sa vaillance et à son courage : il ne lui reste plus maintenant qu'à combattre l'Ermite Noir pour mettre fin aux sortilèges maudits qui pesaient sur le pays.

Perlesvaux triomphe bien sûr de cette ultime épreuve. Dans le contexte chrétien, on comprend qu'il chasse Satan-Lucifer de cet antre dans lequel il enfermait les humains, libérant ceux-ci de toutes les contraintes qui en faisaient des esclaves. Mais si l'on discerne le substrat « païen » qui sous-tend le récit, on s'aperçoit que l'Ermite Noir n'est autre que le magicien maudit Klingsor, que Wolfram avait introduit dans le récit des aventures de Gauvain et dont Wagner a accentué le caractère démoniaque dans son *Parsifal.* Et surtout, si l'on inverse les critères d'interprétation des personnages du récit, on retrouve le schéma gnostique : le héros, qu'il soit Perceval, qu'il soit Perlesvaux – et plus tard Galaad dans la version dite cistercienne –, réussit à vaincre l'*usurpateur* et rend ainsi toute sa puissance et toute sa lumière à la déesse primordiale.

La Demoiselle Chauve, cousine de Perceval, se présente ainsi comme la conscience profonde qui anime la quête de l'objet mystérieux qu'on appelle le Graal. Son rôle est assez restreint dans les textes parce que son image primitive n'était pas en conformité avec les normes chrétiennes, mais les épisodes où elle se manifeste montrent assez clairement que son rôle est essentiel dans cette recherche de la lumière qu'est en réalité la quête du Graal.

CHAPITRE XII

Morgane la Fée

De tous les personnages qui s'agitent dans les aventures du Cycle du Graal, Morgane, la demi-sœur du roi Arthur, est peut-être celui qui exerce le plus de fascination. Cela tient d'abord au fait que Morgane est la forme littéraire qui a été calquée sur une divinité féminine archaïque dont elle est la réminiscence lointaine. Cela tient aussi au fait qu'elle a souvent été occultée dans les récits, surtout les plus christianisés, parce qu'elle semble trop « sulfureuse » pour être recommandable. De plus, on la connaît mal et on la confond sans raison avec la fée Viviane, la Dame du Lac[1], et on en fait la mère de Mordret, destructeur de la société

1. C'est le cas dans le film de John Boorman, *Excalibur*, où cette confusion, parfaitement valable sur le plan dramatique, fausse complètement la valeur symbolique de ces deux personnages féminins essentiels du mythe.

arthurienne, ce qui n'apparaît pourtant dans aucun texte. Tout vient de la confusion entretenue entre le nom de Morgause (*Morgawse* dans la compilation anglaise tardive de Thomas Malory), qui est, dans certains textes, la femme du roi Loth d'Orcanie, c'est-à-dire Anna, une autre sœur d'Arthur, et le nom de Morgane, ou Morgue, qui ne figure, au départ, que dans les textes continentaux. La fée Morgane est en effet totalement absente des récits primitifs gallois concernant le mythe arthurien et le Cycle du Graal. Ce n'est que dans la version galloise de l'*Erec et Enide* de Chrétien de Troyes qu'on pourrait la retrouver : encore faut-il préciser qu'il ne s'agit pas d'une femme, mais d'un homme, Morgan Tut, chef des médecins d'Arthur, et bien entendu dépositaire de toute la magie héritée des druides. Qui est donc en réalité cette Morgane que les textes français chargent volontiers de tous les péchés du monde ?

Si l'on s'en tient à une étymologie celtique plus qu'évidente, le nom de Morgane provient d'un ancien brittonique *Morigena*, c'est-à-dire « née de la mer », dont l'équivalent en gaélique d'Irlande est *Muirgen*. Mais une telle interprétation ferait de Morgane une véritable fée des eaux, ce qui ne semble pas le cas. Pourtant, dans la tradition populaire de Bretagne armoricaine, on raconte souvent des histoires au sujet de mystérieuses *mary-morgans* qui sont des êtres féeriques vivant dans les eaux de la mer. Et si l'on va plus loin, on découvre dans la toponymie française un certain nombre de rivières ou de fontaines qui portent des noms comme Mourgue, Morgue ou Morgon. Mais il s'agit d'eau douce, et non de la mer. Et cela ne correspond nullement au personnage décrit dans les romans arthuriens, femme-fée, vaguement « sorcière » au sens vulgaire du terme, et quelque peu nymphomane, ce qui n'est pas contradictoire mais contribue à la faire présenter comme un être maléfique.

Fait étrange, on ne la trouve jamais auprès du personnage primitif d'Arthur, sauf sous l'aspect masculin de Morgan Tut. Certes, on pourrait dire qu'il y a eu féminisation du sorcier, le médecin, appartenant autrefois à la classe des druides, étant considéré comme expert en magies diverses. Mais le cas se complique lorsque l'on constate, dans la tradition continentale, la présence d'un grand géant qui porte le nom de Morgant ; cependant, il n'a rien à voir avec Gargantua bien que Rabelais, bon connaisseur des légendes populaires, en ait fait l'un des ancêtres de Pantagruel, dans la plaisante généalogie dressée de celui-ci en son *Second Livre*. On trouve un récit très littéraire sur ce géant Morgant dans un ouvrage italien de 1466, dû au Florentin Luigi Pulci, ouvrage qui fut bientôt traduit et imprimé en français et connut un immense succès au cours du XVIe siècle. Il s'agit de l'histoire de « Morgant le géant, lequel, avec ses frères, persécutait toujours les chrétiens et serviteurs de Dieu » ; mais ils furent, après de multiples péripéties, tués par le comte Roland, neveu de Charlemagne. Et si l'on en croit ce récit, Morgant habitait une grande montagne qui ne peut être que les

Alpes, et l'action se prolonge dans le sud de l'Italie, dans les Pouilles très exactement, où se situe le fameux *Monte Gargano* qui porte le nom de Gargantua. Il faut évidemment prendre avec précaution ces récits de la Renaissance soi-disant inspirés de la tradition populaire : la tendance de l'époque est à la « fabrication » de mythes lorsque ceux-ci justifient l'invraisemblance du déroulement romanesque. Mais il n'y a pas de hasard. En Bretagne armoricaine, un géant nommé « Ohès le Vieil Barbé », dans la chanson de geste qui porte le titre de *Chanson d'Aiquin*, est devenu, dans la tradition orale, un personnage féminin, Ahès, très vite confondue avec Dahud (= bonne sorcière), fille du roi Gradlon de la célèbre ville d'Is. Et actuellement encore, les antiques voies romaines de Bretagne armoricaine sont connues sous l'appellation de « Chemins d'Ahès ».

Quoi qu'il en soit de ce problème, Rabelais n'a jamais confondu le géant Morgant avec notre fée Morgane. Dans le même *Second Livre*, on peut en effet lire : « Pantagruel ouït nouvelles que son père Gargantua avait été translaté au pays des Fées par Morgue, comme le furent jadis Ogier et Arthur. » Il ne fait d'ailleurs que reprendre un thème cher aux auteurs de son siècle, puisque, la même année 1532, un anonyme avait publié des « *Grandes Chroniques* » où l'on voyait naître Gargantua de Grandgousier et Gargamelle, ceux-ci étant créés par la magie de Merlin, puis Gargantua se mettre au service du roi Arthur : « Ainsi vécut Gargantua, en la cour du très redouté et puissant roi Arthur, l'espace de trois cents ans, quatre mois, cinq jours et demi, justement, puis porté par Morgain la fée et Mélusine en féerie, avec plusieurs autres, lesquels y sont encore à présent. » Cela montre l'importance des romans de chevalerie, des récits féeriques et du cycle arthurien au début de la Renaissance, en France. Quant à la différence entre les formes Morgue et Morgain, elle s'explique parfaitement : en vieux français, Morgue est le cas sujet (nominatif) et Morgain le cas régime (ancien accusatif latin) d'où est tirée la forme moderne Morgane.

Autre fait troublant à propos de cette héroïne féerique, et qui n'est pourtant que le résultat d'une kabbale phonétique qui prête à rire : le mariage morganatique. L'exemple type du XVIIe siècle en a été l'union contractée par Louis XIV, devenu veuf, avec sa maîtresse, Madame de Maintenon. Il s'agissait d'un mariage *secret*, uniquement religieux, donc valable sur le plan spirituel, mais sans aucun effet sur ce qu'on ne nommait pas encore le « droit civil ». En quoi donc le mariage dit « morganatique » a-t-il un rapport, même très vague, avec la fée Morgane ?

Henri Dontenville, grand spécialiste s'il en fût – et d'ailleurs très controversé – des traditions populaires françaises, a écrit sur ce sujet des réflexions qui ne sont pas à prendre à la légère. Dontenville part en effet du conte bien connu de Charles Perrault, *La Belle au Bois dormant*, conte d'origine populaire et remis au goût du jour par la grâce de cet écrivain considéré comme mineur par le tout-puissant maître des usages qu'était Boileau. On connaît le thème de ce conte, incontestablement initiatique : un jeune prince (le Prince *Charmant*, au sens fort – et étymologique – du terme) réveille une belle princesse endormie, c'est-à-dire sous le coup d'un *Charme*, ou, si l'on préfère, d'un sortilège, et l'épouse secrètement. Et, de cette union, naissent une fille, l'Aurore, et un fils, le Jour. Et voici le commentaire d'Henri Dontenville : « Sous l'affadissement d'une prose XVIIe siècle, on tient probablement là l'essentiel, et la fée Aurore ne doit pas être autre que notre fée Morgane ou Morgue, celle qui se mire déjà dans une fontaine, au point du jour[1]... lorsque le soleil va se lever. Le mot serait alors l'équivalent de l'allemand *morgen*, "matin"... Ira-t-on d'un bond rejoindre la *Fata Morgana*, de date inconnue, sur la côte de Sicile où Morgantium, fondation ancienne des Sicules, pose son point d'interrogation ? Morgantium était sur le bord oriental de l'île, face au matin. »[2] Curieux rapprochement, à la fois avec la Grande Grèce, dont faisait partie la Sicile, et la tradition germanique... Après tout, l'Yseult celte porte un nom dérivé du germano-scandinave *Ischild*. Pourquoi

1. Ce qui rappelle la légende du Val sans Retour, localisé dans la forêt de Paimpont-Brocéliande. Au fond de ce val, « enchanté » par Morgane, se trouve un étang que la tradition nomme le « Miroir aux Fées » et sur les eaux duquel les fées viennent contempler leur visage chaque matin, au milieu de la brume.

2. H. Dontenville, *Mythologie française*, Paris, Payot, 1973, p. 144.

Morgane ne serait-elle pas la « Fée du Matin », celle qui, dans la légende ultérieure, est chargée par le Destin de redonner une nouvelle *aurore* au roi Arthur dans cette mystérieuse île d'Avalon, située symboliquement dans un occident qui peut être un nouvel orient ? Il semble que Morgane contienne en elle-même bien des interrogations.

Il est certain que le terme *morganatique* n'a aucun rapport sémantique avec notre Morgane. Mais la tradition se moque des règles de la linguistique, et la valeur symbolique d'un nom résulte bien souvent d'une analogie ou d'une simple homophonie. Si l'on s'en tient à l'étymologie pure, le terme *morganatique* provient du bas-latin *morganaticus*, attesté chez Grégoire de Tours, mot issu du francique *morgangeba* qui signifie littéralement « don du matin », mais qui désigne le douaire donné par le nouveau marié à sa femme. Pourtant, dans les sociétés celtique et germanique, ce douaire, à l'origine, n'était donné qu'après la nuit de noces, c'est-à-dire après que le marié se fut assuré de la virginité de son épouse. Il s'agit donc bel et bien du « prix du sang virginal ». Or, si, à propos de Morgane, « la plus chaude et la plus luxurieuse femme de toute la Bretagne », selon le texte de la version cistercienne, il est difficile de parler de sang virginal, on peut cependant penser qu'elle incarne l'image parfaite de la Vierge éternelle, c'est-à-dire celle qui se régénère sans cesse, et qui, chaque matin, est de nouveau libre et disponible, et également *puissante*, ce qui est finalement le sens étymologique du mot « vierge », d'un latin *virgo* où l'on retrouve *vis* (génitif *viris*, « force » ; ou d'un ancien celtique *wraka* qui est à l'origine du breton *groac'h*, « sorcière », ainsi que du français « virago »). Tout se tient. Morgane est bel et bien une des images fortes de la Vierge universelle, maîtresse de la vie et de la mort, de l'amour et de la haine, l'ambiguïté faite femme.

On aura confirmation de cette hypothèse en se tournant vers l'Irlande. C'est là en effet qu'ont été conservés, dans les manuscrits laissés par les moines chrétiens, les thèmes et les figurations les plus archaïques de la mythologie celtique. Et l'on ne peut que s'arrêter sur le fantastique personnage de Morrigane (ou *Morrigu*, au cas sujet), l'une des plus intéressantes représentations de la déesse universelle. Appartenant à la lignée des Tuatha Dé Danann, c'est-à-dire au clan des divinités issues de la déesse primordiale Dana (la Dôn de la tradition galloise), elle est l'être ambigu par excellence, régissant l'amour, la guerre, la prophétie et la magie. Elle provoque lascivement les guerriers (comme Morgane le fait avec Lancelot), les excite furieusement les uns contre les autres, hurle d'étranges prophéties et se livre à ses rituels magiques le plus souvent incompréhensibles. Et comme, dans la tradition celtique, les divinités ont au moins trois visages ou trois noms, elle est la « triple Brigit », celle que Jules César, dans ses *Commentaires*, appelle la Minerve gauloise, déesse de la Poésie, des Arts, des Techniques et de la Connaissance en général. Mais elle apparaît souvent, dans le cycle épique et mythologique irlandais, comme une sorte de divinité féminine trinitaire sous les noms de Morrigane-Bodbh-Macha. Il est alors très important d'examiner ces noms pour mieux comprendre ce que recouvre la Morgane du Cycle du Graal.

Macha est quelque peu occultée dans la mesure où elle est présentée comme une fée « mélusinienne » proposant à un paysan de l'épouser, de lui procurer richesse et bonheur, à la condition de ne jamais parler d'elle. Bien entendu, le paysan, comme le Raymondin de la légende poitevine, transgresse l'interdit, et, après avoir dû, bien qu'enceinte, engager une course folle contre les chevaux du roi d'Ulster, Macha, victorieuse, donne naissance à des jumeaux, maudit tous les habitants d'Ulster et disparaît. On retrouvera cette Macha irlandaise dans la tradition galloise sous le nom de Rhiannon, et dans la statuaire gallo-romaine sous le nom d'Epona, la « déesse-cavalière », ou la « déesse-jument ».

Bodbh est le nom gaélique de la corneille. Dans la plus ancienne épopée d'Irlande, la célèbre *Razzia des bœufs de Cualngé*, elle apparaît sur le champ de bataille sous la forme d'une corneille qui vient harceler les combattants. On la retrouve dans de nombreux épisodes des récits arthuriens où elle accomplit les mêmes actions. Et Geoffroy de Monmouth, dans sa *Vie de Merlin*, prétend qu'elle et ses sœurs, qui vivent dans l'île des Pommiers, sont capables de se métamorphoser en oiseaux : car, dans le texte de Geoffroy, il s'agit bel et bien de Morgane, reine de l'île d'Avalon, maîtresse des vents, des tempêtes et des animaux sauvages.

Le nom de Morrigane a donné lieu à bien des interprétations. Il semblait sans doute trop facile d'identifier formellement la Morrigane gaélique comme étant la Morgane des romans arthuriens. Aussi, à la suite de d'Arbois de Jubainville a-t-on proposé à ce nom la signification de « reine des cauchemars ». C'était avouer qu'elle faisait peur et qu'elle était au centre de tous les fantasmes de la nuit. Mais, en fait, le nom de Morrigane s'explique très simplement : elle est *la Grande Reine*, ou plus exactement « la grande royale ». Or, le nom de l'héroïne galloise Rhiannon (Rivanone en breton armoricain), venu d'un ancien brittonique *Rigantona*, a exactement la même signification. Il ne peut plus y avoir d'hésitation sur ce point : Morgane n'est pas la « née de la mer », elle est « la grande reine », elle s'identifie pleinement avec la Morrigane irlandaise, et elle est l'image héroïsée – et quelque peu « diabolisée » – de la Vierge universelle. D'où son importance dans le déroulement des multiples épisodes de ce cycle du Graal : elle est partout présente, *comme Merlin*, mais le plus souvent masquée, déguisée ou occultée, *parce qu'elle fait peur.*

Car n'oublions pas que Merlin, le prophète et l'enchanteur, est le fils d'un diable, et qu'il n'a que deux disciples, deux femmes, Viviane, la Dame du Lac, et Morgane, la reine de l'île des Pommiers. Merlin ayant disparu de la surface de la terre, selon sa propre volonté, il appartient à ses deux disciples de surveiller le fonctionnement des rouages subtils qu'il a mis en place. La première, Viviane, a pris en charge l'éducation de Lancelot, celui qui est nécessaire à cette étrange société égalitaire qu'est la Table Ronde. Viviane est devenue ainsi la Dame du Lac, la mère nourricière et l'initiatrice de celui qui sera le meilleur chevalier du monde. Mais comment peut-on devenir le meilleur chevalier du monde si l'on n'a pas d'obstacles à surmonter ? Ces obstacles, ce sera à Morgane de les dresser sur le passage du héros, car elle est l'excitatrice, la provocatrice, celle sans laquelle aucune progression ne peut être réalisée dans cette difficile errance vers le Graal. C'est dire l'importance de ces deux personnages féminins dans l'épopée arthurienne : ils sont essentiels, bien que contradictoires si l'on s'en tient aux apparences ; on est alors tenté de dire que Viviane construit et que Morgane détruit. Cette vision élémentaire n'est ni vraie ni fausse, et il faut se garder de tout parti pris manichéen de bas étage. Dans le Cycle du Graal, en dépit de la lutte que semblent engager les chevaliers d'Arthur contre les forces des ténèbres, il n'y a aucune référence à un Bien absolu, ni condamnation d'un Mal non moins absolu. L'amour de Lancelot pour Guenièvre est adultère, et il devrait être condamné. Mais il est facteur de prouesses et, dans cette mesure, il ne peut qu'être exalté. Merlin a permis à Uther Pendragon de réaliser son désir adultère et meurtrier, mais ce n'était que pour donner naissance à Arthur. Par contre, Arthur, en toute innocence, en toute naïveté, a commis l'inceste suprême, celui du frère et de la sœur et, ce faisant, il a donné naissance à un monstre, ce Mordret qui sera le destructeur de la Table Ronde. Où est le Bien ? Où est le Mal ? Lancelot, abusé par les charmes de Brisane, a cru commettre une fois de plus son coupable adultère avec la reine Guenièvre, mais ce n'était en réalité que la pure et tendre porteuse du Graal. Il le fallait, et Dieu l'avait voulu ainsi, car Galaad devait naître de la lignée de Lancelot. En ce sens, on peut dire que les récits arthuriens sont des chefs-d'œuvre d'*amoralité*. Car la morale traditionnelle, celle qu'on enseigne dans les écoles, et qui n'est qu'une suite d'interdits sociaux-culturels, n'a pas cours dans l'univers enchanté où évoluent les héros du Graal et de la Table Ronde.

Il est donc exclu d'accentuer l'opposition entre Viviane et Morgane sur des critères moraux. Viviane n'est pas meilleure que Morgane quand elle entraîne le jeune fils du roi Ban de Bénoïc sous les eaux alors que la mère crie son désespoir. Le monde arthurien est impitoyable, et si l'on y pleure souvent de tendresse ou de désespoir, on s'y trucide allégrement ou rageusement sans grand respect pour la vie humaine. Il n'y a, dans ces récits, ni bons ni mauvais, mais des êtres qui cherchent, selon des méthodes divergentes, à établir les structures d'un monde idéal. Et comme dans toute épopée, l'hyperbole est de rigueur, toutes les actions sont grandes, exagérées et, bien entendu, provoquées par des puissances qu'il est convenu d'appeler surnaturelles. Les dieux n'interviennent plus directement comme dans *L'Iliade* ou *L'Odyssée,* mais on les reconnaît quand même sous les traits et les caractéristiques des héros. Arthur est l'image d'un antique dieu agraire, une sorte de Saturne égaré dans un monde de violence, un âge de fer, et qui rêve de reconstituer le fabuleux Age d'or des origines. Il n'est donc guère étonnant de retrouver sous Morgane l'une des composantes essentielles du concept de la Grande Déesse : celle qui provoque, par tous les moyens, l'action humaine en permettant aux héros de se dépasser à chaque épreuve et de franchir ainsi peu à peu toutes les étapes d'un périple initiatique.

En ce sens, Morgane est le type le plus accompli de la Femme celte telle qu'elle a été imaginée dans les anciennes traditions. A la fois guerrière, prêtresse, magicienne et en fait *druidesse*, elle est un peu comme cette reine Mebdh de l'épopée irlandaise qui, selon les textes, « prodigue l'amitié de ses cuisses à tout guerrier dont elle a besoin pour assurer le succès d'une expédition[1] ». De toute façon, la puissance guerrière est liée à la puissance sexuelle, et la psychanalyse a suffisamment démontré que, dans une guerre, on prend une ville comme on prend une femme. Mais, comme Morgane possède aussi la « connaissance », elle ne se laisse pas facilement prendre : elle serait plutôt à ranger dans cette catégorie de femmes qu'on

1. Voir sur ce sujet J. Markale, *La Grande Epopée des Celtes*, édition complétée, Paris, Payot, 1993, pp. 92-94 et 116-126.

appelle improprement des allumeuses, et qui sont en fait des « révélatrices ».

En fait, Morgane, bien qu'ayant sa propre personnalité, est la continuatrice de l'action de Merlin, du moins dans une direction, celle de la provocation. L'enchanteur, en tant que « fils de diable », se jetait constamment en travers des événements pour mieux susciter les prouesses des uns et des autres. Il provoquait *diaboliquement* ceux qui s'adressaient à lui, se mettant à rire chaque fois qu'une question lui était posée et faisant souvent le contraire de ce qui lui était demandé. Et si Viviane perpétue de son côté l'aspect protecteur de Merlin, notamment vis-à-vis d'Arthur et de Lancelot, il est bien évident que Morgane prolonge l'énergie créatrice dispensée par l'enchanteur. Au fond, même si Merlin a disparu aux yeux de tous, il est plus que jamais présent, telle une ombre, dans les deux femmes qui ont été ses disciples, pour ne pas dire ses complices, dans cette tentative insensée de refaire un monde selon les plans définis par un dieu absent mais dont ils savent déchiffrer les messages.

Mais quel que soit leur degré d'initiation surnaturelle, Morgane, Viviane et Merlin sont *aussi* des êtres humains soumis au même destin que ceux qu'ils prétendent guider, et victimes des mêmes faiblesses que les femmes et les hommes qu'ils côtoient. C'est ce qui fait d'ailleurs leur charme et les rend parfois si émouvants ; eux aussi sont en proie au chagrin, à la douleur, aux passions les plus diverses, aux sentiments les plus nobles ou même les plus bas. Malgré toute sa sagesse, Merlin s'est laissé prendre aux pièges de l'amour. Il en sera de même pour Morgane que sa sensualité inassouvie conduira à accomplir des actes de nature à bouleverser les structures mises en place par Merlin. C'est parce qu'elle est amoureuse de Lancelot qu'elle retient le héros prisonnier. C'est parce qu'elle est jalouse de l'amour exclusif qu'il porte à Guenièvre qu'elle suscitera les calomnies, puis les accusations, contre les deux amants. Et c'est aussi parce qu'elle est envieuse du pouvoir d'Arthur qu'elle tentera d'affaiblir celui-ci au profit de sa propre puissance. Revendication féministe ? Peut-être. Morgane se sent frustrée du pouvoir, se sent rejetée par cette brillante société masculine qui l'entoure. Et elle n'oublie pas qu'elle incarne, en une certaine mesure, l'antique souveraineté, elle qui est l'image de cette déesse universelle qui régnait à l'aube des temps. Les auteurs du Moyen Age, même ceux qui n'ont rien écrit sur les thèmes arthuriens, le savaient parfaitement. Ainsi, l'auteur anonyme de cette étrange chanson de geste qu'est *Huon de Bordeaux* fait du nain Obéron, magicien et prophète, le fils de Morgane et de Jules César[1].

1. « Jules César m'a fort doucement élevé, et la fée Morgue, qui était belle, fut ma mère. Ce sont eux qui m'ont conçu et engendré, et ils n'eurent pas d'autre héritier en leur vie. A ma naissance, on fit une grande fête. Mes parents mandèrent tous les barons du royaume, et les fées vinrent visiter ma mère. Il y en eut une qui ne fut pas contente : aussi me condamna-t-elle, comme vous le voyez, à être un nain bossu » (*Huon de Bordeaux*, trad. Jean Audiat, Paris, 1926, p. 55).

On peut sourire de ce qui n'est après tout qu'une astuce littéraire, mais cela prouve au moins que la fée Morgane appartient à l'imaginaire collectif du Moyen Age et qu'elle y joue un rôle non négligeable.

C'est dire qu'on risque de rencontrer Morgane dans de nombreux récits, soit sous les noms de Morgue, Morgain ou Morgane, soit sous des noms fort différents, notamment dans les textes gallois primitifs. On la reconnaît ainsi aisément dans la première branche du *Mabinogi* gallois, où elle est Rhiannon, la « Grande Reine », sorte de déesse cavalière farouche et indépendante. Et, très curieusement, en passant la Manche, cette Rhiannon, sous la forme Rivanone, est devenue dans l'hagiographie bretonne la mère de l'aveugle saint Hervé, patron des poètes et des musiciens, mais une mère indigne, quelque peu amorale, ce qui accentue son aspect morganien. Quant aux apparitions de Morgane en tant que fée anonyme ou mystérieuse « pucelle » tentatrice au travers des épisodes des romans arthuriens, elles sont innombrables, autant que le sont les apparitions d'un Merlin s'échappant un instant de sa tour d'air invisible pour venir réconforter ou égarer un chevalier errant. Quant à la célèbre « Kundry la Sorcière » qui tient une si grande place dans la quête du Graal par Perceval, selon la version allemande de Wolfram von Eschenbach, son caractère ambigu et sa fonction de maîtresse des illusions du jardin féerique de l'enchanteur Klingsor en font incontestablement une incarnation différente de Morgane dans un contexte plus que sulfureux que

Richard Wagner a superbement transcrit dans son envoûtante musique.

Au reste, jamais Morgane n'est isolée. Le premier écrivain qui la cite, Geoffroy de Monmouth, vers 1235, nous présente la paradisiaque île des Pommiers où « neuf sœurs gouvernent par une douce loi et font connaître cette loi à ceux qui viennent de nos régions vers elles. De ces neuf sœurs, il en est une qui dépasse toutes les autres par sa beauté et par sa puissance. Morgane est son nom, et elle enseigne à quoi servent les plantes, comment guérir les maladies. Elle connaît l'art de changer l'aspect d'un visage, de voler à travers les airs, comme Dédale, à l'aide de plumes ». Le mythe de Morgane est ici contenu dans ses grandes lignes, mais il semble que Geoffroy de Monmouth n'ait rien inventé. On découvre ainsi dans un texte du géographe hispano-latin du Ier siècle, Pomponius Méla, les indications suivantes : « Vis-à-vis des côtes celtiques s'élèvent quelques îles qui prennent ensemble le nom de Castérides parce qu'elles sont très riches en étain. Celle de Séna (= île de Sein), placée dans la mer britannique, vis-à-vis de la côte des Osismi, est renommée par son oracle gaulois dont les prêtresses, consacrées par une virginité perpétuelle, sont, dit-on, au nombre de neuf. Elles sont appelées “gallicènes”, et on leur attribue le pouvoir extraordinaire de déchaîner les vents et les tempêtes par leurs enchantements, de se métamorphoser en tel ou tel animal selon leur désir, de guérir les maux réputés incurables, enfin de connaître et de prédire l'avenir » (Pomponius Méla, III, 6). Le mythe vient de loin dans le temps, à une époque où il ne pouvait pas être question du roi Arthur.

Il resterait à déterminer qui sont réellement les « sœurs » de Morgane, symboliquement au nombre de neuf, comme les Muses. Ce sont évidemment des compagnes, mais aussi des disciples de Morgane elle-même, celles qu'elle initie à sa magie et qu'elle envoie à travers le monde pour y tisser lentement le filet dans lequel tomberont fatalement un jour ou l'autre, et en toute bonne foi, les héros de cette gigantesque épopée. Et ce sont toutes ces « pucelles », c'est-à-dire femmes indépendantes non en puissance de mari, qui peuplent les forêts que traversent les chevaliers ou les forteresses où ils passent la nuit. Certaines portent des noms, comme la Brunissen du roman occitan de Jauffré, ou encore l'étrange Arianrod de la quatrième branche du *Mabinogi* gallois, sœur incestueuse du magicien Gwyddyon et de l'énigmatique Gilvaethwy, devenu Girflet, fils de Dôn, dans les récits arthuriens français, et qui est le même personnage que le Jauffré occitan. On pourrait également penser à la « suivante » Luned, qui est en réalité une fée douée de grands pouvoirs, qui aide et protège le chevalier Yvain, fils d'Uryen, dans son aventure chez la Dame de la Fontaine, ou encore à l'enchanteresse Camille, qui réussit à séduire le roi Arthur et à l'égarer, du moins pendant un certain temps, dans les profondeurs d'une inaccessible forêt de Brocéliande. Mais il y a aussi les autres, qui n'ont pas de nom : elles sont innombrables, et elles portent toutes la marque de leur maîtresse. Après tout, Viviane, dans sa forteresse au fond du Lac, initiait d'autres femmes à son savoir et les envoyait aussi à travers le monde, sur les traces de Lancelot.

Toutes ces observations conduisent à penser que Morgane et Viviane sont les deux représentations extrêmes et opposées d'une même entité divine, mais dont l'opposition apparente recouvre une complémentarité essentielle. La *Dame du Lac*, celle qu'on appelait autrefois Viviane, détentrice de l'épée de souveraineté, n'est guère différente de cette fée Morgane, détentrice de la souveraineté des îles bienheureuses où elle doit accueillir tous les guerriers blessés afin de les soigner et de leur donner une nouvelle naissance dans l'absolu, c'est-à-dire dans la réalisation pleine et entière de leur destin. L'image de Morgane, quelle qu'elle soit dans la réalité psychologique et métaphysique du récit, qui emporte dans sa nef son frère le roi Arthur blessé mortellement afin de le soustraire au temps et à l'espace, est une image d'éternité qui ne peut être mise en doute tant elle est forte et tant elle permet l'ouverture sur un Autre Monde qui ne peut être vu que de ceux qui ont reçu le don de pénétrer l'invisible.

Qui est Morgane sous ses multiples visages ? La treizième bien sûr, celle qui revient... A elle seule, Morgane résume et englobe toutes ces femmes mystérieuses qui se pressent autour des héros qui se lancent à la quête du « saint » Graal. C'est ce qu'a prétendu Charles Méla dans son essai sur *la*

Reine et le Graal où il voit dans chaque « pucelle », dans chaque « demoiselle », dans chaque « dame » rencontrée dans les aventures les plus folles, les plus extraordinaires, les plus magiques, une des manifestations de cette *grande reine*, de cette *Déesse des Commencements*, qui est aussi la *Déesse des Finalités*, de cette *Morrigane* irlandaise qui connaît l'art de s'envoler sous forme d'un oiseau et de parcourir le ciel à la recherche de l'ineffable.

Elle n'a pas d'âge, et son domaine est infini, qu'elle soit au cœur même de son château hanté par les sortilèges, au fond du Val sans Retour où, en bonne féministe de toujours, elle se venge cruellement de la légèreté des mâles, dans son palais merveilleux de la Terre des Fées, cette île d'Avalon perdue quelque part dans un océan qui s'écoule comme le fleuve de l'oubli, mais qu'on s'obstine à vouloir situer sur la carte du monde. Morgane n'est nulle part, et pourtant, elle est partout.

Mais qui donc se cache derrière le visage ambigu de cette *déité* qui est à la fois *vierge, mère, prostituée*, et néanmoins souveraine des âmes, des cœurs et des corps ?

L'Evangile de Jean nous en donne la réponse. C'est une réponse gnostique. Elle est la *Pistis Sophia* des anciens jours, celle *à qui on doit obéir* parce qu'elle est la Vie. Et elle est aussi ce triple personnage féminin auquel on attribue le nom de *Marie de Magdala*, cette femme qui verse du parfum sur les pieds de Jésus et les essuie avec sa longue chevelure, à Béthanie, lui conférant ainsi l'onction sacerdotale de l'antique Déesse des Commencements dont elle était la grande prêtresse. Morgane serait-elle l'aspect celtique et médiéval de cette prostituée sacrée pour qui l'Amour est la marque unique de l'existence ? Lorsque Morgane emmène sur sa nef le corps ensanglanté du roi Arthur pour le régénérer dans l'île d'Avalon, elle ne fait pas autre chose que *la Madeleine* qui ose pénétrer dans le tombeau de Jésus pour le prendre dans ses bras et lui donner sa nouvelle naissance.

Une telle identification risque de choquer. Mais qu'on relise les textes. Le récit évangélique de Jean renferme de nombreuses obscurités, mais il a le mérite d'insister sur le fait que Jésus ressuscité s'est manifesté d'abord à une femme. Et quelle femme !... Marie de Magdala, quelle qu'elle soit, et bien qu'on ait tenté au cours des siècles d'en faire seulement le symbole de la pécheresse repentie, est probablement l'une des premières disciples du Messie, l'une de ces prêtresses de la Grande Déesse qui officiaient dans les temples du Moyen-Orient, à Ephèse et à Magdala précisément, et celle qui avait compris qu'il fallait unir le culte de la Mère au culte du Père. Et pourtant, que de mystère autour de ce personnage énigmatique !

Il en est de même pour Morgane la Fée : on a voulu ne considérer en elle que l'aspect *noir* en oubliant son immense rôle d'agitatrice, de provocatrice, et finalement d'inspiratrice. Certes, elle paraît bien souvent *sombre*, ténébreuse, inquiétante. Mais le Sacré est toujours inquiétant. Il est certain que Morgane *dérange*. A son égard, on pourrait paraphraser un très beau texte d'André Breton : « A Paris, la Tour Saint-Jacques, chancelante, pareille à un tournesol. » Oui, Morgane, comme Marie de Magdala, est une tour *chancelante et pareille à un tournesol*.

Mais elle n'a pas besoin de *se tourner vers le soleil* puisqu'elle est la Femme Soleil qui se tourne vers elle-même pour inonder l'univers de sa lumière *noire*, la seule qui puisse traverser l'infini à la recherche des vérités incendiaires qui sont dissimulées dans le Graal.

TROC·LIVRES

CÉGEP DE SHERBROOKE

Troc-livres est un concept simple :
« prenez, lisez et rapportez ».

Une fois que le livre est lu, rapportez-le à l'un des présentoirs identifiés à cet effet.

Si le coeur vous en dit, vous pouvez aussi laisser un message au prochain lecteur.

Présentoirs troc-livres

Pavillon 2 :
Daniel Hébert (2-57-162)
Pavillon 3 :
Clermont Olivier (3-34-137) ou Rita Londero (3-23-142)
Pavillon 4 :
Catherine Ladouceur (4-21-146)
Pavillon 5 :
Verlane Julien-Thouin (5-31-174)

Commentaires

BIBLIOGRAPHIE SOMMAIRE
(en langue française)

Aubailly, J.-C., *La Fée et le Chevalier*, Paris, 1986.
Brékilien, Y., *La Mythologie celtique*, Paris, 1981.
Chrétien de Troyes, *Œuvres complètes*, sous la direction de D. Poirion, Paris, 1994.
Dragonetti, R., *La Vie de la Lettre au Moyen Age*, Paris, 1980.
Duby, G., *Dames du XIIe siècle*, Paris, 1995.
Dumézil, G., *Du Mythe au Roman*, Paris, 1970.
Faral, E., *La Légende arthurienne*, 3 vol., Paris, 1927.
Favier, J., *Dictionnaire de la France médiévale*, Paris, 1993.
Fleuriot-Lozac'hmeur-Prat, *Récits et poèmes celtiques*, Paris, 1981.
Foulet, L., *Perceval le Gallois*, Paris, 1945.
Frappier, J., *La Mort le roi Arthur*, Paris-Genève, 1964.
Études sur la Mort le roi Arthur, Paris-Genève, 1972.
Amour courtois et Table Ronde, Genève, 1973.
Goodrich, N.-L., *Le Roi Arthur*, Paris, 1986.
Harf-Laucner, *Les Fées au Moyen Age*, Paris, 1984.
Huchet, J.-C., *L'Amour discourtois*, Toulouse, 1987.
Jeanneau, G., *La Mort du roi Arthur*, Paris, 1993.

Kohler, E., *L'Aventure chevaleresque*, Paris, 1974.

Lambert, P.-Y., *Les Quatre branches du Mabinogi*, Paris, 1993.

Lecouteux, C., *Fées, Sorcières et Loups-garous au Moyen Age*, Paris, 1992.

Le Goff, J., *L'Imaginaire médiéval*, Paris, 1985.

Lot, F., *Etudes sur le Lancelot en prose*, Paris, 1918.

Loth, J., *Contributions à l'étude des Romans de la Table Ronde*, Paris, 1912.

Les Mabinogion, édition complète, Paris, 1913. Édition abrégée, Paris, 1979.

Malory, T., *Le Roman du Roi Arthur et des Chevaliers de la Table Ronde*, 2 vol., Nantes, 1994.

Markale, J., *Lancelot et la chevalerie arthurienne*, Paris, 1985.

Le Roi Arthur et la société celtique, Paris, 1976-1992.

L'Amour courtois ou le couple infernal, Paris, 1987-1994.

La Femme celte, éd. de poche, Paris, 1989-1992.

Merlin l'Enchanteur, Paris, 1981-1992.

Le Graal, Paris, 1982-1993.

Le cycle du Graal, 8 vol., Paris, 1992-1996.

Petite anthologie du Graal, Paris, 1996.

Guide spirituel de la forêt de Brocéliande, Paris, 1996.

La Grande Epopée des Celtes, 5 vol., Paris, 1997-1999.

Nouveau dictionnaire de Mythologie celtique, Paris, 1999.

Marx, J., *La Légende arthurienne et le Graal*, Paris, 1952.

Méla, C., *La Reine et le Graal*, Paris, 1984.

Micha, A., *Lancelot*, 2 vol., Paris, 1983-1984.

Poirion, D., *Le Merveilleux au Moyen Age*, Paris, 1982.

Régnier-Bohler, D., *La Légende arthurienne*, Paris, 1989.

Ribard, J., *Du Philtre au Graal*, Genève, 1989.

Rougemont (de), D., *L'Amour et l'Occident*, nouv. éd., Paris, 1972.

Wolfram von Eschenbach, *Parzival*, Paris, 1989.

Zumthor, P., *Merlin le Prophète,* Lausanne, 1943.

TABLE DES MATIÈRES

CHEZ LE MÊME ÉDITEUR

DU MÊME AUTEUR

Collection Multipages

HISTOIRE DE LA FRANCE SECRÈTE

MONTSÉGUR ET L'ÉNIGME CATHARE

Voies nouvelles et pistes oubliées.

•

GISORS ET L'ÉNIGME DES TEMPLIERS

L'éclairage objectif et raisonné du lancinant mystère.

•

LE MONT-SAINT-MICHEL ET L'ÉNIGME DU DRAGON

L'un des plus énigmatiques sanctuaires de l'Occident.

•

CARNAC ET L'ÉNIGME DE L'ATLANTIDE

Une nouvelle hypothèse explosive et passionnante.

•

CHARTRES ET L'ÉNIGME DES DRUIDES

La Déesse des Commencements et la présence indélébile des Druides.

•

BROCÉLIANDE ET L'ÉNIGME DU GRAAL

La forêt fabuleuse, Arthur, les Chevaliers de la Table Ronde, les Dames du Lac...

•

LA BASTILLE ET L'ÉNIGME DU MASQUE DE FER

Une enquête passionnante concernant notamment les célèbres prisonniers de la forteresse

•

RENNES-LE-CHÂTEAU ET L'ÉNIGME DE L'OR MAUDIT

La mystérieuse destinée de l'abbé Saunière.

Bibliothèque de l'Étrange

L'ÉNIGME DU TRIANGLE DES BERMUDES

Nouvelles perspectives exposant tous les grands mythes et légendes de l'humanité.

•

LES MYSTÈRES DE L'APRÈS-VIE

Interrogations et espoirs sur l'existence d'une autre vie après la mort.

•

L'ÉNIGME DES VAMPIRES

Au fil d'expériences et de récits qui font frémir,
Jean Markale explore en profondeur le phénomène.

•

LES MYSTÈRES DE LA SORCELLERIE

Sorciers et Sorcières sont-ils encore parmi nous ? L'histoire fourmille d'exemples
et de prodiges inquiétants. Des témoignages extraordinaires,
des récits fantastiques, des rapports officiels surprenants...

CHEZ LE MÊME ÉDITEUR

Les Énigmes de l'Histoire

L'ÉNIGME SACRÉE
par Michael Baigent, Richard Leigh, Henry Lincoln
Jésus-Christ, le Saint-Graal, les Cathares, les Templiers,
à la source d'une extraordinaire remise en cause de l'Histoire.

•

LE MESSAGE
par Michael Baigent, Richard Leigh, Henry Lincoln
Suite de la passionnante enquête de L'ÉNIGME SACRÉE.

•

LA CLÉ DU MYSTÈRE DE RENNES-LE-CHÂTEAU
par Henry Lincoln
Point final de l'enquête de Henry Lincoln, co-auteur de *L'Énigme sacrée*,
éclairant une prodigieuse découverte dont la clé permettra d'accéder
à une inestimable connaissance perdue.

•

LA MONTAGNE SACRÉE
par Richard Andrews et Paul Schellenberger
Nouvelles révélations sur l'Énigme sacrée

•

LE TEMPLE RETROUVÉ
par Henry Lincoln
Rennes-le-Château, fabuleux site d'un temple retrouvé.

•

LE MYSTÈRE DE L'ARCHE PERDUE
par Graham Hancock
À la recherche de l'Arche d'Alliance.

•

L'EMPREINTE DES DIEUX
par Graham Hancock
Enquête sur la nuit des temps et la fin du monde.

•

LE MONDE SECRET DE L'OPUS DEI
par Michael Walsh
Quelle vérité cache Opus Dei derrière ses
activités si jalousement tenues secrètes ?

Romans

LA COLLINE DU DERNIER ADIEU
par Marion Zimmer Bradley
Longtemps avant les Dames du Lac, près de l'île d'Avalon,
quand Merlin, déjà, agissait dans l'ombre.

•

LES DAMES DU LAC *
LES BRUMES D'AVALON **
par Marion Zimmer Bradley
Prix du grand roman d'évasion 1986.
« La plus merveilleuse évocation de la saga du Roi Arthur qu'il m'ait été donné de lire.
Absolument extraordinaire. » Isaac Asimov.

•

LE RIVAGE DES ADIEUX
par Catherine Hermary-Vieille
La plus grande histoire d'amour de tous les temps,
celle de Tristan et Yseult.

Achevé d'imprimer en octobre 1999
sur presse Cameron
par ***Bussière Camedan Imprimeries***
à Saint-Amand-Montrond (Cher)

N° d'édition : 618. N° d'impression : 994512/4.
Dépôt légal : octobre 1999.

Imprimé en France